2000 年 5 月 30 日，季先生在印度政府赠送北京大学泰戈尔铜像揭幕仪式上讲话。

季先生向印度驻华大使馆官员赠书。

季羨林學術著作選集

本书出版得到了季羡林基金会的部分资助

印度作家作品评论集

刘建　编

新世界出版社
NEW WORLD PRESS

图书在版编目（CIP）数据

印度作家作品评论集 / 刘建编. -- 北京 : 新世界出版社, 2016.10
（季羡林学术著作选集）
ISBN 978-7-5104-5897-2

Ⅰ. ①印… Ⅱ. ①刘… Ⅲ. ①文学研究—印度—文集
Ⅳ. ①I351.06-53

中国版本图书馆CIP数据核字(2016)第179797号

印度作家作品评论集

编　　者：刘　建
责任编辑：张世林　乔天碧
审　　读：杨汝模
封面设计：贺玉婷
版式设计：张世林
责任印制：李一鸣　黄厚清
出版发行：新世界出版社
社　　址：北京市西城区百万庄大街24号（100037）
总编室电话：+86 10 6899 5424　　6832 6679（传真）
发行部电话：+86 10 6899 5968　　6899 8705（传真）
本社中文网址：http://www.nwp.cn
本社英文网址：http://www.newworld-press.com
本社电子信箱：nwpcn@public.bta.net.cn
版权部电子信箱：frank@nwp.com.cn
版权部电话：+86 10 6899 6306
印　　刷：北京亚通印刷有限责任公司
经　　销：新华书店
开　　本：710×1000　1/16
字　　数：200千字　　　印　　张：19.5
版　　次：2016年10月第1版　2016年10月北京第1次印刷
印　　数：1—2000册
书　　号：ISBN 978-7-5104-5897-2
定　　价：60.00 元

季羡林学术著作选集编辑委员会

《季羡林学术著作选集》编选说明

季羡林先生是北京大学资深教授、著名学者，长期以来，季先生的作品畅销于世，受到社会各界人士的热烈欢迎。但这些作品大多为季先生各时期创作的散文。季先生一生创作出版散文集二十余部，一百五十万字以上，其中有许多精品脍炙人口，他完全可以称得上是一位散文家。但是，季先生毕竟主要是一位学者，他终生笔耕不辍，孜孜以求的是他的学术研究，他对社会的主要贡献也是他的学术成就，散文只是他的一种“余兴”。

季羡林先生是一位百科全书式的学者，他毕生从事的学术研究的对象涉及语言、文学、美学、艺术、宗教、中外文化交流等众多领域。其学术著作大致包括以下内容：印度古代语言、印度历史与文化、中印文化关系、中国文化与东方文化、佛教、比较文学与民间文学、东西方文化比较、糖史、吐火罗文研究等。这些著作都具有很高的学术价值，得到国内外学术界的高度评价。而且，季先生的学术著作，深入浅出，联系实际，独辟蹊径，发人深省，为广大读者所喜爱。

为了便于读者阅读，我们编辑了这套选集。本选集从季羡林先生的学术著作中，精选出论著二百余篇，辑为十二卷，依次为《印度古代语言及吐火罗文研究》（葛维钧编）、《印度历史与文化》（王树英编）、《印度作家作品评论集》（刘建编）、《佛教》（李南编）、《糖史》（葛维钧编）、《中印文化交流》（王树英编）、《中国文化与东方文化》（刘建编）、《东西文化比较》（张光璘编）、《比较文学与民间文学》（薛克翘编）、《学海泛槎——学术回忆录》（薛克翘编）、《回忆中国学人及文化问题新思考》（张光璘编）、《序跋集》（王树英编）。选集所选内容基本涵盖了季先生学术研究的各个领域，所选论文皆为季先生在各学术领域中的代表作。

我们怀着敬仰和缅怀的心情编选这套选集，尽管我们殚精竭虑、费尽心力地收集、编选季羡林先生的文章，但仍难免有遗漏或不当之处，殷切希望得到读者的指教和帮助。

季羡林学术著作选集编辑委员会

2013 年 1 月

目　录

印度寓言自序

自己是喜欢做梦的人，尤其喜欢做童年的梦；但自己童年的梦却并不绚烂。自从有记忆的那一天起，最少有五六年的工夫，每天所见到的只有黄土的屋顶，黄土的墙，黄土的街道，总之是一片黄。只有想到春天的时候，自己的记忆里才浮起一两片淡红的云霞：这是自己院子里杏树开的花。但也只是这么一片两片，连自己都有点觉得近于寒伧了。

六岁的那一年，自己到城里去。确切的时间已经忘记了；但似乎不久就入了小学。校址靠近外城的城墙；很宽阔，有很多的树木，有假山和亭子，而且还有一个大水池。春天的时候，校园里开遍了木槿花；木槿花谢了，又来了牡丹和芍药。靠近山洞有一棵很高大的树，一直到现在我还不知道叫什么名字，在别的地方也似乎没看到过。一到夏天，这树就结满了金黄色的豆子，累累垂垂地很是好看。有几次在黄昏的时候，自己一个人走到那里去捉蜻蜓，苍茫的暮色浮漫在池子上面，空中飞动蝙蝠的翅膀。只觉得似乎才一霎那的工夫，再看水面，已经有星星的影子在闪耀着暗淡的光了。这一切当然不像以前那一片黄色，它曾把当时的生活点缀得很有色彩。

然而现在一想到那美的校园，第一个浮起在记忆里的却不是这些东西，而是一间很低而且幽暗的小屋。当时恐怕也有一片木牌钉在门外面，写着这屋的名字，但我却没注意到过。我现在姑且叫它做图书室吧。每天过午下了课，我就往那里跑。

说也奇怪，现在在我的记忆里同这小屋联在一起的，总是一片风和日丽的天气，多一半在春天，外面木槿花或什么的恐怕正纷烂着吧，然而这小屋的引诱力量却大过外面这春的世界。

我现在已经忘记了，当时在那间小屋里究竟读了些什么东西。只记得封面都很美丽，里面插画的彩色也都很鲜艳，总之不过是当时流行的儿童世界一流的东西。后来知道当时很有些人，当然是所谓学者与专家，对这些东西不满意过。即使现在再让自己看了，也许不能认为十分圆满。但在当时，这些东西却很给了我一些安慰。它们鼓动了我当时幼稚的幻想，把我带到动物的世界里，植物的世界里，月的国，虹的国里去翱翔。不止一次地，我在幻想里看到生着金色的翅膀的天使在一团金色的光里飞舞。终于自己也仿佛加入到里面去，一直到忘记了哪是天使，哪是自己。这些天使们就这样一直陪我到梦里去。

有谁没从童年经过的呢？只要不生下来就死去，总要经过童年的。无论以后成龙成蛇，变成党国要人、名流学者，或者引车卖浆之流；但当他在童年的时候，他总是一个小孩子，同一切别的小孩子一样。他有一个小孩子的要求。但这要求，却十有八九不能达到，因为他的父母对他有一个对大人的要求。至于他在当时因失望而悲哀的心理，恐怕只有他一个人了解。但是，可怜的人们！人类终是善忘的。对这悲哀的心理，连他自己都渐渐模糊起来，终于忘得连一点痕迹都没有了。当他由小孩而升为大人的时候，他忘记了自己是小孩子过，又对自己的小孩子有以前他父母对他的要求。自从有人类以来，这悲剧就一代一代地演下来，一直演到我身上，我也不是例外。

我真地也不是例外：我也对孩子们有过大人的要求。自从离开那小学校，自己渐渐长大起来。有一个期间，我只觉得孩子们都有点神秘，是极奇怪的动物。他们有时候简直一点理都不讲（不要忘记，这只是我们成年人的所谓理！）尤其孩子们看童话寓言，我觉得无聊。从那群鸡鸭狗猫那里能学些什么呢？那间小小的图书室我忘得连影都没有了。后来在一本西洋古书里读到“小孩子都是魔鬼”，当时觉得真是“先得我心”，异常地高兴。仿佛自己从来没有这样过，不，简直觉得自己从来没是孩子过。一下生就“非礼勿视，非礼勿听”，渐渐成了“老成”的少年。一直到现在，十几年以后了，变成了这样一个在心灵里面总觉得有什么不满足的我。在这期间，我经过了中学，经过了大学，又来到外国，在这小城里寂寞地住了六年。似乎才一霎那的工夫，然而自己已经是三十岁的人了。

在最后两年里，自己几乎每个礼拜都到一个教授家里去谈一次天，消磨一个晚上。他有两个男孩子，两个活泼的天使。小的刚会说话，但已经能耍出许多花样来淘气。大的五岁，还没有入小学，已经能看书。我教过他许多中国字，他在这方面表现出惊人的记忆力。我很高兴，他自己也很骄傲。于是我就成了他的好朋友。每天晚上在上床以前，他母亲都念童话给他听。我看了他瞪大了眼睛看着他母亲嘴动的时候，眼睛里是一片童稚清晖的闪光，我自己也不禁神往。他每次都是不肯去睡，坐在沙发上不动，母亲答应他明天晚上多念点，才勉强委委屈屈地跳下沙发，走向寝室去。在他幼稚的幻想里，我知道，他一定也看到了月的国，虹的国；看到了生着金色翅膀的天使，这幸福的孩子!

也许就为了这原因，我最近接连着几夜梦到那向来不曾来入梦的仿佛从我的记忆消逝掉的小学校。我梦到木槿花，梦到芍药和牡丹，梦到累累垂垂的金黄色的豆子。虽然我没有一次在梦里看到那小图书室；但醒来伏在枕上追寻梦里的情景的时候，第一个想到的就是它。我知道自己也是个孩子过，知道孩子有孩子的需要。虽然自己的童年并不绚烂，但自己终究有过童年了；而且这间幽暗的小屋，和那些花花绿绿的小书册子也曾在自己灰色的童年上抹上一道彩虹。对我这也就够了。生在那时候的中国，我还能要求更多的什么呢?

但事情有时候也会极凑巧的，正巧在这时候，西园、虎文带了文文来这小城里看我。虎文以前信上常讲到他俩决意从事儿童教育。现在见了面，他便带给我具体的计划。那两天正下雨，我们就坐在旅馆的饭厅里畅谈。屋子里暗暗的，到处浮动着一片烟雾。窗子外面也只看到一条条的雨丝从灰暗的天空里牵下来。我自己仿佛到了一个童话的国里去。虽然虎文就坐在我靠近，但他的声音却像从遥远渺冥的什么地方飘过来，一声声都滴到我灵府的深处，里面有的是神秘的力量。我最初还意识到自己，但终于把一切把自己都忘掉了，心头只氤氲这么一点无名的欢悦。偶尔一抬头，才仿佛失神似地看到吹落在玻璃窗子上的珍珠似的雨滴，亮晶晶地闪着光。我当时真高兴，我简直觉得这事业是再神圣不过的了。他们走后，我曾写给他们一封信说："我已经把这两天归入我一生有数的几个最痛快的日子里去。"他们一定能了解我的意思，但他们或许想到另外一方面去。友情当然带给我快乐，但他们的理想带给我的快乐却还更大些。

我当时曾答应虎文，也要帮一点忙。但这只是一时冲动说出来的。自己究竟能做什么，连自己也是颇有点渺茫的。自己在这里念了六年语言学，念过纪元前一千多年的《梨俱吠陀》，念过世界上最长的史诗之一《摩诃婆罗多》，念过佛教南宗的巴利文经典，中间经过阿拉伯文的《可兰经》，一直到俄国的普希金、高尔基。但儿童文学却是一篇也没念过。不过，自己主要研究对象的印度，是世界上无与伦比的寓言和童话国。有一些学者简直认为印度是世界上一切寓言和童话的来源。所以想来想去，决意在巴利文的《本生经》（*Jātaka*）里和梵文的《五卷书》里选择最有趣的故事，再加上一点自己的幻想，用中文写出来，给中国的孩子们看。我所以不直接翻译者，因为原文文体很古怪。而且自己一想到自己读中文翻译的经验就头痛，不愿意再让孩子们受这不必要的苦。

但我并没有什么不得了的野心，我的愿望只是极简单极简单的。自己在将近二十年的莫明其妙的生活中，曾一度忘记自己是孩子过；也曾在短时间内演过几千年演下来的悲剧！后来终于又发现了自己：这对我简直是莫大的欣慰。同时老朋友又想在这方面努力，自己也应当帮忙呐喊两声。现在就拿这本小书献给西园和虎文，同时也想把我学校里那间很低而且幽暗的图书室——我受过它的恩惠，然而有一个期间竟被我忘掉的深深地刻在记忆里。倘若有同我一样只有并不绚烂的童年的孩子们读了，因而在童年的生活上竟能抹上一道哪怕是极小的彩虹，我也总算对得起孩子们，也就对得起自己了。

1941年12月15日德国哥廷根

纪念印度古代伟大的诗人迦梨陀娑

作为印度人民的老朋友的中国人民，热爱和平的中国人民，我们衷心响应世界和平理事会的号召，来纪念印度古代伟大的现实主义诗人迦梨陀娑。我们极其兴奋地看到印度古代光辉灿烂的文学艺术一天一天地更为全世界人民所了解、所欣赏。

印度的古典文学有极悠久极光荣的历史传统。从公元前一千多年的《梨俱吠陀》起，这传统可以说是基本上没有中断。各种体裁的作品接二连三地出现。公元后四世纪到六世纪的笈多王朝时代，梵文文学的发展达到了光辉的顶点。许多伟大的作家都生在这个时代。诗人、戏剧家和小说家都有。他们遗留下来大量的篇章一直到今天还发着不可磨灭的光辉。

公认为印度古代最伟大的诗人迦梨陀娑就生在这个时代。

尽管他的生年卒月学者们都还未有定论，他的生平活动情形我们也几乎完全不知道，但是他的作品却流传下来了。这些作品大体上可以分为三类。一类是戏剧，有《沙恭达罗》和《优哩婆湿》；一类是叙事诗，有《鸠摩罗出世》和《罗怙世系》；一类是抒情诗，有《云使》。此外还有两部著作《摩罗毗伽与阿只你密多罗》和《时令之环》（《六季杂咏》），也很可能是他的作品。

这些著作都是用梵文写成的。在印度的古代，只有高级种姓的男人准许说梵文，因为梵文被认为是神圣的语言，其他低级种姓的男人和所有的女人只能说俗语，这些人是不准许玷污这神圣的语言的。因此，在迦梨陀娑的剧本里，就有两种语言。剧本的对白和诗歌间杂起来，有点像中国的古典戏剧。

现在，首先介绍一下他的主要著作的内容。

《沙恭达罗》的故事是从印度古代史诗《摩诃婆罗多》里取来的。国王豆扇陀到山里去打猎，碰到隐士仙人的养女沙恭达罗。两个人一见钟情，就用乾闼婆（自由恋爱）的方式结了婚，沙恭达罗心里想到的只有豆扇陀，失神落魄，大仙人达罗婆娑来到她跟前，她竟然没有看到。仙人大怒，就发出诅咒：国王一定会把她忘掉，一直到看见他送给她的纪念品时，记忆才能恢复。国王回宫后，果然把她忘掉了。她师傅打发人把她送进宫，国王总不承认同她结过婚。他送她的戒指在路上掉到水池子里去了。她真是走投无路。她的生母（一位天女）就把她接上天去。后来一个渔夫捉到一尾金色鲤鱼，在鱼肚子里找到沙恭达罗丢掉的戒指。国王见到戒指立刻回想起来，他们俩的确结过婚，于是陷入极大的悲痛中。最后两个人在一座仙山里重逢，她已经生了一个儿子。夫妇父子团圆，皆大欢喜。

《优哩婆湿》写的是国王补卢罗婆和天女优哩婆湿恋爱的故事。同《沙恭达罗》一样，剧情的紧张也是由于诅咒引起来的。天女优哩婆湿下凡与补卢罗婆同居。因为一时嫉妒，她竟忘记了那个不许女人踏上鸠摩罗的林子的禁约，她贸然闯进林子，自己立刻变成了一棵蔓藤。国王看不见她了，在树林子里到处找她。天上飘过一片云彩，他认为是一个吞掉他的爱人的恶魔，准备向它进攻，最后发现，这只是一片云彩。他又向孔雀、向杜鹃、向火鹤询问，它们是否看到他的爱人，但是它们飞掉了。他向荷花里的蜜蜂合掌问讯，请求它告诉他爱人的消息。他请求大象，告诉他爱人的踪迹。他问山，是否看到他的爱人，山用回响回答他：“看见了。”他寂寞地躺在山溪旁。他幻想爱人变成了小溪。后来他看到了一块发光的宝石，这块石头具有魔力，能使分离者复合。他拿起了石头，立刻有一种不可抗拒的力量把他带到那一棵蔓藤那里去。他拥抱它：优哩婆湿躺在他怀抱里。后来一只鹰把石头抢走。这只鹰为箭所中，石头又落到他手里。射下这一只鹰来的不是别人，正是优哩婆湿偷偷地给他生下来的儿子。因为天帝因陀罗曾说过，什么时候看到自己儿子的面孔，天女优哩婆湿就要归天。现在既然看到儿子的面孔，看来夫妻非分离不可了。然而又来了转机。天帝请国王去助战，于是就加恩于他，允许优哩婆湿同他团聚。

《鸠摩罗出世》是长篇叙事诗，写的是战神下生的故事。受了天帝因陀罗的委托，爱神迦摩来阻挠湿婆神的苦行。同他来的还有他的朋友春天和他的爱人爱欲。当他看到湿婆坐在虎皮上，头发上缠着蛇，耳朵上垂着玫瑰花环，披了黑鹿皮，眼睛看着自己的鼻子，正在入定的时候，他几乎失掉了信心。正在这时候，喜马拉雅山的女儿婆罗伐提突然出现。光彩动人。她向湿婆致敬。爱神乘机射出了一箭。但是湿婆却压住了正要抬头的欲心，一眼看到爱神，便从那第三只眼睛里吐出火焰，把爱神燃成了灰。婆罗伐提也失望地转回家去。但是她并没有完全绝望，她又换了一种方式。她穿上树皮衣苦行。她这种举动终于感动了湿婆，同她结成夫妇。

第二首长篇叙事诗是《罗怙世系》。在这首诗里，迦梨陀娑歌唱了罗摩的生平的事迹，以及他的祖先和后裔的许多事迹。

《云使》是一首长篇抒情诗。一个服侍财神的药叉犯了过错，被流放一年。他离开自己的家庭和爱人，走到南方的罗摩山里去。在流放的第八个月上，正当雨季开始的时候，他看到一块云彩从南向北飘荡。他于是就向云彩提出请求，把他的消息带给自己的爱人。他详详细细地把从罗摩山到他故乡沿途应走的道路叙述给云彩。诗人用绚烂的词藻描述沿途的风光。对邬阇衍那城的描写特别充满热情。诗人显然是非常热爱、非常熟悉这座城市的。全诗充满了美丽的幻想，动人的比喻，可以说是抒情诗的杰作。

以上简单叙述了迦梨陀娑的主要作品的内容。这些作品写成大约一千五百年了，在印度有很多版本和注释，被译成了许多印度语言。一直到今天，他的剧本还在上演，他的诗歌还为广大印度人民所传诵。过去有很多诗人向《云使》学习，写成自己的诗篇，有的以风为使，有的请鹦鹉传送讯息。《云使》也译成了僧伽罗文，锡兰岛上的诗人也写出了不少的模拟作品。由此可见，印度人民是怎样热爱自己的大诗人了。

但是迦梨陀娑的影响还不仅限于印度和锡兰。近一二百年以来，自从梵文的研究首先在欧洲，然后在美国兴起以后，欧美学者和诗人接触到了印度的光辉灿烂的古典文学。这种文学具有一种对他们说是前所未闻的动人的魅力。他们大为惊叹赞赏。譬如说，《沙恭达罗》于 1789 年译成英文，1791 年转译为德文。当时在欧洲，特别是德国，曾引起重视和颂扬。德国大诗人歌德和席勒都热烈地加以赞颂。歌德歌唱《沙恭达罗》

的诗是大家都知道的。他还有一首赞扬《沙恭达罗》和《云使》的诗：

还有什么东西更可爱可亲！
同沙恭达罗、那罗，应该接吻；
弥迦杜陀，这云彩使者，
谁肯把他从灵魂里割舍！

席勒在写给宏保特的信中说："在古代希腊竟没有一部诗能够在美妙的女性的温柔方面，或者在美妙的爱情方面与《沙恭达罗》相比于万一。"这两位伟大的德国诗人对印度古典文学的热情可见一斑。《沙恭达罗》在全世界已有几十种译本。迦梨陀娑的其他著作也同样有许多外文译本。由此也可见，全世界人民是怎样热爱这一位伟大的印度诗人了。

对中国人民来说，迦梨陀娑的作品也并不是陌生的。抒情诗《云使》早在几百年前就有了西藏文译本。到了近代，苏曼殊曾注意到迦梨陀娑的作品，而且打算翻译介绍。近二三十年来，我们有了好几种《沙恭达罗》的译本，也都受到读者的欢迎。

迦梨陀娑的作品为什么能在这样长的时间内受到国内国外广大人民群众的爱好呢？印度人民和外国学者都一致认为《沙恭达罗》是迦梨陀娑的最伟大的作品。我们就先拿这部杰作来试着分析一下吧。

我们知道，笈多王朝是印度奴隶制社会发展到了顶点的时期。在《沙恭达罗》里，迦梨陀娑通过对那些古代半人半神的人物的描写具体地真实地生动地反映了印度奴隶社会上层统治者的生活情况和思想意识。在这个剧本里，上层统治者出场的有国王、国师、将军等人物。他们的言语和行动、幻想和希望，以及他们之间的关系，迦梨陀娑都如实地加以描绘。他有时利用丑角的插科打诨对他们进行讽刺。譬如，丑角对国王说："正如一个厌恶了枣子的人想得到罗望子，万岁爷享受够了后宫的佳丽，现在又来打她的主意。"这含意不是很明显吗？

在另一方面，许多下层被统治者也出了场。在第六幕里，宫女说："几天以前，总督老爷弥咀罗婆苏才把我们俩送到万岁爷脚下来，让我们俩在这后宫的花园里做些杂活。"听口气，她们很像是总督进贡给国王的奴隶。在奴隶社会里，特别是在奴隶制发展到了顶点的时代里，奴隶主们都是看不起奴隶的。在他们眼中，奴隶简直不是人，而是天生要为自己作牛作马的。迦梨陀娑自己是婆罗门，可能又是宫廷诗人，无疑地是奴隶社会的上层分子。然而，剧本中所描写的这两个宫女却写得天真无邪，生动活泼。诗人把她们写成了有思想有感情有血有肉极其正常的人，没有一点轻蔑和歪曲。

另外一个著名的场面就是第六幕开始时的插曲。在印度古典文学里，写人民大众的生活的作品是很少的。在这里，迦梨陀娑却写了一个渔夫。这个渔夫捉住了一条红色大鲤鱼，剖开肚子，在里面找到一只刻着国王的名字的戒指。结果被当成贼捉将宫里去。渔夫猎师在印度都被认为是最低的阶层，几乎是不齿于人类的。然而在迦梨陀娑笔下的渔夫也是一个有思想有感情有血有肉的极其正常的人。迦梨陀娑对他也没有一点轻蔑和歪曲。

特别值得我们注意的一点是，迦梨陀娑在这个剧本中具体生动地写出了被压迫的人们对于美好生活的向往和对于一切美的东西的热爱。上面我已经谈到那两个总督老爷进贡给国王的宫女。她们幽居深宫，虽然自己嘴里说是“做些杂活”，实际上就是作牛作马。然而这种生活并没有抑压住她们对于明媚的春天的热爱。春天到了，宫苑里开了芒果花。国王因为怀念沙恭达罗，自己没有心情过节，也不许别人过。但是这两个宫女却跑到花园里来采花，准备供养爱神。她们在花园里尽情地说笑，尽情地欣赏这繁花如锦的明媚的春光。被压迫的人们的这一点对于美好的生活的向往，对于一切美的东西的热爱是非常值得珍贵的。

这种对美好生活的向往，对一切美的东西的热爱，并不只是表现在《沙恭达罗》里，在迦梨陀娑的许多著作里都贯穿着这种精神。《鸠摩罗出世》里的婆罗伐提表现的也是这种精神。在《云使》里，尽管那个被罚离开家乡的药叉同爱妻分别，忆念不置，在无可奈何中，只好托云彩给爱妻带讯；但是通篇情调在淡淡的离愁别恨中总有一些乐观的成分，丝毫也不沮丧。我觉得，迦梨陀娑这一个特点是很突出的，是非常值得我们重视的。

此外，迦梨陀娑还有一个特点，也是非常值得重视的。他在他的戏剧、叙事诗和抒情诗里所描写的一山一水，一草一木，一头兽，一只鸟，一朵花，一片云，以及早晨的红霞，晚上的落日，秋天的月亮，夏日的骤雨，不管是生物，是无生物，还是自然现象，无不生动可爱，怡然自得。我们可以看出，诗人是多么热爱他祖国大地上产生的这一切东西！读者读了以后会油然而起热爱乡国之情，不是很自然的吗？

迦梨陀娑在塑造人物上达到惊人的真实的程度。他在一千多年前达到的那种真实性今天还不能不让我们钦佩。特别是拿当时印度文学达到的一般水平来衡量他，我们就更会觉得他的成就是突出的。在他作品里的人物，不管他是什么人，是国王国师也好，是渔夫奴隶也好，是天上神仙也好，都是具体真实、栩栩如生，仿佛就活在我们眼前。他使用的语言是梵文。这种语言到了笈多王朝时代，早已不是活的语言，而是雅语了。但是，同那些和他同时代的作家比较起来，他笔下的梵文是生动流利的，生气勃勃的。他的词藻华丽，但是并不堆砌；他遵守传统的诗法，但是并不矫揉造作。作为表现手段的语言同他所要表达的内容是一个不可分割的统一体。用生动流利的语言表达永远乐观永远向前看的精神，表达对生活对一切美的东西的热爱，这就是迦梨陀娑艺术的特点，这就是他的作品在这样长的时间内为全世界广大人民所爱好的原因。

伟大的印度人民的伟大诗人迦梨陀娑的影响已经超越了印度的国界。他的作品已成为全世界人民文化宝库里的一块光辉灿烂的宝石。一二百年以来，全世界不知有多少人因为读了迦梨陀娑的作品而对印度和印度人民有了进一步的了解，加强了对印度和印度人民的友谊和感情。我们相信，通过这一次纪念，全世界爱好和平的人民将会更相互尊敬和了解，我们的友谊将会更加巩固，共同保卫和平和为人类崇高事业而奋斗的决心也将会更加强。瞻望前途，我们充满了信心。

1956年5月2日

印度古代伟大诗人迦梨陀娑的《云使》

今年世界和平理事会号召纪念的世界文化名人里面，有印度古代伟大诗人迦梨陀娑。关于他的生平、著作，以及艺术特点，我国的报刊上已经发表了不少的文章。他的长篇抒情诗《云使》和戏剧《沙恭达罗》也都有了从梵文原文直接译过来的新译本。这大大增进了中国人民对印度古典文学的了解，扩大了我们的眼界，巩固和促进了我们两国人民之间的传统的友谊。

这位印度古代伟大的诗人在过去一千多年以内为广大印度人民所热爱；在最近一二百年以来，因为他的作品逐渐译成了外国文，又为广大的世界人民所热爱，原因究竟在什么地方呢？仔细分析起来，原因是十分复杂的。但是我们目前只有《云使》和《沙恭达罗》这两个全译本，进行全面分析势必要引用梵文原文，这对中国读者说起来，是不容易了解的。我现在只根据中译本对《云使》尝试着进行一些分析。由一斑可以窥全豹，也许不无意义吧。

《云使》是长篇抒情诗，情节非常简单。一个药叉犯了错误，为主人财神俱毗罗所放逐，不得不与爱妻别离。但是他伉俪情笃，念念不忘他的爱妻，以致身体瘦削，连臂上的金钏都向下褪落。七月初，他看到一片云彩，“因为苦恋者天然不能分别有生与无生”（五），他就恳请云彩把他的消息带给他的爱妻。他告诉云彩，应该怎样走，路上会看到些什么东西，对他爱妻要说些什么话。这就是这首诗的情节。诗人迦梨陀娑就根据这样简单的情节写成了一百一十五节光辉的诗。

这些诗究竟表现了什么东西呢？首先它歌颂了爱情的纯笃和坚贞。这一点，只要读过这首诗的人都可以体会到，因为这一种精神贯穿了全诗。这个药叉请云彩告诉他的爱妻：

他为噩运阻隔在远方，怀着心心相印的愿望，
他只有凭清癯消瘦，凄怆悲痛，频频叹息，
热泪纵横和焦灼不安来配你的瘦弱可怜，
凄凉伤感，长吁短叹，珠泪盈腮和满怀焦急。

——一〇二——

同时他还想象，他的爱妻是怎样想念他：

请认一认沉默寡言的她，我的第二生命，
因为伴侣远离，她像雌轮鸟一般孤寂，
我想那少女在这些沉重的日子里，
满心焦急，已如霜打的荷花姿色大非昔比。

——八三——

想那可爱的人一定由悲泣而肿了双眼，
嘴唇为叹息的热气所薰而颜色改变，
手托着的脸为下垂的头发所遮，不全显现，
正如明月光辉为你所掩时一样可怜。

——八四——

诗人用极形象化的词句刻划出两地相思的一对情人。在长时间内这些诗句不知道感动过多少人。

其次，这首长诗充分表露了诗人对他的祖国大地上自然景物的热爱。他在这首诗里描写了许多东西，有山，有水，有鸟，有兽，有城市，有人物。这一些有生无生的东西，尽管种类繁多，各有不同，但是在诗人笔下却都是栩栩如生，生动可喜。我们看到，鹤群在天空里排成行列（九），天鹅伴云同飞（十一），田野上一片芬芳（十六），山上充满了花香（二十二）。

你登上峰顶，黝黑得如同润泽的发髻，
遍复山四周的熟芒果也闪闪发光，
那时山峰定会使神仙伴侣欣赏艳羡，
它中间黑而四面全白，好像大地的乳房。

——十八——

看到了迦昙波花的半露的黄绿花蕊，
和处处沼泽边野芭蕉的初放的苞蕾，
嗅到了枯焦的森林中大地吐出的香味，
麋鹿就会给你指引道路去轻轻洒水。

——二十一——

对优禅尼城的描写更是充满了热情。“它好像是天上的居民在享受福报将尽时，把剩余的福泽换了一角天堂带来大地”（三十）。诗人的故乡就正是这大地上的天堂，他对它怀着满腔热爱是完全可以理解的。

至于药叉委托的对象云彩，虽然本身是无生的东西，但在诗人笔下却获得了生命。它同山峰成了朋友，“他（指山峰）每年当雨季来临和你(指云彩)重逢时,都用久别所生的热泪来表示友爱之意”(十二),它在旅途疲倦时可以在山峰上歇歇脚，消瘦时可以到江河中喝清水（十三）。它在那有藤萝亭盖给林中妇女享用的山头可以倾水（十九）。它在路上也不会感到寂寞。天鹅同它作伴（十一），糜鹿给它指引道路（二十一），孔雀向它表示欢迎（二十二），山上盛开的迦昙波花喜气洋洋地来亲近它（二十五），凉风在它身下吹拂（四十二）。在长途旅行中，它的爱人闪电夫人始终陪伴着它（三十八）。到最后，药叉还希望“但愿你一刹那也不和你的闪电夫人离分”（一一五）。

从迦梨陀娑到现在已经有一千多年，人类社会已经有了极大的改变；但是他笔下的这一些东西仍然活生生地出现在我们眼前。我们读了他的诗篇，仿佛亲眼看到这些东西，鼻子里仿佛能嗅到芒果花的香气，我们仿佛随了云使在印度大地的上空飘荡，亲眼看到印度美丽的山河。他诗里的一鸟一兽，一花一木都引起我们的热爱，我们想拥抱它们，想抚摩它们。诗人这种神秘的力量是从什么地方得来的呢？这不单纯是一个技巧问题。诗人首先对他祖国的大地怀了无限的热爱，他才能通过诗句感染我们，把他的热情传达给我们。一个印度人读了他的诗，会更加热爱祖国，这是非常自然的事情。

此外，这首诗还表现了一种永远向前看，永远不沮丧的乐观精神。药叉同爱妻分离，当然有些悲伤。但是整个诗篇的情调在淡淡的哀愁中丝毫也不给人消极失望的印象。正相反，它带给人无穷的希望。

到毗湿奴从蛇床起身时，我的谪期就满，
请你闭起两眼去度余下的四个月时间；
以后你我就实现分离时积累的种种心愿，
在秋天的满月光辉照耀下的夜晚。

——一一〇——

凭这个表记你就知道我依然安好，
俊眼的人啊！请莫信谣传对我怀疑；
有人居然说，爱情在分别时就会减退，
其实心爱之物得不到时滋味更加甜蜜。

——一一二——

这种永远不消极，永远向前看的精神是非常值得珍惜的，在有阶级的社会里广大被压迫人民斗争和反抗的基础和动力就是这种精神。

以上这一些特点虽然只是根据《云使》这一首长诗分析出来的，但是这一些特点却并不限于《云使》一书，贯穿迦梨陀娑整个著作的就正是这一些特点。印度人民热爱自己的祖国，过去在殖民统治下，不断起义革命，前仆后继。这就说明了，勤劳勇敢智慧的印度人民具备迦梨陀娑用极高的艺术手法表达歌颂的这些优良品质。这也就说明了，为什么广大印度人民一直到今天还怀念、热爱他们的伟大的诗人。现在印度全国正在大规模地纪念迦梨陀娑。获得了独立的印度人民将会从这位大诗人那里学习一些新东西。通过这一次纪念，我相信，中国人民也将会从这位大诗人那里学习不少东西。

（本文引用的诗都是根据金克木译本引来的。——作者）

1956 年 5 月

《沙恭达罗》译本序

印度古典文学有着悠久的、光荣的传统。从质的方面来看，它可以媲美中国和希腊的古典文学。从量的方面来看，它远远超过古代希腊。从公元前一千多年的《梨俱吠陀》起，印度古典文学传统可以说是基本上没有中断。到了公元四世纪到六世纪的笈多王朝时代（约等于中国的东晋到南北朝），梵文文学的发展达到了光辉的顶点，被后世的许多历史学家称为“黄金时代”。有些学者把这时代叫做“梵文文学的文艺复兴时代”。这是不完全正确的，因为没有中断，就谈不到什么复兴。在这个过渡期间，作家和作品显得少了一点，这也是事实。这可能是由于印度古代缺少史籍，年代先后，模糊一团。许多作家和作品的年代都无从确定。从而看起来就似乎中断了一个时期。到了笈多王朝时代，名家如林，灿若繁星，作品光彩，映照千古，似乎真的是“文艺复兴”了。

梵文文学为什么在笈多王朝最发达呢？这原因应该到当时的社会环境里和梵文文学发展的规律中去找。笈多王朝建立于公元320年，创始人是旃荼罗笈多一世（320年至330年）。他以后名王辈出，最盛时期的版图包括整个北印度和中印度的一部分，是阿育王以后的第一个大帝国，也是印度封建社会发展到了高峰的一个大帝国。

在这期间到印度去留学的中国和尚法显对当时的印度社会情况有这样的描述：

> 从是以南，名为中国。中国寒暑调和，无霜、雪。人民殷乐，无户籍官法；惟耕王地者，乃输地利。欲去便去，欲住便住。王治不用刑网，有罪者但罚其钱，随事轻重。虽复谋为恶逆，不过截右手而已。王之侍卫、左右，皆有供禄。举国人民，悉不杀生，不饮酒，不食葱、蒜，惟除旃荼罗。旃荼罗名为恶人，与人别居。若入城市，则击木以自异，人则识而避之，不相唐突。国中不养猪、鸡，不卖牲口。市无屠沽及沽酒者。货易则用贝齿。惟旃荼罗猎师卖肉耳。自佛般泥洹后，诸国王、长者、居士，为众僧起精舍供养，供给田宅、园圃、民户、牛犊，铁券书录，后王王相传，无敢废者，至今不绝。（《法显传》）

这里描绘的是北印度恒河盆地所谓雅利安地区（Āryāvarta）的情况。这里是笈多王朝龙兴之地，是它的基础，是由大皇帝直接统治的。在法显的简短、具体又生动的描述中，我们可以看到，当时生产的基础组织主要仍然是农村公社，因此才没有户籍官法。此时印度历史已经进入封建剥削制高度发展的阶段。为什么“惟耕王地者，乃输地利”呢？为什么在法显眼中，赋税竟如此之轻呢？印度学者高善必（D.D.Kosambi）认为，这可能是由于同苛重的中国赋税比较起来，显得如此而已（见所著《印度史研究导论》*Introduction to the Study of Indian History* 第278页）。在“中国”（Madhya-deśa）以外的田地是一定要收租的，一般是收获物的六分之一。大皇帝直接统治的地区，赋税会轻一点，这是可以理解的。所谓“欲去便去，欲住便住”，是说明这里没有农奴制。奴隶已经不允许买卖，但是社会上种姓制度还非常严格。旃荼罗不许住在城内；进城时，必须敲击木头，让别人闻声躲开，以免接触。今天流行在印度的所谓“不可接触”的制度，当时已经根深蒂固。国王、长者等赠送田地给僧伽。高善必在这里看出了没有土地私有制。我认为，这是不正确的。土地私有制从公元前五、六世纪封建社会开始就已存在于印度，到了笈多王朝时期，早已不是什么新鲜事物，更谈不到什么不存在的问题了。

在这个囊括北印度的大帝国以内，特别是在笈多王朝全盛时期，政治上是统一的，政令是能够通行全国的。在经济方面，生产力是相当高涨的。城市很繁荣，商业很昌盛，国内和国外交通都比较发达。国外贸易北至中亚，东至中国、印度尼西亚，西至小亚细亚、中近东，到处都呈现出一片欣欣向荣的气象。拿中国的历史来比一下，这是“分久必合”的时期，是所谓“盛世”。

笈多王朝全盛时期，情况大体上就是这样子。

马克思在《〈政治经济学批判〉导言》中指出，艺术生产与物质生产发展是不平衡的。证之许多国家的文学史，情况确确实实是这样的。古代希腊就是一个很好的例子。但是在东方一些国家，比如中国和印度，例外的情况是可以找得到的。在中国文学史上和印度文学史上，往往有艺术生产与物质生产正相适应的时期。中国的盛唐文学就是如此。印度的笈多王朝的文学也是如此。笈多王朝是印度经济高度发展的时期，与之相适应的是一个文学艺术的高度发展。

但是只从物质基础的发展上还不足以完全说明梵文文学之所以在这个时候特别发达的原因。我们还应该把其他方面的情况也仔细探讨一下。

我们首先看一看文字工具和文体风格方面的情况。在印度古代，书面语言主要是梵文，此外还有少量的俗语。大家都知道，保留到现在的最古的印度文学语言是吠陀语。吠陀语的语法变化异常繁复，无论是名词、动词，还是代词、形容词，语法形式都是异常地多的。但是文体风格却是比较明畅而淳朴。继吠陀梵语而起的是史诗梵语。语法变化已经有所简化。接下去就是古典梵语。我们平常所说的梵语就是指的这种语言。作为表达思想的工具，到了笈多王朝，古典梵语已经有了一千多年的历史。在这一千多年中，文学语言的发展约略可以分为三个阶段：梵语——俗语——梵语，有点辩证法否定之否定的意味。至于文体风格的发展却是一条直线的：从明畅淳朴向着繁缛雕饰发展。对婆罗门教来说，梵语是神圣的语言。在最初，宗教、哲学、文学、艺术，甚至医学、天文学等方面的书籍都是用梵语来写的。到了后来，随着社会的发展，随着阶级斗争的发展，新的宗教兴起了，梵语的一统天下随之而动摇。比如佛教和耆那教一兴起，为了对抗婆罗门教，争取群众，立刻就否定梵语的神圣地位，而采用俗语作为经堂语言。佛教和耆那教的经典都是用俗语写成的，同婆罗门教使用梵语形成了鲜明的对照。不但在宗教方面，而且在政治方面，梵语的垄断地位也动摇了。公元前四世纪兴起的孔雀王朝，是印度历史上第一个版图最广的大帝国，几乎统一了整个印度。这个王朝的官方语言不是梵语，而是古代半摩揭陀语。有名的阿育王的碑铭可以为证。为什么产生这样的现象呢？同样是统一的帝国，何以孔雀王朝用俗语，而笈多王朝用梵语呢？我们现在还无法说得很清楚。原因之一可能是在阿育王时代，梵语的规范化工作还没有完成，公元前四世纪，波你尼正在努力使梵文规范化。也许是由于他的语法体系最科学、最合理，就为大众所接受，因而产生了巨大影响。到了公元后的笈多王朝时代，这个规范化的工作完成了，于是梵语一跃而成为官方语言。不但在政治方面是这样，连在宗教方面也表现了相同的情况。佛教的教祖原来是竭力反对梵语的。但是一旦梵语作为文学语言流行起来了，有的佛教宗派也开始使用梵语，说一切有部就是这样。到了佛教的大乘，就公然使用起梵语来，连违背祖训这样的感觉似乎都没有了。梵语又重新夺回了一统天下。

在文学方面，也表现了同样的情况。大约生于公元一、二世纪的佛教著名僧侣和诗人、戏剧家马鸣就使用梵语写作。他写的有关佛教教义的论著、长篇诗歌，甚至戏剧都使用梵语。只有某些脚色说俗语。另外一个作家跋娑（Bhāsa）可能也生在这个时候，或者略早一点。关于这个作家，一直到今天仍然争论很多，我们在这里不去细谈。他留下来的作品用的也是梵语。跋娑的文体非常简朴，几乎没有什么文采。马鸣却是在简朴中富有文采。他的名著《佛所行赞》已大兴藻饰雕绘之风，向着形式主义发展，不过还没有达到公元六、七世纪檀丁（Daṇḍin）、波那（Bāṇa）、苏般度（Subandhu）等作家那样，“五色相宣，八音协畅，由乎玄黄律吕，各适物宜”，有点像中国的齐梁文体而已。

上面讲的是文字工具和文体风格两方面的发展，都为笈多王朝的梵语文学的兴起打下了基础，创造了条件。

帝王对艺文的奖掖对于梵语文学的发展也起了促进的作用。中外历史都不乏这样的例子。中外历史上的国王、皇帝所关心的首先是巩固统治、扩大版图，为了达到这个目的，一定要穷兵黩武，大动干戈。打了胜仗，必须立碑记功，这就用得着文人，用得着“大手笔”。后汉窦宪伐匈奴，大胜，就让班固写文章记功，勒石燕然山上。平常也总要装模作样，附庸风雅，请文人写篇把文章署上自己的名字。中国的明太祖等皇帝，恐怕肚子里都没有多少墨水，但却都有“著作”。连自命风雅的乾隆皇帝也干类似的勾当。用他人的文章垂自己的名声，只好弄虚作假了。除了巩固统治、扩大版图和沽名钓誉以外，他们还深切关心传宗接代问题。中国秦始皇所谓“后世以计数，二世、三世，至千万世，传之无穷”，是一个典型的例子，在这一方面，也用得着文人。文人能写文章，为他们“圣上”传宗接代祈求祷祝。因此，“圣上”们也就奖掖艺文，总在朝廷上豢养一批文人，平常吟风弄月，歌功颂德；打起仗来，则草檄记功，勒石名山，两方面互相利用，国王要一些人鼓吹升平，文人借此得到点残羹剩饭。国王实际上是把这一批文人“倡优畜之”，借用鲁迅先生的话，就是把他们看作“帮闲”。在中国，文人还可以搞科举，做官，在印度好像连这一条路也没有。文人们只好依附朝廷，成为什么“九宝”之类。从《罗摩衍那》起，宫廷诗人的地位就不是很高的。他们主要是歌唱颂诗，唤醒国王，有点像中国唐诗“绛帻鸡人报晓筹，尚衣方进翠云裘”里的“鸡人”。中国诗人自己不唱诗催醒，只写诗颂圣，印度则须兼而有之，这恐怕是仅有的区别，其地位恐怕是不相上下的。

与上面的情况有联系的还有一个帝王本身对于梵语文学的态度。在笈多王朝全盛时期，几个皇帝都热爱梵语文学。在这一点上最突出的可以说是三摩答剌笈多（Samudragupta）。他不但非常喜爱梵语文学，自己还从事创作。从“诗王”（Kavirāja）这一个称号上，可以看出他在这一方面的自负与野心。至于文章是否真是他自己写的，那是另一个问题。大约在公元345年，在阿拉哈巴地方（这是以后的名字）建立起来的一个石柱上，有一篇铭文，是出自三摩答剌笈多的宫廷诗人嗬里尸那（Hariṣiṇa）之手。在这一篇铭文里，诗人歌颂了国王的战功，同时也颂扬了他的写诗与音乐的天才。这在中国已有先例。上面谈到的班固只不过是例子中的一个而已。

有以上谈到的这些情况，梵语文学在笈多王朝时代特别发展起来，几乎形成了一个发展的高峰，也就是完全可以理解了。公认为印度最伟大的诗人、世界文学史上伟大作家之一迦梨陀娑就生在这一个时代。

说他生在这个时代，实际上也是推测之辞。我们对于这一位伟大作家的生年卒月、生平活动，几乎是一无所知。在印度古代文学史上，几乎所有的作家情况都是这样，迦梨陀娑并非例外。

关于他出生的时代，有种种不同的学说。尽管印度和印度以外其他国家的梵文学者已经写了无数的文章来讨论这个问题，可是一直到今天也并没有大家都承认的结论。有的学者主张，他生在公元前几百年；有的学者又主张，他生在公元后几百年。他们列举论据的时候，真是八仙过海，各显神通；看来头头是道，条条有理。但是，只要从另一个角度一看，这些论据又往往站立不住，不攻自破。在这些错综复杂的学说之中，有一个学说是比较为大家所接受的，这就是：迦梨陀娑生在笈多王朝时代。

印度有一个传说：迦梨陀娑是一个婆罗门的儿子，幼年父母双亡，一个牧人把他养大。后来同一个公主结婚。因为表面上看起来出身微贱，公主极以为耻。他没有办法，就去向女神迦梨祈祷，女神加恩赐给他智慧，他于是一变而成为大诗人、大学者。因此人们就称他为“迦梨陀娑”（迦梨女神的奴隶）。

这个传说当然是不可靠的，我们毋宁说，这只是他的名字的一个文字游戏。根据他的作品，我们只能推测出，他是一个婆罗门，是湿婆的崇拜者；他对喜马拉雅山的风光很熟悉。在《云使》（*Meghadūta*）里，他对邬阇衍那（优禅尼）城有极其生动的充满了热爱的描写。我们因而可以推断，邬阇衍那城就是他的故乡。他有一个剧本，叫做《优哩婆湿》（*Vikramorvaśīya*）。这里可能隐含着一个国王的名字超日王（Vikramāditya），他可能在一个叫做超日王的国王的朝廷上生活过。这个推测是与一般的传说相符合的。一般传说就认为他是笈多王朝超日王朝廷上九宝之一。但是不巧得很，笈多王朝两个国王——旃荼罗笈多二世和塞建陀笈多——都在自己的钱币上刻着超日王这个徽号。因此看起来比较简单的问题就复杂起来了。从梵文文学的发展情况来看，旃荼罗笈多二世的可能性更大一些。他的首都正是邬阇衍那，这也与《云使》里的描写相符合。旃荼罗笈多二世在位期间约为公元 380 年至 413 年。因此，如果把迦梨陀娑生年的上限规定为 350 年前后，是比较靠得住的。曼陀娑尔（Mandasor）太阳神庙中有一个碑，立于 473 年，铭文的作者是一个不著名的诗匠，名字叫做婆荼跋底（Vatsabhaṭṭi）。他自己吹牛说，他要跟大名鼎鼎的迦梨陀娑比赛一下。他真的在模拟迦梨陀娑的风格。根据这一件事实，迦梨陀娑生存时代的下限可以定为 472 年。总起来说，他大概生于 350 年到 472 年之间。

迦梨陀娑留下了不少的作品。但是，正如他的生卒年月一样，他的作品的真伪也引起了不少的争论。一般认为可靠的作品有剧本《沙恭达罗》（*Śakuntalā*）和《优哩婆湿》，有抒情诗《云使》，有叙事诗《鸠摩罗出世》（*Kumārasambhava*）和《罗怙世系》（*Raghuvaṃśa*）。此外还有两部著作——《摩罗毗伽和阿祇儞密多罗》（*Mālavikāgnimitra*）和《时令之环》（*Ṛtusaṃhāra*）也很可能是迦梨陀娑的作品。

在这些作品里面，最重要的就是《沙恭达罗》。印度人民以及外国的梵文学者都一致认为，这是迦梨陀娑的最伟大的作品。

《沙恭达罗》的伟大之处究竟何在呢？从故事情节方面来看，看不出什么伟大之处；因为这情节是从古书上抄来的。在大史诗《摩诃婆罗多》中已经有沙恭达罗的故事（Śakuntalopākyāna，i62.1—69.51）。在《莲华往世书》（*Padmapurāṇa*）中也有（Svargakh. 1—5）。故事的基本情节已粗具规模。在大史诗里所缺的是仙人诅咒、失掉戒指。往世书已经有了戒指和仙人诅咒。迦梨陀娑创新的东西并不多，他只不过把爱情这个主题思想特别突出出来。因此，我们可以说，从主题思想方面来看，这一部作品看不出什么伟大之处。剧中着力描写的是男女的爱情，而爱情这样一个主题又是世界一切国家的文学中司空见惯的，丝毫也没有什么特异之处。然而据我看，迦梨陀娑的伟大之处就正在这里：他能利用古老的故事，平凡的主题，创造出万古长新的不平凡的诗篇。

迦梨陀娑自己是宫廷诗人。虽然从我们上面已经谈过的情况来看，他的地位不见得很重要。但是，既然依附宫廷，就必然要对皇帝作一些阿谀奉承的颂词。在迦梨陀娑的作品里就有不少歌颂当代帝王的诗篇。例如《罗怙世系》1.18：

为了人民的利益，
他征收了租税。
太阳把水吸上去，
落下来增加了千倍。

封建帝王是地主阶级的总头子，他主要依靠剥削农民生产的粮食来恣意挥霍。依附他们的像迦梨陀娑这样的诗人为他们歌功颂德，是不足怪的。迦梨陀娑不但歌颂国王的剥削，在《沙恭达罗》第四幕里，他还借干婆的嘴宣传服从长辈、敬事丈夫等一整套三从四德的封建道德。这同《罗摩衍那》女主人公悉多的伦理标准差不多，是一脉相承的。迦梨陀娑不但为国王的目前统治服务，他还关心国王的传宗接代问题，为他们将来的子子孙孙的统治服务。很多古代印度诗人都是如此。为什么《罗摩衍那》的作者蚁垤大肆宣扬一夫一妻制，宣扬悉多的贞节呢？说穿了，不外是替国王的继承问题操心而已。迦梨陀娑也不例外。在《沙恭达罗》第四幕里，他一再讲到沙恭达罗要生一个圣洁的儿子，做大王统治天下。在第六幕里，国王泄露了他谈情说爱的目的，也不过是为了得子继承王位。在《罗怙世系》和《鸠摩罗出世》里，迦梨陀娑同样也讲的是这个问题。在《沙恭达罗》第六幕里，谈到一个富商航海遇难，没有孩子，无人继承财产。国王说："没有孩子真悲惨。"迦梨陀娑给帝王操心，真可以说是到了家了。

但这只是一个方面。在另一方面，迦梨陀娑对当时上层统治阶级的所作所为也并不完全赞成。在长诗《罗怙世系》中，他用宛转曲折的笔调对国王提出了批评。罗摩遗弃了悉多，他把他描绘成为一个残酷无情的人。十车王误射死修道人之子，他认为他轻率、草菅人命。在《沙恭达罗》里，他利用丑角的插科打诨，隐隐约约地讽刺国王，讽刺他喜新厌故，玩弄女性，"家花不及野花香"。在第五幕里，他先描绘了被遗弃的王后恒娑婆抵在幕后的哀怨的歌声。然后写了被遗弃的沙恭达罗，写得缠绵悱恻，动人心魄。作者的同情显然都是在被遗弃者的方面。写沙恭达罗的被遗弃，其中好像还反映了封建主与农民、城市与乡村的矛盾。在第五幕里乡村人骂城市，沙恭达罗骂国王。作者的同情显然在受害者和农民一方面。同时，他对那些下层阶级里的人物，例如渔夫、宫女等等也同样是怀着一些好感的。第六幕里那两个宫女写得特别好。宫女一说："几天以前总督老爷弥呾罗婆苏才把我们俩送到万岁爷脚下来，让我们在这后宫花园里做些杂活。”听口气，很像是总督买的女奴隶。诗人写了短短的几行就把这两个宫女的声音笑貌都生动地描绘出来了。诗人把她们写得活泼可爱，也写出了她们对美好生活的向往，对一切美好的东西的热爱。

所有这一切无疑都是本书的精华。

迦梨陀娑对国王又歌颂又讽刺，这不是有点矛盾吗？在这里，矛盾是不能否认的，但也是完全可以理解的。我们举一个中国的例子。唐代伟大的诗人杜甫，忠君爱国，几乎达到念念不忘的程度。他关心人民疾苦，也是众所周知的。《自京赴奉先县咏怀五百字》：“生逢尧舜君，不忍便永诀。当今廊庙具，构厦岂云缺？葵藿倾太阳，物性固莫夺。”他对唐王的感情多么深厚啊！然而就在同一长诗里，他却唱出了千古流传的名句：“朱门酒肉臭，路有冻死骨。”在《丽人行》里，他又写道：“炙手可热势绝伦，慎莫近前丞相嗔。”难道人民这种凄惨的情况和大官这种跋扈的情况同他所依恋的唐王没有一点关系吗？难道杜甫对于这一点根本不知道吗？当然不是。在中国忠君是一种传统的力量，压在杜甫身上，使他不能自拔。但是人民眼前水深火热的生活又是活生生的现实，他不能视而不见，很难想象一个伟大作家对人民生活竟然漠不关心。对人民生活漠不关心的伟大作家是没有的。这样就产生了矛盾，反映到作品上就是又歌颂，又不满。杜甫毕生都陷在这个矛盾中。尽管中国诗人同印度诗人不完全相同，但他们之间总有一些相通的地方。在印度，忠君的传统势力可能要小一些。但是从史诗时起，比如在《罗摩衍那》里，作者就大肆鼓吹国王的重要性，大肆宣扬要敬重国王，歌颂国王。他拼命为国王涂脂抹粉。这种情况在印度好像也形成了一个传统，不能说迦梨陀娑就受不到它的影响。再加上既要依附国王，如果不说两句好话，饭也许就吃不下去。这就是迦梨陀娑的处境。我们对《沙恭达罗》中的矛盾只能作如是观。这是当时社会环境所决定的，我们对于古人不能形而上学地苛求。否则就是历史唯心主义。

不可否认，诗人所着重描写的还是国王豆扇陀和沙恭达罗之间的爱情。在当时的社会情况下，这种爱情是合乎理想的，无可非议的。沙恭达罗爱自己的丈夫，国王也爱沙恭达罗。经过了一些意想不到的曲折，两个人终于团圆。诗人用了很大的力量，描写两方面的相思。对沙恭达罗的思想和感情的活动，诗人更是挖空心思去加以描绘。她一方面想念自己的丈夫，愿意尽早地看到他；但是另一方面，她又舍不得离开自己的义父、朋友、心爱的小鹿和春藤。在她离别的时候，她对净修林里的一草一木都有无限的感情，依依难舍；而这些动物和草木也对她有无限的感情，也是依依难舍。诗人把人性赋予这些草木动物，它们也为沙恭达罗的别离感到悲哀：

> 小鹿吐出了满嘴的达梨薄草，孔雀不再舞蹈，
> 蔓藤甩掉褪了色的叶子，仿佛把自己的肢体甩掉。

这样一来，弥漫在净修林里的离情别意就更加浓厚起来了。中国唐代大诗人杜甫的诗句：

感时花溅泪，
恨别鸟惊心。

描写的也是同样的意境。这样的意境是有感人的力量的。《沙恭达罗》第四幕之所以特别为印度人民所喜爱，原因大概就在这里吧。

在第六幕里，诗人又着重描写了国王对沙恭达罗的想念，写下了许多众口传诵的诗篇。在印度人民心目中，第六幕是仅次于第四幕最受人欢迎的一幕。

迦梨陀娑一方面隐约地讽刺国王是沾惹闲花野草，玩弄女性，一方面又认真地描绘国王与沙恭达罗之间的爱情。这不是又有点矛盾吗？在这里，矛盾也是不能否认的。但同样是可以理解的。我们也举一个中国的例子。唐代大诗人白居易有一篇脍炙人口传诵千古的长诗《长恨歌》。内容是大家都熟悉的，它歌颂了唐明皇与杨贵妃的爱情。千余年来，不知有多少千万读者为唐明皇的真挚的爱情所感动。然而，就在本诗内白居易先说“六宫粉黛无颜色”，又说“后宫佳丽三千人”，可见唐明皇嫔妃之众多。这样一个荒淫的“天子”，哪里谈得上什么真正的爱情呢？他曾在马嵬坡前为了保住江山，忍心丢掉杨贵妃，“宛转蛾眉马前死”，“君王掩面救不得”，难道真是救不得吗？这是大家都要问的一个问题。然而在白居易笔下，唐明皇却成了一个情种，居然讲出什么“在天愿作比翼鸟，在地愿为连理枝”一类的话。白居易说的是真话呢，还是假话呢？

我看又真又假。真指的是白居易认为唐明皇应该这样子。假指的是现实中的唐明皇并不是这样子。诗人是把他自己理想中的爱情强加到皇帝身上。在《沙恭达罗》里，我们遇到同样的情况，迦梨陀娑明明知道，国王爱沙恭达罗，不过是寻欢作乐，逢场作戏。他一回宫就变了脸，根本不想承认他同沙恭达罗的关系。然而在诗人的笔下，国王也成了一个情种。迦梨陀娑说的是真话呢，还是假话？我看也有真有假。

这里牵扯到一个艺术与现实的问题。艺术能反映现实，不然就不成其为艺术。但又高于现实。毛主席说："文艺作品中反映出来的生活却可以而且应该比普通的实际生活更高，更强烈，更有集中性，更典型，更理想，因此就更带普遍性。"

德国伟大诗人歌德对文学艺术发表过类似的意见。1829 年 4 月 10 日，歌德把法国理想风景画家克罗特·罗伦（Claude Lorrain，1600—1682）的画拿给爱克曼看。从光线的来源来看，似乎与画上的景物有点矛盾；但是总起来看却是浑然一体，没有什么陌生的痕迹。歌德于是对爱克曼说：

> "现在你看到的是一个完人，他想得美妙，感觉得美妙，在他的心灵中有一个在其外任何地方都不容易看到的世界。——这些画具有最高的真实性（wahrheit），但是却没有一点现实性（wirklichkeit）的痕迹。克罗特·罗伦了解现实的世界，连细微末节都不会遗漏，他就使用这现实世界做手段，以表现他那美妙的心灵中的世界。而这就正是那种真正的理想性（Idealität），它能使用现

实的材料，让外表上呈现出来的真实（das erscheinendè Wahre）唤起一种幻觉，好像它真是现实的。”（Eckermann, *Gespräche mit Goethe*, Weimar 1918. 1. Bd. S. 300–301; *Conversation of Goethe with Eckermann and Soret*, Transl. by John Oxenford, London 1850, vol. II. P. 175–176;《歌德对话录》周学普译，商务印书馆1936年版，第205–206页。）

爱克曼说，这是至理名言，同样适用于诗与造型艺术。歌德说：“我也这样想。”

现实性（Wirklichkeit）指的是客观存在的事物，只把它如实地描绘出来，那还不能算是艺术。真实性（Wahrheit）比现实性更高、更深刻、更本质。艺术家的创造性就表现在由现实性提高到真实性。“外表上现出来的真实”唤起一种幻觉，让人看起来就像是现实的东西那样。国王同沙恭达罗的爱情就是这样。国王三心二意，这是现实的东西。经过迦梨陀娑的艺术加工，诗人写出了他认为应该是那样子的情况，换句话说，也就是诗人的憧憬或理想。于是国王就被写得一往情深。一千多年以来，印度国内外广大读者之所以深受感动，其动力来自真实性，而不是现实性。

这里还有一个问题我想谈一下。总起来看，《沙恭达罗》虽然基本上是一出喜剧，以大团圆结束，但是其中确实有一些悲剧的因素，几乎形成了一出悲剧。西方的文艺批评家分悲剧为两种：一种是由剧中人物的性格所决定的悲剧。一种是由一些偶然事件或命运所决定的悲剧。他们认为前者高于后者，而《沙恭达罗》是属于后者的。这种意见不能说是错误的。但是同印度具体情况结合起来，却不能完全应用。仙人诅咒竟然有那样大的威力，印度以外的人是不大能理解的。但是由于婆罗门（仙人就是他们的缩影）大力宣扬，印度人民相信了这一套，印度文人学士也把这一套搬进自己的著作中，关于这一点我们不应该过分苛求。

现在再谈一谈迦梨陀娑掌握语言工具的技巧和《沙恭达罗》的艺术风格。这二者是有密切联系的。梵文不是人民大众的语言，因而它就不能像人民大众的语言那样随时有洋溢着活力的源泉注入。它只在文人学士的笔下生存和发展。在长期发展的过程中，梵文逐渐失掉活力，走上雕琢堆砌的道路。不少的梵文作家专门发展一种刁钻古怪、冗长累赘的文体，有点像中国汉代的赋。像檀丁（Daṇḍin）的《十王子行述》（*Daśakumāracarita*）这样的作品，在印度文学史上也算是名著；但是里面的人物却多半都像影子似地没有血没有肉。这与文体是分不开的。然而在迦梨陀娑笔下的梵文都是淳朴而不枯槁，流利而不油滑，雍容而不靡丽，谨严而不死板。就用这样的语言工具，迦梨陀娑创造出来了一种新的艺术风格。这在印度文学史上是一件大事情。

关于艺术风格在印度文学史上衍变的情况，我在上面已经谈了一些。我现在专门谈一谈迦梨陀娑的艺术风格。简言之，他的风格既不像吠陀和史诗那样简朴，又不像檀丁、波那等那样“竞一韵之奇，争一字之巧”浓得化不开。在中国文学史上文（翰藻）与质（淳朴）总是交替地一起一伏地向前发展的。《诗经》的风格属于质，汉代的古诗也属于质，建安文学是由质到文的转折点。到了六朝来了一个文的大发展。初唐陈子昂等又提倡质。韩愈“文起八代之衰”。到了中晚唐，文又抬头。宋初又是质，南宋姜吴又是文。而在印度文学史上，情况却不是这样，它是直线发展的。迦梨陀娑就正处在这直线发展的中间。

我在这里并不想给文与质作什么评价。二者只要掌握得好，都各有优点。掌握得不得当，则失之毫厘，谬以千里。任何事物，都是如此。艺术风格也不例外。所以在这里关键是一个分寸问题，一个“火候”问题。我认为，迦梨陀娑是最能掌握分寸的，最能认识“火候”的，他的艺术风格在印度文学史上就成了空前绝后的典范。

迦梨陀娑就使用这样的语言工具，利用这样的艺术风格塑造出许多栩栩如生有血有肉的人物形象。我这里只想讲一个女主人公沙恭达罗。这样一个人物在印度文学史上是绝无仅有的。有比较才能鉴别。我先在这里举出几个中印文学史上的著名的妇女来比较一下。中国历史上和文学史上著名的妇女，如王昭君、蔡文姬等，虽然大名鼎鼎，但除了有点爱国主义之外，性格并不很明朗。杜甫讲到王昭君，也只不过说：“分明怨恨曲中论。”唐朝的杨贵妃，除了谈情说爱，争风吃醋之外，似乎也没有多少具体的东西。《西厢记》里的崔莺莺敢于反封建，但是对于张生却是一味柔顺。在印度文学史上，性格明确的妇女似乎比较多。沙恭达罗以前在文学史中最著名的妇女大概是《罗摩衍那》的悉多。悉多代表的是公元前三、四世纪的女性。按时间来看，沙恭达罗是在悉多之后；但从性格上来看，她却好像处在悉多之前。她身上倒有点《摩诃婆罗多》的味道。虽然干婆也大肆宣扬三从四德那一套，可是沙恭达罗本人却并不完全遵守。她不像悉多那样婉顺、柔和、屈从、容忍。虽然悉多也有两面性，但是总起来看，躬行三从四德之状可掬。沙恭达罗却还有点粗犷的味道，她又有点狡猾，她敢于当面痛骂国王（第五幕）。她先说："你引诱我这天真无邪的人。"又痛骂国王说："卑鄙无耻的人！你以小人之心度君子之腹。谁还能像你这样披上一件道德的外衣，实在是一口盖着草的井。"她还骂他是"骗子"。对于沙恭达罗这种性格，我们怎么去解释呢？可能有点史诗的残余的影响，也可能代表一些迦梨陀娑的观点：对国王不能百依百顺。

迦梨陀娑也使用了这样的语言工具，创造一个结构谨严，如无缝天衣，无懈可击的剧本。在剧本结构方面，他可以说是承前启后的。特别值得一提的是序幕这个形式。在序幕里，舞台监督和主要演员都出场。这种形式，在迦梨陀娑之前，跋娑就已经使用过。但跋娑的时代和作品的真伪到现在也还没有定论。因此，这个形式的来源究竟是谁，还不清楚。这种形式影响了德国伟大诗人歌德的《浮士德》，这是众所周知的。

从序幕到第一幕过渡得非常自然，引人入胜。第一幕以后，剧情的发展有起有伏，宛如大海中的波浪，一波未平，一波又起；又像一首交响乐，一环扣一环，有联系，但又有区别。故事情节，有时候如光风霁月，有时候又如惊涛骇浪。"山重水复疑无路，柳暗花明又一村"，这两句著名的诗句约略可以描绘剧中的意境。中间有一些神话性的东西，有点像中国的"做戏无法，请出菩萨"；但在《沙恭达罗》中却是生动自然，如行云流水，一点没有硬凑的痕迹。读这样一个剧本，看这样一个剧本的演出，真可以说是一种艺术享受。《沙恭达罗》之所以受到广泛的欢迎，其原因大概就在这里吧。

在印度，很多方言都有《沙恭达罗》的译本。人民喜欢这个剧本，并且以有这样的剧本而自豪。里面的许多诗句，人们都能够背诵。不少的梵文学者能把这个剧本从头背到底。一直到最近，还有人用梵文原文上演它。这都足以说明，这个古典名剧是怎样为广大的印度人民所喜爱。

在国外，人们喜爱这个剧本的程度决不下于印度。英国梵文学者威廉·琼斯（William Jones）于1789年把《沙恭达罗》译成英文。1791年，乔治·弗斯特（Georg Forster）又从英文译成德文。在欧洲文学界，特别是德国，它立刻就获得了我们今天简直难以想象的好评。德国的大诗人，像赫德（Joh. Gottfried v. Herder）、歌德和席勒都赞不绝口。歌德写过几首诗赞美它。其中一首是：

> 我们还要知道什么更优秀的东西，
> 沙恭达罗，那罗，我们必须亲吻；
> 还有弥伽杜陀，这云彩使者，
> 谁不愿意把它放进我们的灵魂？

另一首是：

> 春华瑰丽，

亦扬其芬；
秋实盈衍，
亦蕴其珍。
悠悠天隅，
恢恢地轮，
彼美一人：
沙恭达纶。
（苏曼殊译文）

一直到 1830 年 10 月 9 日，他还写信给法国梵文学者《沙恭达罗》梵文原本的编校者谢举（Chézy），满怀热情地赞扬《沙恭达罗》。我们已经提到，他的杰作《浮士德》里面的“舞台上序剧”，就是受了《沙恭达罗》的影响。

席勒也曾写信给威廉·封·宏保特（Wilhelm von Humboldt）说：“在古代希腊，竟没有一部书能够在美妙的女性温柔方面，或者在美妙的爱情方面与《沙恭达罗》相比于万一。”

歌德同席勒都曾考虑把《沙恭达罗》搬上舞台。沃尔凑根（A. V. Wolzogen）和莫莱（Morx Möller）都曾改编过《沙恭达罗》，在舞台上演出。施莱德（L. V. Schroeder）也曾改编过这个剧本，没有能够上演。在英国，这个印度古典名剧同样有上演的机会。1899 年，在皇家植物学会的花园中演出过。1912 年夏天，在剑桥大学留学的印度学生协助演出。1913 年 1 月，在皇家阿伯特剧院（Royal Albert Theatre）演出，一连演了五次。在维也纳和巴黎，《沙恭达罗》被改编为芭蕾舞，在舞台上演出。

在中国近代，第一次注意到《沙恭达罗》的人是苏曼殊。他曾谈到要翻译它；是否真正翻译出来了，无从确定。据估计，大概是没有翻译。据说曾圣提也有译本；是否真有，也不敢确定。王哲武根据法译本译过，在《国闻周报》上发表。出过单行本的有王衍孔译本和王维克译本，都是根据法文译的；还有糜文开译本，是根据英文译的。卢冀野曾把《沙恭达罗》改为南曲，名叫《孔雀女金环重圆记》。

在印度，正因为这个剧本为广大人民所喜爱，所以各地流传的版本很多。大体归纳起来，可以分为四类：一、孟加拉本；二、克什米尔本；三、中印度本；四、南印度本。这些本子之间有相当大的差别。究竟哪一个本子最靠得住，学者们的意见很不一致。德国著名梵文学者皮舍尔（Richard Pischel）是拥护孟加拉本的。我现在根据的本子就是皮舍尔校订的孟加拉本（*Kalidasa's Śakuntala*, *an ancient Hindu Drama*, critically edited by Richard Pischel, Harvard Oriental Series, volume sixteen, Cambridge, Massachusetts, Harvard University Press, 1922）。在这里还要加一点说明：梵文剧本有一点特别的地方，地位高的男人说梵文，地位低的男人和女人只准说俗语。如果把梵文译成文言，俗语译成白话，多少能表达这种气氛。但也有困难，所以一律译成白话了。

1959 年，第一次出版了我翻译的《沙恭达罗》。北京青年艺术剧院还曾把这个剧本搬上舞台。今年春天，我去印度。印度朋友告诉我，译文片断曾在加尔各答电台上朗诵过。时隔二十年，现在我又把全书译文校阅了一遍，改正了一些错误和不足之处。又把一些译名同我翻译的《罗摩衍那》统一起来。把原有的译本序重新写了一遍，把我最近的对《沙恭达罗》的一些看法写了出来。翻译这样一部经历了一千多年传遍全世界的印度古典名剧，是并不容易的；对它作一个恰如其分的评价就更困难。在这两个方面，我的能力都是极其有限的，虽然经过了将近二十年，自己的进步却并不大，因此，译文改动不多，我现在的评价也还只能算是初步的，我诚恳地希望得到国内外学者的批评与纠正，来共同浇灌这棵中印文学因缘的大树，让它更加繁茂，更加苍蔚。

1978 年 11 月写毕

喜看《沙恭达罗》重新公演

印度古典名剧《沙恭达罗》，继1957年和1959年两度上演之后，又在我们舞台上演出了。这对于活跃文学艺术空气，开阔中国观众的眼界，加强中印两国人民的传统友谊，都是非常有利的。

印度戏剧已经有了二千年的历史。在这漫长的历史时期内，出了不少杰出的剧作家和剧本。迦梨陀娑的《沙恭达罗》就是其中最著名的一部。

这个剧本的主题思想并无新奇之处。它主要歌颂了净修林内仙人的义女沙恭达罗与国王的爱情。至于这一个剧本产生的时代，在印度和其他国家都有很多争论，而且对时代的估计差别极大。一直没有大家一致同意的结论。但是一般都承认，迦梨陀娑生于公元后四五世纪。从印度历史的发展来看，此时正处于封建时期。因此，剧本所歌颂的爱情就是一个封建君王同一个山林（农村）少女的爱情。

沙恭达罗和国王的爱情都是坚定的。但是没有矛盾，就没有戏剧。印度剧本中的矛盾，往往蒙上一层神话的色彩。《沙恭达罗》也不例外。迦梨陀娑使用了印度剧作家有时候使用的手法，也就是仙人诅咒的手法，来制造矛盾，解决矛盾，终于皆大欢喜，来了一个大团圆。

读者也许要问：正如中国唐明皇与杨贵妃的爱情那样，一个“后宫佳丽三千人”的封建君王能有纯真的爱情吗？但是，唐代大诗人白居易却以非常严肃的态度描绘了他们之间的爱情。虽然近似一出悲剧，但他们的爱情是真挚动人的。迦梨陀娑也以同样严肃的态度歌颂了国王与沙恭达罗的爱情。这应该怎样解释呢？

我想引用德国大诗人歌德的说法来解释这个问题。歌德在描写对象身上区分出现实性与真实性。现实性就是客观存在的情况。真实性就是应该有的情况，也可以叫做理想性。诗人的职责就是通过现实性的外表，描绘真实性，换句话说就是，不管现实情况如何，在他的笔下，理想的爱情应该是纯正的、坚定的。在《沙恭达罗》这个剧本里，沙恭达罗与国王的爱情就表现为真实性或理想性。

这一点我觉得在今天还是值得我们注意的。我们不是讲心灵美吗？心灵美的涵义很广，但是纯真的爱情也是心灵美的表现之一，这恐怕是大家都承认的。在这一方面，我们可以从《沙恭达罗》中学习一些有用的东西，也就是说，它值得我们借鉴。

在心灵美方面，还有一点我们可以向《沙恭达罗》学习的。在印度人民心目中，《沙恭达罗》的精华是第四幕，而第四幕的精华又是沙恭达罗与义父甘瓦别离时的那几首诗。父（虽然是义父）女之间那真挚的感情，在诗人的生花妙笔下，也确实是非常感人的。在中国舞台上，这种感动人的场面，中国观众也一定能够体验到，中国青年艺术剧院的演员们在表演这一幕时，演技达到了相当高的水平。谓予不信，请观众看完演出后再作评论。无论如何，我认为，在这一点上，我们也可以从《沙恭达罗》学习一些有用的东西，也就是说，它也值得我们借鉴。

总之，尽管《沙恭达罗》是一出古典戏剧，而且还是外国的，今天我们上演它，除了艺术美的享受以外，本着古为今用、洋为中用的精神，我们还是可以从中学习到不少东西的。所以我就写了这一篇简短的介绍，谈了谈我自己一些肤浅的看法，供爱好戏剧的同志们参考。

1982 年 3 月 26 日

《优哩婆湿》译本前言

印度古代最伟大的诗人迦梨陀娑这个名字，对我们来说已经不是陌生的了。他的抒情长诗《云使》，几百年前已经译成了藏文，前几年又有了汉文译本。他的剧本《沙恭达罗》，不仅在最近八十年内一而再再而三地被介绍到中国来，到现在已经有了十种以上的汉文译本，而且还被搬上了中国舞台，受到广大观众的欢迎。

很多读者不满足于尝鼎一脔，他们还希望多了解一下这一位伟大的诗人。因此，我现在又从梵文原文把他的第二部名剧《优哩婆湿》译了过来。

在印度，《优哩婆湿》的版本是比较多的。因为这个剧本在人民中流传广，时间又长，版本多是必然的。究竟迦梨陀娑的原文是什么样子，现在已经无从推断。梵文学者在这方面做的工作还做得很不够，因此也就没有一种比较为大家所承认的权威本子。我的译文根据的是 Sītārāma Caturvedī 编订的《迦梨陀娑全集》（*Kālidāsa-granthāvalī*），Akhila bhāratīya vikrama-pariṣad 出版。从校勘学的观点上来看，这不是一个理想的本子。但是我目前只有这一个本子，也就只好根据它来翻译了。

至于“优哩婆湿”这个故事的演变情况，以及我对于这个剧本的思想性和艺术性的一些体会，都见于本书附录《关于〈优哩婆湿〉》那篇文章中，这里就不再赘述了。

1962 年 7 月 8 日

关于《优哩婆湿》

迦梨陀娑一生共写过三个剧本。从艺术价值上来看，《优哩婆湿》仅次于《沙恭达罗》。一千多年以来，它始终为广大印度人民和其他国家的人民所喜爱。各国学者研究这一个名剧的文章非常多，看法也非常多；仁者见仁，智者见智，令人目迷五色，无所适从。

在这一篇文章里，我试着对“优哩婆湿”的故事的演变，对这个剧本的思想性和艺术性提出一些个人的肤浅的看法，供读者们参考。

先从剧本的情节谈起。

国王补卢罗婆娑从恶魔计身手里救出了天宫歌妓优哩婆湿。两个人一见倾心，彼此产生了强烈的爱情。国王回宫以后，朝思暮想。优哩婆湿回到天上，也是念念不忘。她偷偷地同女友质多罗离迦离开天宫，来到人间，到国王花园里去看他。她用隐身术把身子隐起，偷听了国王同丑角的谈话，还写了一首情诗送给他，又派质多罗离迦先出面同他会见，最后自己收起隐身术，同国王见面。正在这个时候，天老爷因陀罗派人找她回去演剧。她怏怏地回到天宫，在演剧时竟把剧中人物补卢输陀摩的名字错念成补卢罗婆娑。她师傅婆罗多很生气，骂了她一顿，把她赶下天宫。因陀罗对她发了慈心，告诉她：她什么时候看到亲生儿子的面孔，就能再回到天上。她下凡后同国王住在一起。皇后最初有点嫉妒，后来也就无可奈何地容忍下来。有一天，优哩婆湿同国王出游，国王老是看一个女妖。她十分嫉妒，忘记了一个禁戒，竟走入鸠摩罗林里去。脚刚一踏入，她立刻就变成了一株蔓藤。国王看不到她了，愁绪万端，在林子里东游西荡，对孔雀、杜鹃、蜜蜂、大象等等倾诉自己的心情，问它们是否知道优哩婆湿的下落，结果自然是失望。他最后拣到一块红宝石，一碰那棵蔓藤，优哩婆湿立刻恢复了原形。他们回到宫中，一只老鹰把那块红宝石当成鲜肉，叼走了。有一个少年用箭把老鹰射下来。这少年原来就是优哩婆湿的亲生儿子。她因为怕回天宫，不敢见他的面，就把他寄养在一个女苦行者家里。女苦行者把儿子送来，优哩婆湿又悲又喜。喜的是看到儿子，悲的是要回天宫，正在这时候，因陀罗派那罗陀下凡告诉他们：她可以同国王白首偕老，不必急于回去。于是皆大欢喜，这一个剧本也就结束。

这个故事并不完全是迦梨陀娑创造的。从故事的基本内容上来看，它是印欧语系产生最早流传最广的一个爱情故事。有人甚至说它是世界上最古老的爱情故事。不管怎样，里面保留了不少的原始人类的风俗的痕迹，这是无可置疑的。

专就印度一个国家来说，这个故事也有长期演变的历史。在不同的时期，不同的语言里，它有不同的形式。在迦梨陀娑以前是这样，在迦梨陀娑以后，也还是这样。仔细研究起来，是一个十分有趣也十分复杂的问题。

在各个不同的本子里，最古的是《梨俱吠陀》X·95。这里的故事不全，只保留了一段优哩婆湿和补卢罗婆娑的对话，都是用诗体写成的。优哩婆湿已经决心离开补卢罗婆娑。他劝她回心转意，不要离开他：“哎呀，老婆呀！回心转意吧！可怕的人呀！让我们谈一谈吧！”（X·95·2）她却仍然坚持要走，再三说：“啊，补卢罗婆娑呀！回到你的命运那里去吧！我是跟风一样难以捕捉的。”（X·95·3）最后两个人终于分离，构成了一个悲剧性的结局。在这里，有一点值得我们特别注意。X·95·9说：

> 如果追求我们天女的那个凡人获得水妖的同意同她们混杂在一起，那么她们就会像天鹅一样把自己的身子露出来，像游戏的种马一样互相又咬又踢。

这一首诗里所谓“像天鹅一样”，原来只是一个比喻。但是到了后来，经过了长期的发展与演变，水中天鹅竟真的出现在这个故事里。在迦梨陀娑的剧本里，天鹅虽然没有正式出现，但是在幕后唱的诗里，我们不是也听到湖上那一对天鹅吗？

这整个故事究竟是什么意思呢？学者们的意见是非常分歧的。有的人主张，优哩婆湿象征着黎明，而补卢罗婆娑则象征着太阳，太阳总是跟在黎明后面的。有的人用原始人图腾崇拜来解释这个故事；男女双方崇拜的图腾不一样，稍有触犯，就引起分离。又有人说，两个人相亲相爱是原始人取火的方式的象征；他们用两块木片摩擦取火，下面的木片叫做优哩婆湿，上面的叫做补卢罗婆娑。还有人企图用原始部落的野蛮风俗来解释这个故事：一旦女的给男的生了儿子和继承者，男的就要牺牲掉。总之，解释是五花八门的，其中也有不少唯心主义的成分。我不想在这方面多伤脑筋，这是徒劳无益的。我只提醒大家：在《梨俱吠陀》的这个故事里，优哩婆湿一点也不温柔，她是十分冷酷无情的。所以补卢罗婆娑才接二连三地把她叫做“可怕的人”。

从时间先后来看，《梨俱吠陀》以后，这个故事最古的形式是保留在《百段梵书》（*Śatapatha-Brāhmaṇa*）里面的那一个。上面我已经说过，《梨俱吠陀》里面的那个故事是不全的。但是在《百段梵书》里，这个故事却叙述得有头有尾，十分完整。情节大致如下：

天女优哩婆湿爱上了伊罗的儿子补卢罗婆娑。他们结婚的时候，她对他说：“你一天可以拥抱我三次；可是不要勉强同我躺在一起，不要让我看到你裸体，因为这是对我们女子的礼貌。”他们同居了很久，她怀了孕。乾闼婆们不高兴了，他们想出了一条让她回来的计策。她床头上拴着一只母羊和两只羊羔。乾闼婆偷走了一只羊羔，她大惊高呼：“有人把我的羊羔抢走了，就仿佛这里没有英雄好汉、没有男人似的。”他们又偷走第二只，她又把这话说了一遍。补卢罗婆娑心里想：“我在这里，怎能说没有英雄好汉、没有男人呢？”在匆忙中，他赤身露体就跳了起来。乾闼婆乘机打了一个闪，她看到了他的裸体，立刻就消逝不见了。他满怀愁绪，走遍了俱卢国，到处寻找她的踪迹。最后他走到一个荷花池边上。天女们变成了天鹅在里面游泳。优哩婆湿看到他，于是天女们都到他跟前来。他们俩就用《梨俱吠陀》里的诗歌（X·95·1、2、14、15、16）一问一答。她的心软了，可怜起他来，对他说道：“在一年最后的那个夜里，你到这里来，可以同我睡一夜觉，你的儿子也会生出来了。”

他按时来到，看见一座金宫，走进去。她对他说道："明天早晨，乾闼婆要施恩于你，你可以挑选一下。"他请她替自己挑选，她说道："你就说：'我愿意变成你们的同类。'"他照办了，乾闼婆把火放在一个盆子里，递给他，说道："祭过火，你就变成我们的同类了。"他带了火和自己的儿子，往家里走。他把火放在树林子里，只带了孩子回村。当他转回来的时候，火不见了：它变成了一棵阿湿婆陀树，盆子变成了一棵舍弥树。他回到乾闼婆那里，他们说："在一整年内，你要做够四个人吃的米饭。每一次从这一棵阿湿婆陀树这里拿三块木头，涂上酥油，把它们投到火中，嘴里念着包含着'木头'和'酥油'这些字的诗句：这样产生出来的火就是你所需要的火。"他们又说："这很难理解。你还是用阿湿婆陀树的木头做成一根上面用的取火棒，再用阿湿婆陀树的木头做成一根下面用的取火棒：这样产生出来的火也就是你所需要的火。"他照办了，他变成了一个乾闼婆。

这个故事十分详尽，细微末节都交代得清清楚楚，对《梨俱吠陀》来说，这是一个很大的发展。但是两者间究竟是什么样的关系呢？这种发展有些什么过程呢？这却很难说。虽然后者是在前者的基础上发展的，但是后者却加进去了大量的新东西，而且几乎完全改变了前者的面貌。在《梨俱吠陀》里，优哩婆湿是一个"可怕的人"，结局是悲剧性的，不管补卢罗婆娑怎样恳求，她坚决不为所动。而在这里呢，她一见他，心就软了下来，给他出了主意，使他变成了一个乾闼婆，同自己永远生活在一起，结局是喜剧性的。

在《百段梵书》之后，史诗《摩诃婆罗多》和许多往世书里面都有这个故事。《毗湿奴往世书》（*Viṣṇupurāṇa*）里的那一个可以算是最详细的。这里从国王的家世叙起，而且叙述得非常详尽具体。他英俊、虔诚、爱真理、慷慨好施。优哩婆湿一见面，就爱上了他。乾闼婆设计偷羊，她看到他的裸体，立刻消逝不见。他像一个疯子一样，到处漫游，最后来到俱卢国，看到优哩婆湿同四个天女在荷塘中游戏。她告诉他，自己怀了孕，请他一年后再来。到了时候，他来了，看到第一个儿子阿优娑。以后每年会面一次，一直到她生了第五个儿子。最后她给他出了主意，经过了《百段梵书》里面叙述的那些波折，终于变成了一个乾闼婆。

这个故事，大体上说来，同《百段梵书》里的那一个属于同一个系统。除了开头对国王的家世叙述得特别详尽外，其余的情节几乎完全一样，结局也完全相同。它可以说是《百段梵书》的进一步的发展。

这发展并没有停下来，在《毗湿奴往世书》之后，这个故事继续发展下去。随了时间的推移，它经历了不少的变化，在不同的本子里。有了不同的形式。各种本子又都各有所增，各有所减。到了迦梨陀娑手里，它就成了表现在剧本《优哩婆湿》里面的这个形式。

但是，在这里，这个故事也还并没有停下来，在迦梨陀娑之后，它仍然继续发展下去。到了公元后十一世纪，苏摩提婆（Somadeva）也把它收入他的名著《故事海》（*Kathāsaritsāgara*）中。为了便于比较，我也把《故事海》里的这个故事译在下面（第十七卷第十八个故事）：

古时候有一个国王，名字叫做补卢罗婆娑，他是一个虔诚礼拜毗湿奴的人；他游历天上地下，毫无阻挡。有一天。正当他在神仙花园难陀那里面闲逛的时候，有那么一个叫做优哩婆湿的天女，她是爱神手里第二件能使人失掉知觉的武器，她对他看了一眼。在看他的这一刹那，她是这样神魂颠倒，以致震动了蓝婆和其他朋友的柔弱的心灵。当国王看到这神奇得像甘露一般的美的时候，他也因为拿不到手而渴望得发昏。以后，遍知一切住在奶海里的毗湿奴，当超群出众的隐士那罗陀来看他的时候，给隐士下了下面的命令："仙圣呀！国王补卢罗婆娑现在正住在难陀那园里，他的心给优哩婆湿俘虏走了，他受不住这一份同情人分离的痛苦。所以，隐士呀！你去走一趟，传我的话告诉因陀罗，叫他赶快把那个优哩婆湿送给国王。"那罗陀接受了毗湿奴这个命令，立刻执行。他走到补卢罗婆娑那里，补卢罗婆娑的样子正像上面描述的那样，他把他从昏迷中叫醒，对他说道："起来吧，国王！毗湿奴派我来救你，因为那一位大神决不忘记虔诚皈依他的那些人的痛苦。"隐士那罗陀就用这些话来鼓励补卢罗婆娑，然后同他一道到众神之王那里去。

他把毗湿奴的命令传达给因陀罗，因陀罗怀着虔敬的心情接受下来，这个隐士就把优哩婆湿送给了补卢罗婆娑。把优哩婆湿一送走，天国居民的生命就给剥夺掉；但是对优哩婆湿自己说来，这却是使她恢复生命的万应灵药。这以后，补卢罗婆娑就跟她一起回到地球上来，把一个美艳惊人的天女新娘带给凡人们看。从那以后，两个人，优哩婆湿和国王，就好像是给互相凝视的带子捆住一样，再也分不开了。有一天，补卢罗婆娑到天上去，因陀罗同檀那婆发生了战争，约他去助战。在这一场战斗中，阿修罗的那个名叫摩耶陀罗的国王被杀掉，因此因陀罗就举行了一个盛大宴会，所有的天女都来表演。在这时候，补卢罗婆娑看到天女蓝婆表演了一个叫做迦里陀的舞剧，她师傅东补卢在那里帮她；他看到以后，就笑了一笑。蓝婆于是就用讽刺的口吻对他说道："我想，凡人哪！你大概知道这一个天国舞蹈吧，是不是呢？"补卢罗婆娑回答道："由于同优哩婆湿结了婚，我知道一切连你师傅东补卢都不知道的舞蹈。"东补卢一听这话，就发了火，诅咒他道："你会同优哩婆湿分离，一直到你向黑天赎罪为止。"补卢罗婆娑听了这诅咒，把事情都原原本本地告诉了优哩婆湿。这简直比晴天霹雳还可怕。立刻就有一群乾闼婆突然袭击过来，国王还没有看到他们哩，优哩婆湿已经给抢走了，根本不知道抢到哪里去。补卢罗婆娑知道，这一场灾难是那个诅咒招来的，就走到波陀哩迦净修林里去，在那里苦修苦炼，来请求毗湿奴的饶恕。

但是优哩婆湿仍然留在乾闼婆的国土里，为别离所折磨，没有什么感觉，就像是死了、睡着了一般，或者只像是一幅画。她希望诅咒结束，这种希望支持了她的生命；但是，令人惊奇的是：她牢牢地抓住了生命，同时她就像一只母鸳鸯一样度过漫漫的长夜，这是她注定要同公鸳鸯分离的时候。补卢罗婆娑用那种苦行求得了毗湿奴的饶恕；既然毗湿奴满意了，乾闼婆就把优哩婆湿送还给他。就这样，那一个国王在诅咒期满的时候，又同天女住在一起，虽然住在地上，却享受着天堂的幸福。

故事就到这里为止。

这个故事同《百段梵书》和《毗湿奴往世书》里的那两个都很不一样。后面两部书十分强调那种祭火的仪式；只有通过这种仪式，补卢罗婆娑才能变成一个乾闼婆，才能同优哩婆湿永远住在一起。但是，在这里，这种祭火的情节一点都没有了。一方面，《故事海》比《百段梵书》和《毗湿奴往世书》晚出，祭火的仪式逐渐失掉意义；另一方面，《故事海》里的这个故事的改编者显然是一个毗湿奴的信徒。他是利用这个故事来宣扬毗湿奴的威力，替自己的信仰辩护。

一直到了近代，还有人利用这个故事来进行创作。比如爱国诗人泰戈尔就曾写过一首用优哩婆湿作题材的诗。但是他只是利用它来宣传自己的哲学思想，抒发自己的感情。对故事的情节没有什么发展，这里就不多谈了。

在印度文学史上，这个故事的发展演变的历史是非常错综复杂的。我上面谈的只能算是在各个发展阶段上的一些带有典型性的例子。在印度以外，属于同一类型的故事也可以找到。但是我们不是在这里研究这个故事的发展过程，所以这些也就不多谈了。

我为什么费这样多的篇幅举这样多的例子来说明这个故事在各个发展阶段上的情况呢？这是因为，迦梨陀娑的题材几乎都是旧有的东西。他究竟怎样处理这些题材，是研究他的创作手法的一个重要问题，我们必须仔细地加以分析。通过对比，我们就可以清清楚楚地看到，他在故事情节方面继承了一些什么东西，又创造了一些什么东西。总之，在任何作品里，他都不是无所抉择地把旧有的故事全盘抄袭过来，而是创造性地发展了它，让它为自己的目的服务。这也可以说是旧瓶装新酒吧。

“优哩婆湿”这个故事从《梨俱吠陀》起，就含着不少的神话成分。优哩婆湿本人就是一个天女。迦梨陀娑把这些神话成分都保留了下来。对于这些东西，我们不能理解得过于狭隘，认为迦梨陀娑真正相信这一套。据我看，他只是利用这些东西，用隐晦曲折的手法来表达自己对当时社会上一些问题的看法。故事的旧框子不够用，他于是就创造出一些新东西，增加一些新情节。比如国王同优哩婆湿出游，国王看了一个女妖几眼，优哩婆湿就嫉妒起来，因而惹起了一场风波。从整个剧本来看，矛盾的发展正是以这一场风波为转折点，是剧本画龙点睛的地方，而这些情节正是迦梨陀娑的创造。

至于故事里面这些人物的性格，虽然名字一直没有变，但是各时代都各有所不同。《梨俱吠陀》里面的优哩婆湿、补卢罗婆娑等，同《百段梵书》和《毗湿奴往世书》里的不一样，同《故事海》里的也不一样，当然同迦梨陀娑笔下的更不一样。我们前面已经谈到，在《梨俱吠陀》里，优哩婆湿十分冷酷无情。《百段梵书》和《毗湿奴往世书》改变了她的性格。到了迦梨陀娑笔下，她更变得非常机警、聪慧、温柔、多情。在《百段梵书》和《毗湿奴往世书》里，优哩婆湿逃走是被动的，因为她看到了国王的裸体，非走不可。而在迦梨陀娑的剧本里，她逃走是主动的，因为国王老是看一个美丽的女妖。补卢罗婆娑这个人物的性格也有一个发展过程。在《梨俱吠陀》里，他的个性不十分清楚，他只是一个被女人遗弃了的可怜巴巴的男人，低声下气地恳求女的不要离开他。到了《百段梵书》和《毗湿奴往世书》，他有了明确的性格，但也只限于到处奔走寻找自己的情人。在迦梨陀娑笔下，他的性格有了极其大的带有根本性质的发展，他成为一个有血有肉、充满热情、有权谋、能果断的人物形象。因此，我们可以说，迦梨陀娑笔下的那一些有着神仙名字或古人名字的人物，实际都是他那个时代的人物的影子：他们的思想感情不是原始社会的，也不是奴隶社会全盛时期的，而是属于一个比较更晚的时代。

弄清楚这一点，我们现在再进一步来谈一谈这个剧本的主题思想。

究竟什么是这个剧本的主题思想呢？这个问题并不复杂，每一个读者都可以看出来：这个剧本主要是写天女优哩婆湿和国王补卢罗婆娑的爱情。根据印度传统的艺术理论，印度古典戏剧一般分为十类，印度术语就叫作“十色”（Daśarūpaka）。此外还有所谓“次色”（Uparū-paka）若干类。像《优哩婆湿》这一类写男女爱情的剧本叫做“陀卢吒迦”（Troṭaka），是次色的一种。它的特点是五幕至九幕，一部分在天上，一部分在人间。从剧本的“情绪”（Rasa）来讲，这一个剧本属于“恋爱”（Sṛṅgāra）这一类型。谈到恋爱，不外有两种可能：一是合，一是分。印度术语把前者叫做“会合”（Sambhoga），后者叫做“分离”（Vipralambha）。在我们这个剧本里，这两种情况都出现了，而且故事情节的矛盾也就随着这一对情人由分而合、由合而分，最后终于会合的过程而逐渐发展。

简短地说，这就是剧本的主题思想。

这样一来，就出了问题：迦梨陀娑写这个剧本好像完完全全是根据传统的规定，使用传统的手法，从形式到内容，一套清规戒律，谈不到什么独创性；那么这个剧本之所以在一千多年的时间内，在印度国内外广大的土地上受到人民的欢迎，原因究竟何在呢？

下面我们就进行一些分析。

先从剧中的人物分析起。

本剧的女主角是优哩婆湿。根据印度传统的艺术理论，一个剧里的女主角共分为三种类型。优哩婆湿属于第一种类型，梵文术语叫做 Svīyā（男主角的老婆）。根据另一个分类法，她属于 Abhisārikā 这个类型，意思是"自己跑到情人那里去的"。为了说明问题，不妨拿她来同沙恭达罗比一下。她们之间有相似之处，但不同之处也是很显著的。沙恭达罗属于 Mugdhā 这个类型，意思是"天真无邪的"。她是一个隐士的养女，住在树林子里，与世隔绝；因此她天真烂漫，不大通人情世故。虽然她同国王豆扇陀一见倾心，但是在国王跟前，她羞答答的，竟连一句话也说不出来。她那两位女友却是落落大方，她把一切都推给她们俩。甚至国王问到有关她自己的事，她都不答复，而由两位女友代答，就仿佛她根本不在场似的。

然而优哩婆湿呢，她显然不是这样子。她是天宫舞妓，深谋远虑，饱经世故，对恋爱素有经验。在这方面，她就像是一团烈火，一点也不胆怯。虽然迦梨陀娑也描绘了一下她害羞的情况，但这显然不是她性格的本质方面。在第一幕里，她一睁开眼，就独白说道："我给那个恶魔头子一抓，反而成全了一件好事。”她又说：“我想用两只眼睛把那个同情别人的人喝下去。”在第二幕里，她竟迫不及待，亲自出马，从天上下降到国王的宫里，去找国王。她对质多罗离迦说，她已经把自己的心先派来了。虽然自己也说：“我这举动有点不顾羞耻。”但是立刻又坦白承认：“爱神逼着我来，我还有什么好考虑的呢？”当国王抓她的手的时候，她一点也不像沙恭达罗那样表示拒绝。到了第三幕，她干脆穿上跟情人幽会的蓝色的丝衣服，再一次从天上下降到王宫里，去找国王。她对质多罗离迦说道：“爱神命令你，赶快把我带到那一位妙人儿的宫殿里去！”一副迫不及待的样子溢于言表。最后，她竟用双手捂住国王的眼睛，跟他开了一个小小的玩笑。这种泼辣大胆的作风在当时印度的社会里是很突出的。

在这一个剧本里，同在《沙恭达罗》里不一样，迦梨陀娑让皇后也出了场。于是就形成了一个三角，优哩婆湿和皇后在争取国王的爱情方面是对立面。在分析优哩婆湿这个人物的时候，谈一谈她对皇后的态度，也是很必要的。

从整个剧本看来，优哩婆湿对皇后的态度是很好的。她不但一点也不嫉妒，而且还称赞皇后的风度，说她跟因陀罗的老婆沙质一样好。这是什么原因呢？我想，原因不外两个：一个是，她胜利在握，没有必要再把皇后看成劲敌；另一个是，她设身处地体会皇后的处境与心情，虽然使皇后处于这种境地的正是她自己，但是这也并不妨碍她对皇后寄以深切的同情。我觉得，迦梨陀娑处理这种微妙细致的女子的矛盾心情，是很成功的。这两个原因哪一个切合实际呢？我比较倾向于后者。

总之，在迦梨陀娑心目中，优哩婆湿是正面人物，是他着意描写的人物，是他的理想人物。在他的诗和剧里，女主角有一个共同的特点：自由恋爱，自由结婚。就拿他的三个剧本来说吧。《沙恭达罗》里面的女主角是用乾闼婆方式同国王豆扇陀结婚的。《摩罗毗伽和阿祇儞密多罗》里面的摩罗毗伽也是自由地同阿祇儞密多罗结婚的。但是，在这方面，最大胆最没有顾忌的应该说是优哩婆湿。因此，我们可以说，在迦梨陀娑所创造的女子形象中，优哩婆湿占有独特的地位。

现在再谈国王补卢罗婆娑。

国王这个形象里面有传统因袭的成分，也有迦梨陀娑新创造的成分。根据印度传统的艺术理论，在爱情剧里面，男主角有不同的类型。补卢罗婆娑是属于叫做 Dakṣiṇa 的类型。意思是“善于向女子献殷勤，一个人同时爱几个女子，而以其中的一个为主”。在一般戏剧中，英雄分为四个典型，其中第一个叫做 Dhīrodātta，意思是“思想高贵，豁达大度，克己，坚毅”。《沙恭达罗》里面的国王豆扇陀，《摩罗毗伽和阿祇儞密多罗》里面的阿祇儞密多罗，都属于这个类型。这个剧本里的补卢罗婆娑也是这样。

在这样情况下，迦梨陀娑必须把国王美化，按照艺术理论来写他。这是传统因袭的成分。

此外，补卢罗婆娑是国王，是月亮世系的后裔，因陀罗的朋友。在印度古代法律圣书《摩奴法典》里面，专为国王设了一卷，这就是第七卷，谈到国王的职责。第八卷也有一部分谈到国王的职责。比如：国王应该保护人民，而不压迫人民；他应该惩办坏人；他应该尊敬和帮助有学问的婆罗门，施舍给他们财物；他应该谦虚；他应该学习吠陀，举行祭典；他应该勇敢战斗；他应该保护弱小者和女子，等等。

应该说，这些条条都很美妙。但这只是书本上的“教条”，恐怕历史上没有一个国王能够做到这一步。不过，既然有了这些条条，迦梨陀娑又是宫廷诗人，他就不得不照猫画虎，按条行事，把国王美化。这也是传统因袭的成分：

既然是传统因袭，就不足以表现国王的真面目。

那么，国王的真面目究竟表现在什么地方呢？表现在他的具体行动上，而正是这些具体行动才真是迦梨陀娑的创造。在这里，他用比较隐晦曲折的笔法揭穿了国王的虚伪与卑鄙，让我们透过层层的条条看到国王的一些真相。

国王明明已经爱上了优哩婆湿，而且她写给他的情诗就拿在皇后手里，他却当面撒谎。同时又不得不承认自己有罪，甚至向皇后下跪。好一副狼狈相！等到皇后拒绝了他这一套虚伪的动作，他对丑说：“因为她对我不尊敬，我倒要看一看她的勇气。”话里面杀气腾腾，好一副阴险相！

到了第三幕，他又换了一副面孔，说什么：“你为什么还要取得那个奴隶的欢心？他正在想尽种种方法来安慰你哩。”（Ⅲ,13）他又说什么：“我并不是你心中想象的那样。”（Ⅲ,14）但是，皇后刚一离开，他就对优哩婆湿说道：“补卢罗婆娑是你的奴隶，他对待别的女子不是这样。”（Ⅲ,18）你看，他变得多快呀！我看，迦梨陀娑已经在他脸上抹上白粉。这种举动同上面那些条条难道有什么共同之处吗？实际上，迦梨陀娑已经通过质多罗离迦的嘴给他下了结论：“那些狡猾的家伙，如果爱上了别的女人，对自己的老婆更会加倍和蔼。”（第三幕）你看，“狡猾的家伙”这一顶帽子戴在国王头上不恰如其分吗？

在这里，也许有人要问：国王是不是真爱优哩婆湿呢？如果他对她的爱纯挚坚贞，对国王这个人物的估价也就不能这样。这个问题留到下面去分析研究，这里暂且不谈。

总之，国王这个形象，即使不完全为迦梨陀娑所否定，至少也不是为他所肯定。在一定程度上，他是迦梨陀娑批判讽刺的对象。

还有一个重要人物，必须在这里加以分析，这就是皇后。在“优哩婆湿”这个故事的发展史上，她是出现在迦梨陀娑笔下的一个崭新的人物。《梨俱吠陀》、《百段梵书》、《毗湿奴往世书》里面都没有这样一个人物，她是迦梨陀娑创造出来的。

为什么迦梨陀娑创造这样一个人物形象呢？据我看，是为了加深爱情方面的矛盾，以便更好地描写出女子的痛苦，更好地表达出他对爱情的看法。

皇后一出场，就陷入爱情的矛盾中。在第二幕，当她发现了优哩婆湿写给国王的情诗的时候，心中的忿怒突然爆发。她说：“我现在就拿着它当礼物去看那位天女的情人。”当国王被迫承认自己有罪的时候，她愤愤地对他说道：“你没有罪，我有罪，因为我这样一个你看着不顺眼的人竟站在你眼前。”在大怒之下，她转身就走，甚至国王对她下跪，她都不理。

这是第一阶段。在这个阶段上，她的举动是很自然的，很合情合理的，完全无可非议的。

但是，就是当她极端忿怒的时候，她思想里也不是没有斗争的。她对自己说：“我千万不要轻易地过分相信他这一套低头认罪的花样。可是，我又害怕，我坚决不妥协，将来会后悔。”这种矛盾的心情，哀怨的心声，一直到今天，还使我们如见其人，如闻其声。

这种“害怕”的心情一直控制住她。到了第三幕，她已经回心转意，自动向国王认输了。她对他说道：“从今天起，不管夫君爱的是哪一个女人，不管哪一个女人愿意同夫君共居，我都跟她和睦相处。”

这是第二阶段，同第一阶段有多大的差别啊！为什么皇后来这样一个从根本上的大转变呢？这中间的过程，诗人一字没有描写。但是，不着一字，尽得风流，妙处就在一字不写。可是谁看了体会不到其中的无限辛酸无数泪珠呢？当丑角问她，她丈夫是不是也这样爱她的时候，她只好坦白承认：“我牺牲了自己的幸福，让我的丈夫高兴。”迦梨陀娑通过丑角的嘴说出了自己心里的话：“迦湿国王的女儿（指皇后）一定够受的。”（第二幕）这句简单的话里面含着无限的同情。

这个丑角不但能体会皇后那“够受的”心情，而且还想用实际的行动来帮助她。在第三幕里，他劝国王说道：“你看她这样爱你，你还是把那些痴心妄想收敛一下吧！”此外，丑角还在许多地方揭穿了国王的真面目。一般说起来，丑角的作用只是插科打诨；但是在这里，迦梨陀娑却把他几乎写成了一个正面人物，这样就更有力地衬托出了国王的虚伪与卑鄙。

总之，皇后是迦梨陀娑创造出来的一个全新的人物形象。

他想通过这个人物形象来表达自己对当时社会上爱情的一些看法。男人是主子、女人是奴隶的那种爱情他是憎恶的。因此他就对皇后寄以满腔同情。他通过别人的嘴对她加以赞美。质多罗离迦夸她是一位高贵的女子，连优哩婆湿也说："在威仪方面，她真配得上叫做'皇后'。"（第三幕）在迦梨陀娑心目中，皇后是什么样的人，这不是已经很清楚了吗？

分析完了优哩婆湿、国王和皇后这三个人物形象之后，我们现在再进一步分析三个人之间，特别是优哩婆湿与国王之间的爱情。爱情不但是本剧的主题思想，而且也是迦梨陀娑其他剧本《沙恭达罗》和《摩罗毗伽和阿祇儞密多罗》，甚至他的抒情诗《云使》、叙事诗《鸠摩罗出世》的主题思想。要想真正了解迦梨陀娑，必须抓住爱情这个关键进行细致的分析。

此外，许多国家的资产阶级梵文学者也常常利用迦梨陀娑这些著名的作品来宣扬什么"纯粹的爱"，什么"永恒的爱"，又是什么"神圣的爱"、"至高无上的爱"。而修正主义者也不放过爱情这个题目，来宣传他们那一套"永恒的人性"。特别是本剧的第四幕，迦梨陀娑用他那生花妙笔，写出了极其优美动人的诗句，描写优哩婆湿失踪后国王到处寻找的情景。这是印度古典文学中极其有名的一幕，有很大的感染力。它也就更容易为这一般人所利用。因此，对本剧的爱情这一个主题思想进行一下分析，就更显得异常必要了。

既然要分析爱情，首先就必须对爱情的性质有一个正确的了解。毛主席说过："爱是观念的东西，是客观实践的产物。"（《在延安文艺座谈会上的讲话》，《毛泽东选集》，第892页）这就是我们的根据和分析的基础，我们必须牢牢地把握住这一点。

牢牢地把握住这一点，我们就会发现，爱情的发展是与社会的发展分不开的。只有具体的爱情，而没有抽象的永恒不变的爱情。社会上有了阶级以后，爱情也就有了阶级性。恩格斯在《家庭、私有制和国家的起源》里已经对婚姻形式进行了典范性的分析，他的结论是："这样，我们便有三种主要的婚姻形式，而这三种婚姻形式大体上是和人类发展的三个主要阶段相适应的。"（《马克思恩格斯文选》，第二卷，第 231 页）

"优哩婆湿"这个故事的发展演变充分地证明了这一点。在《梨俱吠陀》里面，优哩婆湿与补卢罗婆娑的爱情反映了原始社会的情况。女的给男的怀了儿子，男的就要牺牲掉。如果冒犯了一个塔布，夫妻就必须分离。在许多原始部族里，丈夫只许在晚上同自己的妻子在一起。否则就有灾祸。在《百段梵书》和《毗湿奴往世书》里面，还保留了一些古代风俗的残余。最后的大团圆是后来加上去的，原来的结局是悲剧性的。到了迦梨陀娑笔下，两人之间的爱情有了一个极大的变化，它反映奴隶社会封建社会的情况。这种爱情是以男子为中心的。男尊女卑，极不平等。男子荒淫无度，女子忍气吞声。只许男子放火，不许女子点灯。这都是当时社会条件所决定的。

就是在天堂乐园里，情况也完全一样。印度的天老爷名字叫做因陀罗，也就是中国佛典里的所谓帝释。他虽然是天老爷，但好像是并不怎样规规矩矩。他有点像希腊神话里的大神宙斯，与中国姓张的玉皇大帝很不一样。因陀罗有几个老婆，有时候还不免有些"轨外行动"，沾染些闲花野草。此外，他还有一大群歌女舞妓，优哩婆湿就是其中之一。这些歌女舞妓，虽然是天女，实际上却是天堂的奴隶。她们对天老爷有人身依附的关系，她们的身体、生命以及整个命运都掌握在天老爷手里。他可以把她们像礼物一样送给别人。本剧第一幕一开头就听到蓝婆说道："当伟大因陀罗为某人的苦行所震惊的时候，我们亲爱的朋友优哩婆湿就是他的得心应手的武器。"在第二幕里，国王说道："虽然身子不能自主，她的心却是自由的。"（II,18）优哩婆湿自己也说："我这个人是要听别人吩咐的。"到了第五幕，国王又无可奈何地对优哩婆湿说道："依附别人，叫别离就得别离，不能随心所欲；我看，你还是听从你主子的命令回到天上去吧！"（V,17）够了，不必再引了。难道这种爱情关系不是反映的奴隶社会和封建社会的爱情关系吗？

天上的爱情是这样，人间的也不例外。

国王姬妾众多，是当时流行的风俗。在印度，虽然不一定像中国这样"后宫佳丽三千人"，但是数目也不会很小。在《沙恭达罗》第二幕里，丑角就曾说过："正如一个厌恶了枣子的人想得到罗望子一般，万岁爷享受过了后宫的美女，现在又来打她的主意。"这说明，国王喜新厌旧，见一个爱一个，也是当时常见的现象。我在上面已经谈到过，国王对皇后的爱情完全是虚伪的，玩弄的。在这样的情况下，还不是很自然的吗？

我想，在这一点上，不至于有多少不同的意见。但是，关键却不在这里，而在国王对优哩婆湿的爱情上。很多人会提出这样的问题：你说国王对皇后的爱是虚伪，难道对优哩婆湿的爱也是虚伪的吗？

这样提问题，不是没有根据的。你看，国王对优哩婆湿是多么殷勤，多么真诚，又是多么忠实呀！他一看到优哩婆湿，立刻就爱上了她。暂时分别，也念念不忘。“衣带渐宽终不悔，为伊消得人憔悴。”连自己的身体都弄瘦了。他叹息天女已经进入他心中（II,2），他没有办法，只好逃到后宫御花园里去寻求驱愁解闷的方法。但是，就是在这个繁花似锦风光绮丽的花园里，他也找不到安慰。他的心完全给优哩婆湿霸占住了。在第二幕里，诗人对他这种朝思暮想的相思情景，已经做了细致生动的描绘。到了第四幕，诗人更用他那生花妙笔写出了绚烂多彩的诗句，描绘了国王到处寻找优哩婆湿的那种如疯如狂的情况。还不知道有多少人读了这些诗篇而滴下同情的眼泪哩。在这样的情况下，难道还能怀疑国王对优哩婆湿的爱情是虚伪的吗？

为了弄清楚问题，我们不妨先从中国历史上文学史上找一个情节相同或相似的又为大家所熟知的例子，来研究一番：这就是唐明皇和杨贵妃的爱情。这一件事情在中国是家喻户晓的，是文人学士极其喜爱的一个题目。就在唐代，已经有不少的诗人就这个题目写出了幽婉动人的诗篇。其中最著名的当然是白居易的《长恨歌》。唐代以后，历代都有关于这个题目的作品。清代洪昇的《长生殿》是其中突出的例子。尽管这些诗人戏剧家的出发点不同，但是他们几乎都歌颂了两人之间的爱情，好像这爱情真正是坚如金石可以永垂不朽了。“在天愿作比翼鸟，在地愿为连理枝。天长地久有时尽，此恨绵绵无尽期。”你能说这不是“永恒的爱”吗？

但是，可惜这“永恒的爱”是经不起推敲研究的。我们先不谈“后宫佳丽三千人”，这是每一个封建皇帝都有的情况，值不得提出来吹毛求疵。我们就只谈“三千宠爱在一身”吧！这个“一身”在这里是指的杨贵妃。但是，在杨贵妃之前，还有许多个“一身”哩。《旧唐书》卷五十一《玄宗杨贵妃传》说：“初武惠妃特承宠遇，故王皇后废黜。”唐陈鸿的《长恨歌传》也说：“先是元献皇后、武惠妃，皆有宠。”此外，他还宠过其他的什么这妃那妃。这说明什么呢？这就说明，皇帝老爷子都是见一个爱一个，唐明皇也不例外。当女子年轻貌美的时候，两个人就卿卿我我，如火如荼，“七月七日长生殿，夜半无人私语时”，海誓山盟，什么肉麻的话都说得出。一旦女子年老色衰，轻则废黜，重则杀掉。谁敢找皇帝去算这一笔账呢？在这方面，杨贵妃特别“走运”，她缢死马嵬坡下的时候，才三十八岁，没有给唐明皇（他当时已经是一个老人）制造遗弃的机会。于是他们之间的爱情就传为佳话，为千古士女所艳羡了。

国王补卢罗婆娑与天女优哩婆湿的关系也并不两样：他为什么爱她呢？简单一句话：因为她长得漂亮。这一点国王自己也并不讳言。在第二幕里他对丑角说：“对于她的美丽，我实在非常偏爱。”他又说：

她是饰品中的饰品，
她在珍宝中数第一；
朋友呀！她那无比的美，
任何东西也无法比拟。（II, 3）

除了外表的美丽，他什么东西也没有看到。既然他爱的只是美色，那么对任何女子来说，美色都是不能永驻的。我们剧本里的优哩婆湿是一个天女，据说是青春永在。但是，实际上，这只是人类的一种幻想和希望，事实上是决不可能的。既然美色不能永驻，那么总会有一天年老色衰的，到了那时候，女子的命运如何，就可想而知了。

甚至当优哩婆湿年未老色未衰的时候，国王也并不是专心一志地爱她。在第四幕里，他就自己承认：

> 她真是无缘无故地就发了怒，
> 我实在回想不起有什么错误；
> 男人转一转邪念妇女也不放过，
> 即使她们非常喜爱自己的丈夫。（IV, 26）

这位国王倒还坦白，他承认自己转了邪念。但这也说明了，他认为男人转邪念是天经地义的事，女子反对，反而使他觉得奇怪。在第四幕里，优哩婆湿失踪以后，他疯疯癫癫，到处寻找，对爱情表现了极大的忠诚。有不少人为他这种举动所迷惑，说不定还流一些同情之泪哩。然而造成这一切的原因，却正是因为他对别的女子转了邪念，正是因为他对爱情并不忠诚，事情难道还不明白吗？

优哩婆湿从一株蔓藤恢复了自己的形体以后，首先就向国王表示歉意，说道：“由于我干了那种见不得人的事，大王经历了多少困难呀！”好像是责任应该由她来负，而国王则是纯洁无瑕，清白得很。这充分说明了，优哩婆湿（人间女子的化身）在天上是因陀罗的奴隶，是他的工具；在地上，是国王的奴隶，也是他享乐的工具。在这样的情况下，还谈到什么“纯粹的爱”，什么“永恒的爱”，又是什么“神圣的爱”和“至高无上的爱”呢？

总之，国王与优哩婆湿之间的爱，反映的是奴隶社会封建社会的爱，是有鲜明的阶级性的。迦梨陀娑具体地生动地描绘了这种爱，同时又用隐晦曲折的手法表达了自己对这种爱的不满与抗议。为了更有力地表达出自己的看法，他还创造了皇后这一崭新的人物形象，用来加深矛盾，突出矛盾。我看，迦梨陀娑这个剧本的进步性也就正在这里。它在一定程度上表达了人民对爱的要求和愿望。

此外，在描写爱情方面，迦梨陀娑还有一个十分突出的特点：不管是在剧本里，还是在长篇叙事诗里，女主角都是以自由恋爱的方式，也就是印度古代所谓乾闼婆方式，同男主角结婚。在印度古代权威法典《摩奴法典》里面对结婚方式作了规定，III，20 和 21 规定了八种结婚方式：梵天方式、诸神方式、仙人方式、生主方式、阿修罗方式、乾闼婆方式、罗刹方式和毗舍遮方式。III，23 规定：婆罗门可以用前六种方式，刹帝利可以用后四种方式，吠舍和首陀罗可以用第五、第六和第八种方式。总之，四大种姓都可以用乾闼婆方式。看来这种自由恋爱的结婚方式好像是已经为这一部具有极大权威的法典所批准了。但是，实际上并不是这样。III，24 说：圣人们说，婆罗门只许用前四种方式，刹帝利只许用罗刹方式，吠舍和首陀罗只许用阿修罗方式。III，26 又规定：刹帝利可以用乾闼婆方式和罗刹方式。条文中这些矛盾说明当时意见的分歧。但也有一致的地方。III，39和40说：用前四种方式结婚生的儿子放射着吠陀知识的光辉，为好人们所尊敬，具备美和善的品质，有财富和声名，恣情享乐，公正无私，可以活一百年。III，41说：用其余四种方式结婚生的儿子则是残暴无情，口说谎言，憎恨吠陀和圣法。这样一来，《摩奴法典》其实是根本否定了乾闼婆方式。因此，迦梨陀娑笔下的那一些用乾闼婆方式结婚的女性，像沙恭达罗、摩罗毗伽、优哩婆湿等等，都成了"叛逆的女性"，有点像中国古代的卓文君、崔莺莺等等。她们有大勇气，毅然决然冲破当时社会上那种残酷的网罗，这是对当时社会制度的一种反抗。

在这些"叛逆的女性"中间，优哩婆湿还有一个突出的特点：她宁愿留在人间，而不愿意返回天堂。她本来是天女，当初被逐出天堂的时候，天老爷特别规定下：她并不是永远被逐，而只是暂时的；当她看到自己亲生儿子的面孔的时候，就可以回到天上去。这本来是一个极大的恩惠，她应该诚惶诚恐感激涕零才对。然而，她到了人间，就再也不想回天堂去了。为了达到这个目的竟忍痛把自己刚生下的儿子送给别人抚养。对一个母亲来说，这是多么大的牺牲！根据我们上面的分析，天上地下都是当时社会的反映。诗人在这里却强调她愿意留在地下，他显然是想把这种举动当做追求自由幸福的象征。他显然是想利用这一件事情对优哩婆湿这个"叛逆的女性"再进一步加以烘托描绘，借以加强她的"叛逆性"。一位印度学者曾经指出，迦梨陀娑同情自由恋爱，但是他只能借天女或者半天女（像沙恭达罗）来描写，否则社会就不容许。无论怎样，他敢于对这种“叛逆的”行动加以歌颂赞扬，这也是他的进步性之所在。在一定程度上，他也表达了当时人民对爱的要求和愿望。

自古以来，世界各国都创造了大量的描写爱情的文学艺术的作品。几乎所有的世界名著，不管它们的产生地是在什么地方，用的是什么语言，里面都或多或少地牵涉到爱情问题。仿佛离开爱情文学艺术就不能存在似的。因此有人就说，爱情是文学艺术的永恒主题。就姑且算它是永恒主题吧。但是爱情故事之所以能够动人，都不是由于爱情本身，而是由于它的社会意义。爱情本身，跟吃饭睡觉差不多，只不过是一个生理的和心理的现象，是人生所不可缺少而又决没有什么神奇的东西。一个作家一个艺术家拿爱情作主题，其意义决不在于把爱情的情节描绘得具体生动、维妙维肖、淋漓尽致、有声有色，而在于作家艺术家对爱情所抱的态度，对爱情的看法。《红楼梦》、《西厢记》和《金瓶梅》，同样都描写爱情，而且在艺术手法方面都达到相当高的程度。为什么我们喜欢前二者而摒弃后者呢？原因就在于：前二者在一定程度上谴责了封建婚姻而歌颂了女子的“叛逆性”，歌颂她们有勇气追求美满幸福的自由婚姻，而后者则基本上只是把爱情作为一个生理现象来描写。书中虽然也反映了当时社会上的黑暗龌龊的生活，但是作者对这种生活的态度，其中也包括对他所描写的那种爱情的态度，却是倾向于肯定的成分多，而否定的成分少。中国各族人民历来歌颂的都是“梁山伯与祝英台”一类的故事，他们喜欢林黛玉性格中的某一些方面，也喜欢崔莺莺，而决不喜欢潘金莲和西门庆。流行在各民族中间的那些家喻户晓、脍炙人口的爱情故事，充分可以说明这一点。这就是中国人民在爱情方面的倾向性。

印度人民，同中国人民一样，也在爱情方面表现了这种倾向性。上面我们已经说过，迦梨陀娑所描写的女性都是“叛逆的女性”。这就说明，迦梨陀娑是反对那种奴隶制和封建制婚姻的。《摩奴法典》，像中国的那一些圣经贤传，也给女子规定了一套三从四德的条条。迦梨陀娑是反对这一套的。在这一点上，他同当时印度人民的看法是一致的。他通过艺术创作表达了当时人民对于爱情的要求和愿望。他的作品之所以在一千多年的漫长时间内，为印度各民族，以及印度以外的世界各国人民所喜爱，历久而不衰，原因也就正在这里。

这个剧本，除了谴责奴隶式的爱情、歌颂自由恋爱、歌颂冲破一切网罗追求自由幸福这些特点之外，从其他方面来看，也还有一些可以算是精华的东西。首先就是贯穿全剧的那种明朗乐观的精神和与此相适应的艺术手法。

在这个剧本里，悲欢离合的场面，应有尽有，而且离别的场面在里面占的比重还相当大。但是，即使是在这样的场面下，气氛也一点不阴沉、颓唐，当然更谈不到悲观、绝望。就拿第四幕来做一个例子吧。这一幕是一个离的场面，悲的场面。国王孤零零一个人，如疯如狂，在一片大森林里，到处游荡，寻找爱人的踪迹。他见到什么，就向什么打听：知道不知道他爱人的踪影？他问过孔雀、杜鹃、天鹅、鸳鸯、蜜蜂、大象、野猪、鹿，甚至问到河流。但是结果却是毫无所得。在这样的情况下，按理说，这一幕的调子应该非常低沉，气氛应该非常凄凉。然而，实际上却并不是这样。人们总感觉到在失望中有希望，在凄凉中有鼓舞。

这究竟是什么原因呢？据我看，最主要的原因就是本剧的作者总有那么一种爽健明朗永远乐观的精神。迦梨陀娑这种精神不但表现在这一个剧本里，而且弥漫他所有的作品。由此而产生的艺术手法当然也会是爽健明朗的。仍旧拿第四幕来做个例子吧。这里的艺术手法是很特别的。一方面，诗人着重描绘了国王的内心世界，这个世界应该说是凄凉阴沉，一片惨雾。然而他的外在世界，他周围的环境怎样呢？情况完全不同。先看一看这一幕里面那些诗描写些什么东西吧：

[IV, 12]：劫波树用各种优美的姿态舞蹈，蜜蜂在飞，杜鹃在唱；

[IV, 13]：尼俱罗树的花朵摆来摆去，孔雀在愉快地飞鸣；

[IV, 14]：火红的鲜花，照亮了山林；

[IV, 15]：刚才开花的健陀梨树，花朵上有一条条的红线，上面浮着露珠；

[IV, 24]：杜鹃唱出了甜美的歌；

[IV, 35]：林子里幼树开出了美丽的花朵，飒飒地发出了悦耳的声响；

[IV, 40]：蜜蜂在荷花心里嗡嗡地叫；

[IV, 50]：山峰上开满了各式各样的鲜花，紧那罗奏起了悦耳的甜蜜的音乐；

[IV, 56]：林子里长满了幼嫩的树木，树上开满了新鲜的花朵。传来了甜蜜轻柔的声音，印度杜鹃正在树上唱歌！

够了，不必再举了。这简直是鸟啼蜂鸣、繁花似锦、一片明媚的春光，同国王的内心世界比起来是一个鲜明的对比。二者是互相矛盾着的，并没有什么共同之处。然而诗人却敢于把这样两个互相矛盾着的世界拉在一起，让它们统一起来，而又并不显得牵强。这就是诗人艺术手法高超之处。结果产生的气氛就是：在失望中有希望，在凄凉中有鼓舞。

还有一点同这个有密切的联系，必须在这里指出来，这就是：诗人描写自然景物的本领是惊人的。他能够绘声绘色地具体生动地把自然景物描绘下来。在他的描绘中，除了忠实于原来的景物之外，还有一股能够感染人的活力充塞其间，使人读了之后就油然起爱自然、爱生命、爱祖国之感。第二幕里那几首描写国王御花园的诗，谁看了不喜欢呢?

朋友呀！明媚的春光站在中间：
一边是美丽，一边是青春。[II, 7]

我们也仿佛分享到春天带来的欢悦了。

最后还要谈一谈本剧的文字和结构。同迦梨陀娑的其他作品一样，在这里，他的文字也是朴素、自然、鲜明、生动的。一方面，文字极其细致严密，但是另一方面却又不过于雕饰。在诗里面，他严格遵守修辞学的规定和诗律的规则，但又能游刃有余，不受这些东西拘束。这些都是极其难能可贵的。到了迦梨陀娑时代，梵文已经有了极长的发展过程。一般使用梵文写诗的人，往往容易走上雕琢堆砌的道路。这种文字看起来五彩缤纷，绚烂夺目；但是仔细一推敲，却如七宝楼台，拆开来，只剩下一堆没有生命的零碎宝石。只有少数几个大师可以算是例外，迦梨陀娑就是其中之一。

至于本剧的结构，也有其独特之处。迦梨陀娑的三个剧本，结构都是很紧凑的。但是，据我看，本剧在这方面还要超过其他两个剧本。幕还没有开，我们就听到了天女呼救的声音。这样一来，我们的心一下子就给牢牢地抓住了。从此以后，一直到剧终，紧张的情节层出不穷，一浪压过一浪，一步紧似一步，矛盾一个个出现，又一个个解决；有时候真“峰回路转疑无路”，结果却是“柳暗花明又一村”，到剧终来了一个大团圆，让读者或观众吐一口气，紧张的心情才算松下来。我们看，优哩婆湿第一次从天上下降到人间来寻国王，两个人刚见面，国王抓住她的手，让她坐下。正在这最关键的时候，神仙的使者突然下降，催她回天宫演剧。她第二次又到人间来寻国王，这一次也见到了他，并且偷听了他同丑角的谈话，她正要收起隐身术同他会面的时候，皇后忽然驾到。这一些情节都帮助了剧情矛盾的发展。后来，两个有情人终于成了眷属。但立刻又发生了波折：优哩婆湿失踪了。国王找到她以后，本来应该高兴了，红宝石又给兀鹰叼走了。由此引出了太子射鹰，母子团圆。这当然是一件天大的喜事，然而优哩婆湿又忽然想起了因陀罗的话，她必须同丈夫和儿子分离了。到了这里，剧情的发展达到了高潮，紧张达到了高潮。如果没有一个突然的转变，一幕悲剧就不可避免了。然而那罗陀到了，传达了因陀罗的命令。于是皆大欢喜，剧本告终。

我对戏剧艺术完全是门外汉，但是我总觉得，本剧在结构方面这些特点是很值得我们借鉴的。

以上谈的都是属于精华方面的东西。难道这个剧本就只有精华而没有糟粕吗？这是决不可能的。迦梨陀娑是奴隶时代的人，至少也是封建时代的人。他的世界观不会脱离他的时代。尽管他在许多地方反映当时人民的要求和愿望，同人民在思想感情方面有一些相通之处。但是，就他的社会阶级来说，他是宫廷诗人，是为当时统治阶级服务的，也必有与此相应的世界观。他的世界观不会不在他的艺术创造上发挥力量、产生影响。时代局限性和阶级局限性，他是摆脱不掉的。在这个剧本里，这种例子也是俯拾皆是。例如，他虽然在某一些方面对国王加以讽刺，但是在另一些方面，他又歌颂他，称扬他，认为他的统治是天经地义，世代相传，无可非议。此外，宿命论的色彩也还可以找到。在第四幕里，他就借娑呵阇尼耶之口说道："什么东西也逃不掉命运。"他虽然对女子表同情，歌颂她们冲破网罗，追求幸福；但是在某一些地方又流露出对女子的歧视与轻视。至于她们所追求的这种幸福，同我们今天的了解也完全不同。对于这些情况，一方面我们不应该过分地拿今天的标准去吹毛求疵；但是，另一方面我们也决不应该加以忽视，认为无关重要。

在这里还要附带地谈一个问题：诅咒的问题。在迦梨陀娑的许多著作里，诅咒都占极其重要的地位。情节的发展往往决定于某一个神人或仙人的诅咒。在《沙恭达罗》里，如果没有仙人达罗婆娑的诅咒，国王就不会忘记沙恭达罗；国王不忘记沙恭达罗，这一出戏也就不必写不必演了。在《优哩婆湿》这个剧本里，如果没有她师傅婆罗多的诅咒，她就不会下凡。她下凡，同国王结了婚；但是，如果没有鸠摩罗的诅咒，她就不会失踪。她不失踪，第四幕也就不会出现，那么这一出戏也就不必写不必演了。因为里面根本没有什么“戏味儿”了。

照今天的常识看起来，诅咒决没有这样大的力量，因为根本就没有什么神人和仙人。迦梨陀娑总利用这个东西来制造矛盾，给剧本增加曲折，让剧情的发展有起有伏，是不是他真正相信这一套呢？是不是这也是受他的世界观的限制而产生的糟粕呢？我看不必这样呆滞。在现实生活中，常常有出乎意料的事情出现，古人无法解释，就归之于神人或仙人的诅咒。这实际上是现实生活中的矛盾在神话中的反映。这是一方面。另一方面，我们也可以把诅咒看做是一种艺术手法。我们的诗人利用它来达到用别的艺术手法达不到的目的。中国也有一句俗语：“做戏无法，请出菩萨。”两者的性质很不一样，但是利用神话，这是相同的。我觉得，这样来看迦梨陀娑剧本中的诅咒，是比较合理的。

以上这些对《优哩婆湿》的看法都是极其肤浅极不成熟的。其中一定有不少不周到甚至错误的地方。我姑且把它当作引玉之砖抛了出去，希望能够得到大家的指正。

1948 年 3 月 24 日

《十王子传》浅论

在许多国家的古代文学史上，长篇小说是比较稀见的、甚至是根本不见的一个文学品种。印度的情况也是这样。在这里，流传下来的长篇小说不过十几部，最有名的只有四部。昙丁的《十王子传》就是其中之一。

关于本书的作者，仅仅留下来了一个名字，叫做“昙丁”，意思是“执杖者”，看来也不像是一个真名。有的学者主张，所谓“执杖者”是一个官名，是王国内十八个大官的第五个，地位在太子和后宫管理大臣之间。印度古代政治家憍胝厘耶在他所著的《政事论》里对这个官作过一些规定。古代最著名的文艺理论著作《诗境》的作者也叫做“昙丁”。两个“昙丁”是否是同一个人，学者们的意见也是不一致的。主张是一个人的占多数。

至于昙丁的生卒年代，更是掩在一片浓雾中。尽管各国的梵文学者已经作了很大的努力，提出了不少的假设和看法，却并没有一个为大多数的人所接受。从各方面的材料来看，我们目前只能说，昙丁大概生在五世纪到八世纪之间。这时候正是印度封建社会从形成到逐渐发展的阶段。在印度北部，统治了几个世纪的笈多王朝已经分崩离析，又出现小国割据的局面。这些小国，纵横捭阖，互争雄长，武力进攻，阴谋兼并，搞得乌烟瘴气。

中国和尚法显于五世纪初游历印度，他对当时印度的情况有过一些描述。他常用“诸国国王”、“西天竺诸国”、“北天竺诸国”等等辞句，可见当时印度小国之多了。

另一个中国和尚玄奘于七世纪前半到了印度。在他所著的《大唐西域记》里，他对印度有极其生动、具体、翔实的描述。在卷二里，他写道：

> 若其封疆之域，可得而言。五印度之境，周九万余里。三垂大海，北背雪山。北广南狭，形如半月。画野区分，七十余国。

在同一卷里，他又写道：

> 君王奕世，唯刹帝利。篡弑时起，异姓称尊。国之战士，骁雄毕选。子父传业，遂穷兵术。

可见到了七世纪，印度的政治局面并没有改变。昙丁的生存时代可能就正在法显和玄奘之间。他在《十王子传》里所描写的也正是中国的两个和尚所记述的那种情况。

《十王子传》的故事情节大体上是这样的：摩揭陀国王罗阇杭娑战败出走，逃入大森林中。在这里，王后生子名叫罗阇婆诃那。四大臣也各得一子。后来，又通过各种奇遇，陆续有五个男孩子被送到国王这里来。合起来，共有十个男孩子。这一群孩子长成以后，国王派他们出去征服世界。最初他们十人同行。后来，在频底耶山大森林中，一个婆罗门偷偷地把太子罗阇婆诃那领走，从地道中进入波陀罗城，成了那里的国王。其余的九个男孩子也都走散了。每个人都四处漂泊，寻找太子。每个人都经历了不平凡的事迹，通过阴谋或侥幸取得了王位和妻子。最后是大团圆，十个王子又会合在一起。各人讲了自己的遭遇，汇合起来，就构成这一部长篇小说《十王子传》。

这样的内容究竟想说明什么问题呢？主题思想究竟是什么呢？我觉得，它首先就说明，作者期望印度能够统一。书中十位主人公努力想达到的也就是印度统一这个目的。他当然不可能说得这样明显，他只是用“征服世界”这样一个说法来表达自己的愿望。在这一点上，他也表达了当时印度一般人民的愿望。

由于种种原因，从公元前印度有历史的时候起，一直到昙丁时代，在印度形成统一的大帝国的时候是绝无仅有的。公元前三世纪的阿育王、公元四世纪至五世纪的鼎盛时期的笈多王朝，虽然声势煊赫，但也只是在北印度和中印度建成了大帝国，并没有能统一全印度。

在小国林立的情况下，在一个小国内部就是“篡弑时起，异姓称尊”。在小国与小国之间就是“境壤相侵，干戈不息”。这些都是不义之战，对人民一点好处都没有。人民不能安心从事自己的工作，生命财产得不到保障，因而对这样的局面是厌恶的。我们且引《大唐西域记》里几段记载来说明当时印度的情况。卷三呾叉始罗国条写道：

> 酋豪力竞，王族绝嗣。往者役属迦毕试国，近又附庸迦湿弥罗国。

卷四萨佗泥湿伐罗国条写道：

> 闻诸先志曰：昔五印度国二王分治。境壤相侵，干戈不息。两主合谋，欲决兵战，以定雌雄，以宁氓俗。黎庶胥怨，莫从君命。

下面是一段记述一个梵志伪造神书、诱骗人民的故事。最后是：

> 于是人皆兵战，视死如归。王遂下令，招募勇烈。两国合战，积尸如莽。

战争之惨酷可以想见。人民反对这种不义之战，但又没有什么好的方法；只好幻想有那么一个大王，勇武无敌，他终于统一了天下。

这种幻想不自昙丁始，实在是古已有之。在古代印度的文献上，有一种叫做 Cokravartin 的人物，汉译“转轮王”。他有大威力，他的车轮滚遍世界，无碍无阻，到处胜利，他终于成为统一世界的英主。在大史诗《摩诃婆罗多》里面，已经提到这样的人物。在《薄迦梵往世书》里面也有。印度古代最伟大的诗人迦梨陀娑也经常在自己的著作里提到转轮王。比如在《沙恭达罗》第七幕里，国王豆扇陀在仙人摩哩折的净修林里看到自己的儿子，发现他手指头中间有一幅薄薄的肉网，就像是一朵花瓣儿几乎联在一起的莲花，他认为这就是“转轮王相”，这孩子将来一定会成为统一宇内的大王。在《鸠摩罗出世》里面，迦梨陀娑也提到转轮王。至于在佛教经典里面，转轮王出现的次数就更多了。《方广大庄严经》、《妙法莲华经》等等都经常提到转轮王。甚至还有专门谈转轮王的经，像《轮王七宝经》等。在受到佛教影响而制造的地狱里，有一个阎王爷，名字就叫做“转轮王”。

在实际生活中，转轮王这东西是根本没有而且也不可能有的。为什么他竟这样流行、这样受到爱戴呢？我觉得，这就是老百姓厌恶不义之战、向往统一的自然流露，转轮王是他们幻想的产品。应该说，这种向往和幻想有其积极的意义。昙丁在《十王子传》里正表达了这种向往和幻想。

至于实现这些向往和幻想的手段却多半是巧取豪夺、阴谋诡计，有点只问目的不择手段的意味。比如，昙丁原本的第五章讲的是婆罗摩提的故事。婆罗摩提觉得自己在梦中遇到了一个美女。他为爱情所颠倒，走向舍卫城去。在城外的一个花园里沉沉睡去。一阵玎珰的脚环声惊醒了他。他睁眼看到一个女郎，手里拿着一张画，上面画着的正是他似乎是在梦中遇到的那个美女。同时还画着一个同自己十分相似的男子。这个女郎把他带回家中，招待他洗澡吃饭。原来画上画的是公主，公主也爱上了他。他在一个老婆罗门的帮助下，定下一计。他男扮女装，让老婆罗门带他到国王那里去，说是老婆罗门的女儿，就留在王宫里。他偷偷地找到公主，同她幽会。后来老婆罗门把男子的衣服带给他。他换了男装，跟老婆罗门去见国王，说是他的女婿。老婆罗门替他大大地吹嘘了一番，然后假装要跳入火中。

国王和大臣都跪在地上，请求他不要这样做。最后国王把公主嫁给婆罗摩提，连王位也传给了他。

其他几位“王子”，虽然经历各有不同；但是其为阴谋诡计则一也。他们也都得到了王位。有的还寻到了娇妻。

我们应该怎样来看待这个巧取豪夺、阴谋诡计的问题呢？用这种方法去对付敌人，并不是昙丁的发明。他是有根据的，根据就是憍胝厘耶的《政事论》。这部书的第九章和第十章讨论的是军事。这里面明确地规定了，如果战不胜敌人，什么样的手段都可以采用。第十章结尾处有一首诗：

射手射出的箭只射死一人，
甚至连一个人也射不死；
可是聪明人想出的诡计，
却能在母体内杀死孩子。

以下几章都是讲阴谋诡计的。为了对付敌人，国王可以派遣间谍、密探和叛徒；他可以派人去放毒，甚至可以雇用女密探，利用宗教机构。他可以把密探打扮成术士，把毒药当作春药送给敌人。他也可以把间谍打扮成商人、牧童、苦行者，派出国去刺探敌情；把他们打扮成酒商、屠户，到外国去放毒。当敌人群集拜神的时候，他可以巧设机关，把墙推倒，将敌人压死。为了征服一个堡垒、一个村庄，他可以先派人散布流言，说他未卜先知，与神为伍。把事先通过间谍和信鸽获得的情况，公开散布，证明他的先知。把密探藏在神坛下面的地洞里，他公开说是同神仙谈话，实际上说话的就是这个密探。他可以把间谍打扮成剃光了脑袋的或披散着头发的苦行者，说自己已经活了四百岁，骗国王到他那里去看他跳入火中，就在这时候把国王杀死。如此等等。

以上这一些也只是举例，远不足以窥其全豹。然而鼎尝一脔，我们也就可以看到，古代印度最有权威的政治家的这一部最有权威的著作简直成了一部阴谋大全。凡是人们的幻想能够想得到的阴谋诡计，这里面几乎都网罗无遗。这些东西都是堂堂正正地载人书中，目的是垂诸万世，永作人君的南针。在这里，唯一的原则就是，只要能达到目的，什么手段都是可以允许的，在道德方面是无可指摘的。昙丁在《十王子传》里所描述的，尽管看起来已经极诡谲之能事，会让一个不懂古代印度传统治术的人毛骨悚然；然而这些东西并没有超出《政事论》规定的范围，不比上面举出的那些手段更可怕，更令人厌恶。

那么，昙丁是不是就完全同意这些手段呢？完全同意《政事论》这一部“经典著作”的看法呢？不是这样。再拿原本的第五章为例。这是一个充满了喜剧性的故事。其中虽然也有阴谋手段，但是总起来说，是无伤大雅的。到了故事的结尾处，罗阇婆诃那明确地说出了自己的意见：“在游戏中显示英武，用轻松巧妙的手段从事活动，这正是有学问的人们所向往的道路。”我想，这也就是昙丁自己的意见。从这里我们可以看出，他对《政事论》里那种肆无忌惮的阴谋手段是有一些意见的，不是完全赞同的。虽然我们还不能因此就把他同传统的治术截然分开；但究竟有一些不同，这一点是值得我们注意的。

本书的主题思想，以及实现这个主题思想的方式方法，我觉得就是这样。

至于围绕着这个主题思想而展开的叙述和描绘则是五花八门的。从全书描写的深度和广度来看，作者大概到过很多地方，他的生活经历十分丰富。书中人物活动的地区是很广阔的。迦摩缕波（阿萨姆）、鸯伽、摩揭陀（贝哈尔）、迦湿（贝拿勒斯）、憍萨罗（乌德以北）、摩腊婆（中印度）、摩诃剌佗、达罗毗荼、羯餧迦、案达罗等等地方都包括在里面，换句话说，从北印度到南印度，从东印度到西印度，都牵涉到了。

在这样广大的地区内，作者接触到各阶层的人物。在这一部书中，不但像当时的其他文学作品一样，有上层人物、国王帝师之流出场，而且也有下层人物、妓女、赌棍、盗贼、小偷、破落婆罗门、魔术师等等。这一点是很值得注意的。昙丁对上层人物的生活和下层人物的生活好像都很熟悉。他在书中的许多地方暴露了国王的荒淫生活。在第八章里，他还具体生动地描写了国王一天的活动情况。从起床开始，一直到深夜，国王每时每刻都有许多事情。他日理万机，不轻松，也不愉快。连吃饭的时候，也惴惴不安，怕别人在饭中放毒。对廷臣和后宫嫔妃，他也有一些叙述。

但是最令人吃惊的是他对民间生活的了解和描绘。在古代印度的文学作品中，对民间生活的描绘是比较稀见的。即使东鳞西爪能够找到一点，也决没有《十王子传》这样丰富、生动而具体。在这一部书里，我们看到刑场的描写和赌场的描写。篇幅虽短，但却细致生动，大大地有助于我们了解古代印度的情况。昙丁描写森林中的旅行，描写女子的一些生活情况，也有独到之处。我们读了他的文章，恍如身临其境。他对盗贼行窃的活动和妓女的活动，也十分熟悉。他描写盗贼如何根据“盗贼教科书”来行窃，描写一个母亲如何把自己的女儿培养成妓女，以及妓女如何骗取人们的钱财，都给人以真实的感觉。

对了解古代印度一部分人民的生活情况来说，这些描写都有重要的意义。但是，更重要的还在于昙丁对待这一些出身低级种姓的人们的态度。在他笔下，有一些窃贼和妓女并不可厌可恶，而是可喜可爱。窃贼打抱不平，窃富济贫，帮助情人结成眷属。比如，在第二章里，阿波诃罗婆哩曼虽然也是王子之一，然而在这里他干的却是窃贼的勾当，我们只能把他当做窃贼看待。有一天夜里，他碰到一个美女，名字叫做俱罗波里迦。她原来已经许配给檀那密多罗。后来她父亲嫌贫爱富，又把她转许给阿哩陀波提。她为了逃婚，正想趁着暗夜到丈夫家里去。阿波诃罗婆哩曼听了，义愤填膺，答应一定要帮助她。他把偷盗来的钱财都送给檀那密多罗，并且散布流言，说檀那密多罗得到了一个宝囊，要什么，里面就出什么。最后，她父亲还是把她嫁给了檀那密多罗。有情人终成了眷属，要归功于这个窃贼。

妓女也不完全干坏事。昙丁在第二章里描写了一个妓女迦摩曼折莉。有一天，她忽然来到大仙人摩哩折的净修林，说是要跟他修行。她母亲一把鼻涕一把眼泪地跟了来，要她回去，她坚决不肯。仙人大发慈悲，把她留下，意思是让她尝一尝净修林里的味道，她受不了苦，自然就会回去了。然而，出乎他的意料，她竟真的留下不走，每天为他扫地、折花、祭神、摆供、唱歌、跳舞。她竟然还摆出一副哲学家的面孔，同他讨论人生三要素：法、爱、财等等的哲学问题。这一位道貌岸然苦修禁欲的大仙人终于动了凡心，深深地陷入情网，爱上了这个美丽的妓女，完全成了她的俘虏。最后她把他带进城去，在众目睽睽之下带到国王的花园里。到这里，谜底才算揭开。原来她同别人打赌，要把大仙人诱进城来。现在她胜利了。在群众惊呼声中，她拿着金银财宝，离开王宫。仙人垂头丧气，转回山林。在印度人心目中，仙人是神圣不可侵犯的东西。然而，昙丁却把他写成呆头呆脑的丑角，让他当众出丑，而使他出丑的人却是一个妓女。这样的妓女不是很可喜可爱令人解颐吗？

也许有人会说，妓女引诱仙人这样的故事，在印度是古已有之的，在西方也并不缺少；因此，昙丁只是抄别人的，并不能认为他对妓女的态度就是这样。我不同意这种看法。既然昙丁在这里单单抄这一篇故事，而不抄别的，这就说明，他是同意故事中的观点的。这一点不是很明显的吗？

从这个故事上，从昙丁对待大仙人的态度上，我们还会联想到他对宗教的态度。在古代印度，宗教对作家是有着十分深厚的影响的。几乎没有什么作家能摆脱掉这样的影响。古代印度最伟大的诗人迦梨陀娑也并不是例外。他是崇拜湿婆的。在《沙恭达罗》和《优哩婆湿》的序幕的献诗里，他歌颂的就是湿婆。但是，昙丁的情况却有所不同。《十王子传》开始的一部分不是出于他的手笔。在这一部分里，大神毗湿奴被歌颂了，婆罗门被赞美了。一到昙丁写的那些篇章里，宗教气息就顿然稀薄。他讽刺婆罗门和苦行者，他丑化大仙人。他对于这一些神圣的人物根本没有敬意。他绘声绘色地描写大仙人摩哩折为妓女所骗，并不是偶然的。这种情况在印度文学史上是比较稀见的，因而也就值得我们重视了。

正如印度古代的作家离不开宗教，他们也离不开爱情。印度古代所有的文学作品几乎都与爱情有关。《十王子传》当然也不会是例外。十王子的目的是征服世界。在征服的过程中，他们每一个人几乎都有自己一套恋爱的经历。恋爱离不开美女；因此，昙丁就在书中的许多地方对女子的美作了生动的描绘。他似乎十分喜欢而且也十分擅长描绘女子的美。在第二章里，他用他那生花的妙笔描绘了公主菴波梨迦熟睡时的情况。在第五章里，他又描绘了睡公主那婆茉莉迦的美。

除了外表上的美丽以外，昙丁在许多地方对爱情的享受也作了描写。我们要知道，在古代印度，爱情算是一门“学问”，一门十分严肃的“学问”。有许许多多专门研究爱情问题的著作，其中最著名的就是闻名全世界的瓦刹耶那著的《爱经》。在这一部书里，对爱情活动的各个方面都作了十分细致的规定。它是摹仿《政事论》的结构而写成的。两书的体系完全相同。《政事论》里讲究权术，《爱经》里也大谈权术，通过权术才能获得爱情。《爱经》分析爱情，正如《政事论》分析政治经济。它对与爱情有关的问题分析得琐碎到让我们觉得可笑的程度。然而作者却是一本正经，而印度人也不认为这一部书是秽亵的书。在他们眼中，爱情，同宗教（法）和财产一样，是人生三要素之一。王子们必须学习《爱经》，正如他学习语法一样。诗人也必须精通爱学。在书中描写爱情的时候，一定要字字都有来历，不能任意创造。事实上，古代大诗人都是深通《爱经》的。迦梨陀娑也精于此道，须般荼和婆缚菩提都不是外行。

昙丁呢，当然也不会是外行。他也按照《爱经》的规定，来描写有关爱情的场面。这样的场面在全书很多地方都可以找到。比如，他描写妓女运用权术，散布流言，来提高自己的身价；他描写情人的幽会。他描写两个都没有经验的情人初次见面的情景。在我们看来，有一些地方他的描写有点秽亵。但是，就诗人来说，他却是认真严肃，一丝不苟，一板一眼，几乎都有所本。认为爱情是人生三要素之一的古代印度人也不会有什么刺目的感觉。

但是，在描写爱情方面，《十王子传》的特点还不在这里。因为别的作家也几乎都是按照《爱经》的规定认真严肃循规蹈矩地描写与爱情有关的场面。不过有一些作家描绘有些过火、有些过于露骨，自然主义的手法过于显著。而昙丁在这方面是比较有节制的、比较温和的，不是十分露骨的。我认为，这正是《十王子传》的特点，也可以说是优点吧。

写到这里，我想到马克思论印度宗教的一段话：

> 意大利和爱尔兰——一个淫乐世界和一个悲苦世界——这样奇怪地结合在一起的现象，在印度斯坦的宗教的古老传统里早就显示出来了。这个宗教既是纵欲享乐的宗教，又是自我折磨的宗教；既是林加崇拜的宗教，又是扎格纳特的宗教；既是和尚的宗教，又是舞女的宗教。
>
> ——《不列颠在印度的统治》，《马克思恩格斯全集》，第 9 卷，第 143—144 页。

这是十分深刻的观察。从吠陀时代起，印度的宗教，印度的生活也一样，就把两种截然不同的、甚至是互相矛盾的精神包容在一起。人们一方面提倡禁欲，不是普通的禁欲，而是有点走向绝对化的禁欲；一方面又鼓励纵情欢乐，用感官享受人世间的快乐。他们从早到晚狂赌掷骰子，赌输后连老婆、孩子，甚至自己都当赌注押上；他们赛马打猎，狂饮苏摩酒，玩弄妓女。但是，在另一方面，他们又追求内心静观，在深山老林中打坐苦行。他们甚至把人生分为四个阶段，有享受人间幸福的家主期，有退隐山林的林栖遁世期。这种风气世代相传，到了公元后五世纪至八世纪的昙丁时代，情况一点也没有改变。这种情况当然也会反映到文学创作上来。在文学作品里，既有 dharma（法，宗教），也有 kāma（爱情）。从我们上面的叙述里可以看到，《十王子传》也是如此。同其他同时期或稍前稍后的文学作品比较起来，它的特点只在于：在“法”与“爱情”两个方面，描写都比较有节制、比较适中。昙丁对宗教没有狂热，对苦行有所讽刺。他对爱情的享受也认为不能过分。这个特点看起来不算大；但是它却是有比较重要的意义的。《十王子传》之所以能高出其他的一些文学作品，我觉得，这是重要原因之一。

至于本书的结构，也有它的特点。名为长篇小说，实际上是许多短篇小说的汇合。本书的中心故事是太子罗阇婆诃那率领九个王子出去“征服世界”。第二章（指的是真正出于昙丁手笔的那一部分）讲的就是太子的故事，讲到几个王子分而复合的情形。太子讲完了自己的故事以后，就请每一个王子讲自己的遭遇。从第二章到第八章，每一章是一个王子的故事。每当一个王子讲完后，太子就微笑赞许，对整个的故事加上几句断语。然后目光转向另一个王子，这个王子就立刻讲自己的故事。除了开头几章和结尾的一部分是后人伪造的以外，全书的结构就是这样地单纯而单调。

这样的结构形式是不是昙丁创造的呢？不是的。他是有所本的。应该说，这是古代印度“长篇小说”的比较习见的形式。古代印度人民似乎很喜欢大故事中套小故事，小故事中套更小的故事，以致后来头绪弄得异常复杂，找不到线索。有名的《五卷书》就是这样。其他流行很广的书，像《故事海》等等也都是这样。《故事海》里面还吞下了不少其他的书，例如《僵尸鬼二十五故事》等等。这一些被大书整部吞下去的小书也有这样的结构形式。

这样的结构形式在印度以外也有比较广泛的影响。在我国新疆发现的吐火罗语残卷里，有一部书，叫做《福力太子本生故事》。虽然已经无头无尾，残缺不全；但是仅就剩下的那一部分来看，它的结构也是大故事套小故事，小故事中还有更小的故事。这显然是受了印度的影响。在唐人小说里，也有类似的形式。比如，王度的《古镜记》以一面古镜为主要线索，中间夹入不少的小故事。是否也受了一些印度的影响，那就不敢说了。

《十王子传》的这种结构形式使得它有可能容纳许多独立成篇的短故事。这一些短故事有的是他自己创作的，有的采自民间故事。比如第二章摩哩折仙人为妓女所骗的故事，就不是昙丁的创作。大史诗和佛经里都有独角仙人的故事，这就是摩哩折故事的来源。当然昙丁也并不是一字一句地照抄，而是添加了一些新东西，把这个在印度民间流行已久的故事叙述得更完整、更生动。至于第六章插入密多罗笈多的故事中的那四个小故事，一看就知道是民间故事。其中尼昙巴婆提的故事讲的是一个负义女子。属于这一个类型的故事流行于全世界，印度也不缺少。在《五卷书》、《故事海》、《佛本生故事》等等里面都可以找到。同章瞿弥尼的故事讲的是一个理想的妻子。属于这一个类型的故事也流行极广，在《佛本生故事》等等书里面也都可以找到。在叙述这些故事的时候，昙丁也运用他那独特的手法，绘声绘色，写得异常绚丽多采，异常细致生动。

从文体方面来看，《十王子传》在印度古代文学史上可以说是占着一个承上启下的地位。古典梵文文学早期作家，像迦梨陀娑、阿摩鲁等等的文体，已经渐趋华丽，但是还没有发展到堆砌词藻的程度，使用的离合释（复合名词）也都比较短。到了昙丁时代，词藻华丽的程度增加了，堆砌的风气形成了，技巧的卖弄愈来愈显著了，离合释愈来愈长了。在《十王子传》里已经可以看出这种情况。昙丁在他所著的《诗镜》里（I，80）明确主张：离合释是散文的生命。他确实使用了不少的离合释，有的也不短。在卖弄技巧方面，他也有所表现。比如第七章曼陀罗笈多的故事。据说曼陀罗笈多的嘴唇给情人咬伤了，不能用嘴唇说话。于是全章就没有一个唇音字母。

但是，同以后的作家，像波那、须般荼等等比较起来，昙丁使用的词藻华丽而不堆砌，离合释还没有长到没有边儿，语言技巧也还不过于刁钻古怪。他被尊为语言大师，原因也就在这里。

昙丁就用这样的文体，在《十王子传》里写下了许多有名的篇章。有的描绘风景、人物，有的描写人民的生活。比如第二章里描写落日，第五章里描写斗鸡，第六章里描写美人拍球和女子煮饭，都是着墨不多，而逸趣无穷。我们读了以后，感到栩栩如生，宛然如在目前。

以上从内容方面，从结构方面，从文体方面简略地谈了谈我对昙丁的长篇小说《十王子传》的看法。我主要谈的是优点，是精华。当然，本书决不会只有优点，只有精华。缺点、糟粕也是有的。我现在只能举其荦荦大者，稍加论述。

在本书的思想内容方面，最成问题的、为害最大的是宿命论。在古代印度，这是一种十分流行的、影响十分大的思想。几乎所有的大作家都是宿命论者，他们都不能够跳出这个圈子。迦梨陀娑等伟大作家，在思想上有许多健康的东西；但是，一提到命运，他们就好像是束手无策。他们十分认真严肃地相信，一切都是前定，人力无可奈何。人定胜天的思想在他们身上是找不到的。昙丁也不是例外。他虽然对宗教本身，对那些神仙，对那些婆罗门没有多少敬意。但是他也过不了命运这一关。他在第二章里写道："人，即使是非常机灵，也跳不出命运画的那一条线。"在书中别的地方，他也流露出了同样的思想。这样就会削弱人们的斗志，甘受压迫与欺凌，是为反动的统治者效劳的一种思想。我们虽然不能对古人苛求，但也必须指出昙丁思想中这一个阴暗面。

此外，在一些道德观点方面，昙丁也有不对头的地方。比如，在第三章里，主人公伏波诃罗婆哩曼想去偷别人的老婆，他自己心里想：“偷了别人的老婆，法（宗教、道德）可能会受到阻碍。但是，如果能同时获得财产与爱情的话，古代圣书的作者是允许这样做的。”这可能是古代“圣书的作者”的看法；但是，昙丁在这里引用，没有提出不同的看法。因此，我们只能说，昙丁的看法也是这样。这一点也必须在这里着重指出。

至于在本书的许多地方在描写手法方面那一种自然主义的倾向也是我们所应该摈斥的东西，现在在这里一并指出。

昙丁的《十王子传》是印度文学史上的名著，一直到今天还在印度国内国外受到重视，欧洲许多国家都有译本，只是德文译本就有三四种之多。过去有不少人对于这一部书作过评论，论点很多是难以令人接受的。我写这一篇东西，也只能算是一个尝试，诚恳地希望能够得到批评与指正。

1963年6月19日

关于巴利文《佛本生故事》

在信仰小乘佛教的国家里，像锡兰、缅甸、老挝、柬埔寨、泰国等等，任何古代的书都比不上《佛本生故事》这一部书这样受到欢迎。一直到今天，这些国家的人民还经常听人讲述这些故事，往往通宵达旦，乐此不疲。

所谓《佛本生故事》，巴利文叫做 *Jātaka*，是从动词根 jan（降生）变来的名词，意思是释迦牟尼如来佛前生的故事。古代印度相信轮回转生。一个动物，既然降生，必有所为，或善或恶，不出两途。有因必有果，这就决定了它们转生的好坏。如此轮回，永无止息。释迦牟尼在成佛以前，只是一个菩萨，他还跳不出轮回，他必须经过无数次的转生，才能成佛；因此就产生了所谓佛本生故事。

这当然都是迷信。实际上，这些故事绝大部分都是寓言、童话等等的小故事，是古代印度人民创造的，长期流行在民间。这些故事生动活泼，寓意深远，家喻户晓，深入人心。国王们看准了这一点，于是就利用它们，加以改造，来教育自己的子女。各教派也看准了这一点，也都想利用它们来宣传自己的教义。婆罗门教、耆那教都是这样，佛教也不例外。这就是为什么同一个故事在不同教派的经典中，也在许多故事集中，像《五卷书》、《故事海》、《益世嘉言集》等等里面都可以找到的原因。

在古代印度，最受人欢迎的讲故事的形式是诗歌与散文相结合。估计佛本生故事也不会是例外。后来收入大藏经的时候，只收了诗歌这一部分。诗歌固然也有连续成为故事的；可是也有不少的诗歌，如果没有散文叙述，就不知道是何所指的。因此，宣传佛教教义的僧侣就只好根据自己的理解用散文加以补充。现在，在巴利文《佛本生故事》中，诗歌与散文常有矛盾，而诗歌的语言总比散文显得古老，原因就在这里。

佛教徒利用本生故事来宣传教义，至迟可以追溯到公元前三世纪。在这个时候建成的婆噜提（Bharhut）大塔和桑其（Sanchi）大塔，周围的石门上都有一些本生故事的浮雕，而且有的竟标出 Jātaka 这个专门术语。在以后的佛教石窟中，像阿旃陀石窟等，我们也可以找到不少有关本生故事的绘画和浮雕。

佛教徒制造的本生故事，数目十分巨大。现在的巴利文《佛本生故事》共收有五百四十六个故事，还有不少的本生故事没有收在这里面。这五百多个故事，长短悬殊，内容也十分驳杂。其中有寓言，有童话，有短篇奇闻轶事，有笑话，有滑稽故事，有短篇小说，有伦理故事，有箴言，有圣徒故事。思想性和艺术性也相差甚多。绝大部分的故事都与佛教毫不相干。有的甚至尘俗十足。但是佛教徒却不管这些，他们把现成的故事拿过来，只须按照固定的形式，把故事中的一个人、一个神仙或一个动物指定为菩萨，一篇本生故事就算是制造成了。

这些故事，虽然最初是在印度制成的；但是它们的影响却决不限于印度。随着小乘佛教的传布，它们首先传到锡兰。五世纪初，中国著名的和尚法显访问锡兰的时候，他看到了供养佛牙的游行大会：

王使夹道两旁作菩萨五百身已来种种变现：或作须大拏，或作睒变，或作象王，或作鹿马。如是形象，皆彩画庄校，状若生人。

所谓“菩萨五百身”，就是指的菩萨过去转生五百多次的故事，数目与现在巴利藏中的《佛本生故事》相同。可见在五世纪初的时候，佛本生故事在锡兰已经是家喻户晓了。

从那以后，佛本生故事在锡兰文学史中的重要性与日俱增。1300 年前后，国王波罗克罗摩波睺四世把佛本生故事从巴利文译为僧伽罗文。到了十三、十四世纪的时候，锡兰诗人做诗多取材于本生故事。这种风气一直沿袭到了十九世纪。佛本生故事对锡兰文学影响之深且久，可以想见。

在缅甸，佛本生故事同样很早就流传开来。这里有用本地字母印的或抄的巴利文原本，有缅甸文的译本，也有用缅甸文改写的本子。佛教僧侣也用这些故事向人民群众宣传教义。在几百年的长时间内，这些故事也是家喻户晓，深入人心。这些故事也表现在艺术上。在古都蒲甘的许多古塔里面，墙上的浮雕全取材于本生故事。有的竟把将近五百五十个故事一一用浮雕表现出来，蔚成佛本生故事浮雕的大观。

泰国的情况同缅甸差不多。这里既有巴利文原本，也有译本和改写本。多少年来，许多佛教僧侣、文人学士，在创作文学作品的时候，都从这个故事里取材。在十四世纪建成的素可泰的大庙里，浮雕上的故事也多半都是佛本生故事。

佛本生故事也同样传到了老挝和柬埔寨。老挝民族文学中，有一部名字叫做《加达甘》的佛话集，里面包括五百五十个故事。在民间传诵很广，为人民大众所喜爱，而且还影响了以后文学的发展。所谓《加达甘》，实际上就是巴利文 *Jātaka* 的音译。里面的故事也就是巴利文《佛本生故事》里面的那一些。

在印度尼西亚，同样也可以找到本生故事流传的痕迹。在九世纪建成的爪哇婆罗浮屠的大塔里，浮雕也是取材于本生故事。这是古代印度尼西亚艺术宝库之一。

近几十年来，欧洲许多国家都从事于巴利文献的研究。丹麦一个学者出版了巴利文《佛本生故事》的校刊本。引起了学者们的兴趣，纷纷把本生故事译成欧洲语言。德文和英文都有比较好的全译本。

这些故事是不是也传到中国来了呢？当然会传过来的。汉译大藏经里面有不少的经内容都是佛本生故事，像《撰集百缘经》、《贤愚经》、《杂宝藏经》等等都属于这一类。这些经都不是从巴利文直接译过来的，但确实是本生故事。在新疆新发现的古代语言的残卷中，也可以找到许多佛本生故事，比如吐火罗文里面就有。这说明，在一千多年以前，本生故事已经在新疆一带流行了。

佛本生故事流行的情况就是这样。

至于这些故事的内容，则正如上面已经谈到的，是比较复杂的。不管故事里面的主人公是人，是神，还是鸟兽，他们的思想感情都是当时人的思想感情。因为大部分原来都是民间的创作，所以思想感情都比较健康。有的故事可以提高人们的斗争勇气，改善斗争方法。有的故事可以给人一些适应当时社会情况的处世做人的道理。有的故事讽刺当时的统治者，嘲笑神仙和婆罗门。当然也有少数的故事宣传逆来顺受、绝对忍让、绝对牺牲的精神，产生一些消极的影响。对于这些故事，我们应该区别对待，不能一概而论。

《五卷书》再版后记

《五卷书》汉译本第一版于1959年出版，到现在已经整整二十年了。原来写过一篇序，水平不高。但也说明了一些问题。现在再版时，我打算把它保留下来。在过去二十年中，我忙于一些别的工作。文化大革命中，又被剥夺了一切读书和写作的权利，白白虚度了六七年。因此，我对于《五卷书》想得不多，也没有很多时间去想。但是，究竟已经过去了二十年，在我一生中占了将近三分之一的时间，我对这本书不可能没有一些新的看法，不管多么肤浅，毕竟是新的看法。我现在就用写后记的办法把这些想法写了出来。这样，对于读者，特别是对印度古代文学比较陌生的读者，也许会有些用处。

在这里，我想谈下面几个问题：一、时代背景；二、印度古代文艺发展的道路；三、语言；四、思想内容；五、结构的特色。

一 时代背景

这一部书在印度有很多传本，产生于不同的时代；因此，我们无法说它究竟产生于什么时代。有一些梵语文学史上明确地说，它写成于某一个时代，这不是全面完整的说法。如果把印度古代梵语文学分为吠陀时期（公元前十五世纪至五世纪），史诗时期（公元前四世纪至公元后三、四世纪）和古典梵语文学时期（公元一世纪到十二世纪）这样三个时期的话，那么《五卷书》的组织编纂时期几乎贯串了整个古典梵语文学时期。外国不少的学者，比如德国的赫特尔（Hertel）和美国的爱哲顿（F. Edgerton）对《五卷书》加以细致的分析，企图找出其中的原始成分和后来窜入的成分，作出了一些成绩。这样的工作对于我们理解本书形成的过程是有用处的。但是我们在这里不想涉及那样的问题。

在印度历史上，古典梵语文学时期属于哪一个社会发展的阶段呢？换句话说，《五卷书》的形成时期，社会是什么样的性质呢？我们不可能在这里仔细讨论这个问题。我只简单地说一句：这一时期的印度社会性质是封建社会，而且是封建社会的由低级向高级阶段发展的时期。这个时期主要矛盾当然是农民与地主之间的矛盾。在农村公社比较普遍存在的情况下，印度封建时期的地主同中国的不大一样。国王，不论是大国的国王还是小国的国王，是向农村公社征收地租的，他们作为地主阶级的总头子所起的作用，要比中国的皇帝较为隐晦，因此有一些中国到印度去的和尚就认为印度赋税轻。但是实际上是同样地残酷。这个时期大小城市普遍兴起，商品交换相当频繁，手工业也相当发达，因此城市中商人和作坊主人、手工业者的地位日趋重要。行会的组织远在公元前几世纪的《本生经》时代或者更早的时代就已经存在。商人在某种意义上来说，也是受压迫、受剥削者。从公元前五世纪起，封建社会一萌芽，商人的作用就日趋显著，许多新兴的宗教，比如佛教和耆那教所代表的利益中就有商人的利益在。宗教与商业在印度一向有着极其密切的联系。释迦牟尼本人就同商人有密切联系。巴利文《本生经》里面讲到商人的地方非常多。印度学者高善必（D. D. Kosambi）因此就说《本生经》充满了“商人的环境”，这是抓到了问题的实质的。到了古典梵语文学时期，商人与手工业者，同种姓制度更加密切地联系了起来，他们有了自己的种姓。这时种姓制度名义没有变，内容却有了变化，从颜色（Varṇa）向家庭出身（jāti）的演变更加明确。婆罗门不一定都是祭司，刹帝利不一定都当国王、武士，有一些人是徒有其名的。吠舍分化得更厉害，有的书上连吠舍这个名称都不见了。商人、农民、手工业者，都属于吠舍。首陀罗地位更为下降，降入社会底层。但有的首陀罗也能升为国王。玄奘《大唐西域记》里就有这种记载。城市经济发展繁荣，统治阶级日益腐化。城市中的居民，包括商人和手工业者在内，日子并不好过。商人的任务就是贸迁有无，经常在外面奔波。他们一方面受国王的压迫剥削，一方面又受到陆路水路盗贼和风涛的威胁，所谓商人入海采宝的故事，就是这种情况的一种反映。他们必须结伴，才能战胜困难，达到发财致富的目的。

以上这些情况，《五卷书》都或多或少有所反映。这书里面故事的主人公，动物形象占一多半，人物形象占一少半。国王、商人、婆罗门、出家人都有。至于那些动物，实际上也是人的化身，他们的思想感情也就是人的思想感情。

商人和其他城市居民受到压迫，那么国王怎样呢？

整个一部印度历史，几乎从来没有过一个统一的大帝国。公元前四至二世纪的孔雀王朝，特别是三世纪的阿育王；公元前一世纪到公元后二世纪的贵霜王朝，特别是大约生在公元后的迦腻色迦王；公元后四世纪至五世纪的笈多王朝，七世纪中叶的戒日王，虽然都号称大皇帝，但都没有真正统一过全印度，至多不过在北印度称王称霸，势力不同程度地达到中印度、南印度而已。因此，我们可以说，在整个古典梵语文学时期，印度，特别是北印度，是小国林立，互相攻伐，民不聊生，商业受阻。从很早的时代起，印度人民，其中包括商人，就有一个强烈的统一的愿望。佛教经典中经常提到的所谓转轮圣王实际上就是这种愿望的表现。只有在一个统一的帝国的统治下，买卖才好做，日子才好过。但是这种愿望始终只是一个愿望，从来也没有实现过。玄奘在《大唐西域记》卷二中说："君王奕世，惟刹帝利。篡弑时起，异姓称尊。国之战士，骁雄毕选，子父传业，遂穷兵术。"这就是当时的情况，这是一种动荡不安，危机四伏的局面。

在这样的情况下，小国国王的日子也是并不好过的。他们在自己国家以内，是压迫者、剥削者，这是毫无问题的。但是，在当时印度小国林立的情况下，从国外来看，他们有时候会成为被威胁者、被压迫者。有时候一个比较大的国家突然崛起，或者一些小国结成联盟，倚靠武力，侵略别国。这时候，某一个国家就会受到威胁，势非同别国联合不可。只要想一想中国历史上的许多时代，比如战国、秦汉之际，三国、南北朝等等分崩离析、大动干戈的时期，就会很容易理解当时印度的情况。中国战国时期，出了苏秦、张仪一些人物，主张什么合纵连横，互相勾心斗角。三国时代，诸葛亮同周瑜也要联合抗曹。理解了这种情况，我们就会很容易理解《五卷书》为什么会成为王子的教科书。这些公子王孙，同商人、手工业者等等一般老百姓一样，有时候也会变成弱者，需要联合起来，才能克敌制胜。

《五卷书》一开始就讲到，一个国王生了三个笨得要命的儿子，对读书毫无兴趣，当然对治理国家，抵御外侮也不会有什么本领。一个大臣想出办法，让一个婆罗门编成了这一部书，教育王子。这决不是随便说说，而是在某种程度上反映了真实的情况。

二　印度古代文艺发展的道路

从印度文艺发展的阶段来看，《五卷书》也有其特殊的意义。

同其他国家的文学史一样，印度古代文学的发展明显地可以看出有两条道路：

（一）婆罗门祭司的文学，也就是统治者的文学；

（二）民间文学。

列宁讲到，在对抗性的社会里，每个民族文化中存在着两种文化。印度文学发展的两条道路，同列宁讲的不完全是一个意思，但有一些共同之处。我们在下面把这两条道路，粗略地分析一下。

（一）婆罗门祭司在印度古代是垄断文化知识的社会阶层，同中国古代的巫、史、卜、祝相似，只是后者的作用现在我们研究得还不十分充分，有待于进一步去阐明和探讨。印度古代的婆罗门宣传婆罗门第一，祭祀至上，宣传布施有福，靠为酋长、国王当帝师，举行祭典谋取利养。从《梨俱吠陀》起，经过梵书、森林书、奥义书、经书，一直到《摩诃婆罗多》和《罗摩衍那》两部大史诗，以及后来的叙事诗和戏剧，这些典籍多半出自婆罗门之手，其中人物多半是上层人物，神仙、仙人、帝王、将相、公主、僧侣等等。后来的诗、剧和小说，题材多半是陈陈相因，互相抄袭，材料来源多半是两大史诗，几乎没有什么新东西，体裁是庄重典雅，诗歌散文，都是这样。据说印度近代大诗人泰戈尔，除了《沙恭达罗》以外，不喜欢其他梵语文学作品。这事虽然难免有点偏激，但是不能说是没有一点理由的。

（二）民间文学是老百姓创造的。其中包括寓言、童话、笑话和小故事等等。寓言总包含着一个教训，以达到教育的目的。童话重在使人怡悦。笑话则只使人开心，或则纵声大笑，或则会心微笑，其中有时也包含一些讽刺或教训。至于小故事则内容各有不同，可以包含以上几个方面。神话有一些也是民间创造的。它总是迫切要求认识什么东西，是为了满足宗教的需要的。马克思在《路易士·亨·摩尔根〈古代社会〉一书摘要》中说：

> （在野蛮时期的低级阶段）想象力，这个十分强烈地促进人类发展的伟大天赋，这时候已经开始创造出了还不是用文字来记载的神话、传奇和传说的文学，并且给予了人类以强大的影响。

在这里，马克思不但讲了神话的起源，而且也讲了传奇和传说的文学的起源。我们上面讲的小故事可以包括在“传说的文学”之列。

上面这些不同文学体裁，主人公有动物，也有人。人物多半是农民、手工业者、商人、艺人、流氓、小偷、伪善的婆罗门、妓女等等。这些文学作品有一个共同的特点，这就是，它们决不陈陈相因，而是充满了创造性，洋溢着活力，取之不尽，用之不竭，如长江大河，源源不绝。世界各国人民在古代都或多或少地在这方面有所创造，但是印度人民最为突出。鲁迅说："尝闻天竺寓言之富，如大林深泉。他国艺文，往往蒙其影响，即翻为华言之佛经中，亦随在可见。"（《集外集·〈痴华鬘〉题记》）

鲁迅这里说的"寓言"，是广义的，包括以上说的那一些文学体裁。这些作品大概最初都没有文字记载，以后是使用俗语，最后有的转为梵文。

上面讲到印度古代文艺发展的两条道路。在漫长的发展过程中，这两类的文学作品不可能完完全全地保持着自己的纯洁性，泾渭分明，毫不相混。那是不可能的，也是不能想象的。在第一类文学作品中间或也吸收一些民间文学的成果，比如寓言、童话等等。但是，总起来看，在印度人民心目中，这两者是很不相同的。比如在举行马祠的准备祭祀（Pāriplava）中，在举行葬礼之后以及其他一些场合，照例要讲一些故事的。在中国古代某一些地区，也有类似的风俗。故事是通过和尚念经的方式讲出来的。唐代的一些变文，我怀疑就是为了这个目的而写出来的。中国这种习俗是否与印度有一些联系呢？我看是值得研究的。在印度，在上面讲到的那些情况下，要讲述的故事不是寓言、童话等等，而是历史（Itihāsa）和古事记（Purāṇa），这些都是典雅庄重道貌岸然的东西。但是，在另外一些祭典之后，讲的却不是历史和古事记，而是寓言、童话、小故事等等，比如在象鼻神第四日祭（Ganeśa Caturthi vrata）之后。这种祭典是一种农业祭，在婆达罗月（Bhadra，八、九月）的第四天举行。参看查多帕底雅耶《顺世外道》（D. Chattopadhyaya, *Lokāyata*）第232—235页，这是人民的，特别是农民的祭典，同酋长、国王举行的马祠完全是两码事。因而讲述的故事也是两种完全对立的东西。在国王举行的祭典上，讲述的东西属于第一个发展道路；在农民举行的祭典上，讲述的东西则属于第二个发展道路。这真可以说是泾渭分明，值得我们认真思考的。

从整个印度文学史上来看，总是第一条发展道路抄袭第二条发展道路，而决不是倒转过来。所谓抄袭，是指题材和体裁两个方面。属于第一条发展道路的那一些文学作品，刚从民间文学抄袭来的时候，还有一些清新之意，有一些活力。但是积之既久，死气斯生。于是又要到民间文学中去搜寻、去抄袭。如果把民间文学比做源的话，婆罗门正统文学只能算是流。这种周而复始的发展，在印度文学史上是表现得很明显的。我看，这种现象也并不限于印度。世界文学史上恐怕也可以找到不少的例证。这可以说是一个普遍的规律。但这并不是说，属于第一条发展道路的文学除了抄袭模拟之外，就毫无价值。不，事情不是这个样子。这种庙堂文学也是有发展过程的。它能把民间来的东西精致化、复杂化，达到富丽堂皇的程度，特别是在形式方面更是如此。就拿中国文学作一个例子吧。在这里，我们可以发现同样的现象。比如词，大家都承认，这种体裁最初源于民间。后来被文人学士抄了来，加以改造，使之日臻完美。

但是等到形式上美妙绝伦、五彩缤纷的时候，它就已走上自己的反面，非另起炉灶不可了。

从印度文学史的发展来看，《五卷书》的内容基本上属于第二条道路。但从语言上来看，它又属于第一条道路。它是由婆罗门加工的。其中许多不健康的东西，是同这种情况分不开的。

三　语言

我现在就谈一谈《五卷书》的语言问题。

《五卷书》现在流传的本子是用梵语写成的。

梵语是一种什么样的语言呢？到现在还没有定论。但是从种种方面来看，它大概从来不是一种口头使用的语言。印度学者查多帕底雅耶在他所著的《顺世外道》中说，梵语是游牧民族统治者的语言。这是从研究印度古代社会学的角度上提出来的。吠陀语同梵语差不多，只是语法变化更加复杂而已。至于梵书、森林书、奥义书、经书和史诗的语言，同古典梵语差别更小。广义地说，都使用的是梵语。这些著作都产生在公元前。两部史诗虽然在公元后才编订成现在这个样子，基本组成部分仍成于公元前。但是公元前三世纪的阿育王时代，官方语言却不是梵语，而是一种俗语，叫做古代半摩揭陀语。一直到公元后四世纪开始的笈多王朝，官方语言才又采用了梵语。同时文学著作用梵语写成的也占了垄断的地位，有人称之为梵语的复兴，这与婆罗门教的复兴是密切相联系的。

《五卷书》的题材我们上面已经谈到是来自民间文学，但语言却采用梵语，这一方面是顺应时代潮流，在这个时代连坚决反对梵语的佛教也使用了梵语，其他可想而知。另一方面也说明，《五卷书》使用梵语，就意味着脱离了一般的老百姓。城市平民、商人、手工业者恐怕是很难掌握这种语言的，乡下的农民就更不必说了。所以我说，这一部书主要是为王子服务的，作为城市平民的世故教科书是附带的。约在570年，《五卷书》被译为巴列维文和叙利亚文。由巴列维文译本转译成了阿拉伯文，名叫《卡里来和笛木乃》。从这个阿文译本直接地和间接地产生了大量欧亚各国语言的译本，传遍全世界。这个阿文译本也强调这一本书是对王子进行教育的。阿文译本本身以及以阿文为基础的那许多译本，不存在像在印度那样的语言问题，它容易为广大读者所接受，不管是什么人，都能从中学习到一些知识和世故；故事本身又能使他们感到新奇、生动、有异域情调。因此《五卷书》就流行全世界了。

四　思想内容

在印度，《五卷书》被认为是一种Nītiśāstra，意译是正道论。Nīti这个字用别的文字来翻译很困难，可以译为“正道”或“世故”或“治理国家的智慧”。总之是一部教人世故和学习治国安邦术的教科书。它的前提是，人们不避世成为仙人，而是留在人类社会中，用最大的力量获取生命的快乐。

这部书主要是反映受压迫者和弱者的思想感情的。城市平民、商人、手工业者等等，在某种意义上来说，都可以说是受压迫者和弱者。他们需要安全，需要联合。只有联合起来，才能战胜敌人；只有联合起来，弱者才能战胜强者，获得安全，然后才谈得上人世间的最大快乐。当时的小国国王，从一个国家内部来看，是地主阶级的总头子，靠剥削农民、压迫人民过着花天酒地的糜烂生活。从这个意义上来讲，他们是强者。但是，在外来的侵略者强敌面前，他们又是弱者。他们也需要安全，需要互相援助，需要联合。只有这样，才能战胜偶尔来犯的较大或较强的国家。这一点，我在上面已经有所论述，这里不再详细谈了。此外，对平民和国王来说，除了联合以外，还需要有点智慧，也就是处世做人的世故；也需要有点钱，否则目的是达不到的。在《五卷书》里有很多地方反对愚昧，反对傻瓜，赞颂金钱，颂扬智慧，其原因就在这里。中国过去教育儿童的教科书，比如《幼学琼林》之类，教育儿童的重点，是苦读成名，磨炼成家，“书中自有千钟粟，书中自有黄金屋，书中自有颜如玉”，考进士，中状元，走科举这一条路。同印度这类的书籍很不相同。原因就是印度古代没有什么科举，两国的社会背景很不相同。

我们先看一看《五卷书》的内容。第一卷叫做《朋友的分裂》，第二卷叫做《朋友的获得》，第三卷叫做《乌鸦和猫头鹰从事于和平与战争等等》，第四卷叫做《已经得到的东西的丧失》，第五卷叫做《不思而行》。这五卷书都与世故和治术有关。这些卷有的直接讲到国王和国家大事。就是那些内容没有讲到国王和国家大计的，仍然可以为国王和王子所用，他们从里面也可以吸取有益的教训。因此，我认为，正如本书中所着重指出的那样，它原来是作为王子的教科书而编写的。同时对平民也有很大的教育意义。至于作为主人公的那些黄牛、狮子、老虎、豺狼、猴子、乌鸦、猫头鹰、老鼠、乌龟、鸽子、鳄鱼等等鸟兽，正如大家都知道的那样，不过是人的化身而已。

第一卷以牛同狮子交朋友，狮子的大臣、两个豺狼被疏远为主题，谈到绝交的问题。国与国之间，人与人之间，绝交的事情是常常可以遇到的。一直到今天也毫不例外。一个国王，一个平民，都需要有一套办法来对待这种常见的现象。

第二卷讲的是结交朋友，是第一卷的对立面，是一个国王和一个平民也常常遇到的问题。这一卷的骨干故事是乌鸦、老鼠、乌龟和鹿结成朋友，共度危难。弱者只要团结起来，同心协力，就能战胜猎人这一个强者。这一卷在本书中是非常重要的一卷，换句话说，它表达了本书的中心思想。

第三卷的骨干故事是国家大事。猫头鹰和乌鸦两族结怨，乌鸦大臣诈降，结果猫头鹰的老巢被焚，乌鸦得胜。这一整卷的目的是教训人们：不要轻信敌人。这样的教训，对国王，对平民，都是有用的。古今中外的文学作品，拿这个作主题思想的比比皆是。只要想一想古代希腊的特洛依木马和中国《三国演义》的赤壁之战，就会一清二楚了。

第四卷的骨干故事，是海怪与猴子交友，海怪变心，猴子以计脱险的故事。这是从另一个角度讲交友之道。交朋友要提防朋友变心，一旦变心要能使用妙计脱险。这同样既适用于国王，也适用于一般平民。在国家大事和人民的生活中是常常会遇到这种情况的。因此，这种故事有普遍的教育意义。

第五卷主要的教训是追求发财，但不要过于贪得无厌，否则就会受祸。这也是一个很重要的世故。世界许多国家都有类似的教导。中国这类的教导更多，比如人民口语中的“人心不足蛇吞象”，古典典故“巴蛇吞象”等等，都是告诫人们，追求财富是可以的，无可非议的，但要适可而止，不要过于贪婪。

统观这五卷的内容，主要是教给王子和人民一些治世处人之道。中心思想就是我们在上面说到的那几点。这本书并不像其他一些书一样，比如佛教或印度教或其他教派的书，大肆宣扬追求什么宗教功德，什么解脱，又是什么涅槃，企求死后升天，因此就宣传要慷慨布施，达到积德的目的。它赤裸裸地宣传追求物质福利，追求生活享受。没有那种腐朽的宗教气味。印度古代典籍中经常提到所谓人生三要（Trivarga）：利（artha），爱（kāma），法（dharma）。后来在进一步发展的过程中，又增添为人生四要或四善（Caturvarga 或 Caturbhadra），加上了一个解脱（Mokṣa）。从人类社会的发展来看，这是一种很有意义的现象。在没有剥削、没有阶级的原始公社时期，人们都从事体力劳动，唯心主义没有产生和发展的可能，一种原始的唯物主义思想统治着人们的心灵。他们只知追求利和爱，也就是中国所谓“食色，性也”。后来有了剥削，有了阶级，有了国家，有了宗教，也就有了什么“法”，什么“解脱”，什么“涅槃”。从这个观点上来看，《五卷书》的核心部分或比较原始的部分，同原始唯物主义的思想有密切联系。印度古代的唯物主义者所宣扬的也就是这些东西。《罗摩衍那》中有一个婆罗门，名叫阇波厘，事实上却是一个唯物主义者，他并不宣传婆罗门常讲的那一套。他的思想是有一些代表意义的。在婆罗门唯心主义者笔下，唯物主义者所宣传的东西，不外是吃喝两件事。虽意存轻蔑，却说出了一些事实。

至于如何达到追求利、爱的目的，达到自己安全的目的，手段是可以随意采用的。只顾目的，不择手段（The end justifies the means）可以说是本书的座右铭。古代印度从很早的时候起，就形成了一整套治世为王、待人接物的教条。印度那种烦琐的喜欢搬弄数目字的作风，在这里也表现了出来。平常总是说有多少多少种类或部门（varga）。在大史诗《罗摩衍那》第二篇《阿逾陀篇》里，婆罗多到森林里去找罗摩。罗摩关心自己的国家，对他弟弟说了一大套治国安邦的要求，什么十 varga，四 varga，五 varga，七 varga，八 varga 等等。这些东西在精校本中大半被删掉了，只留下很少一部分。在同书第四篇《猴国篇》中，哈奴曼讲到猴国太子鸯伽陀时，认为他有人君的品质，其中包括八个部分大智，四种力量和十四种优秀品质（4.53.2）。所谓四种力量或四种手段指的是：（一）执法公正；（二）施舍；（三）分裂（敌人）或分而治之；（四）惩罚。这同上面说的四个 varga 是一码事，后来印度书中常见的所谓四种手段（upāya）指的是：（一）挑拨；（二）谈判；（三）贿赂；（四）公开攻击。内容有一部分同四个 varga 差不多。

把上面归纳起来，就是我们上面谈到的那一点。为了达到追求福利的目的，需要一些办法或手段，所有这些数字表明的都是办法和手段。在整个印度古典梵语文学时代，人生最高的目的就是追求人生三要中的利（artha），这是当时整个时代的潮流，其他的文学作品也莫不皆然。在整个古典梵语文学时期，憍祇厘耶（Kauṭilya）的理论有着很大的影响。他的《利论》

（*Arthaśāstra*）赤裸裸地提倡用诈术，用骗术，用间谍，用密探。这里根本不存在道德不道德的问题。这些做法好像都是道德的，无可非议的。他甚至劝人主利用宗教，助长迷信，以达到有利于国家的目的，为国家增添财富。他还鼓吹人主用秘密惩罚（upāṃsudaṇḍa）来除掉政敌（kaṇṭhakaśodhana）。对于部落人民，他更是主张不择手段地打入他们的社会，进行挑拨离间、分化瓦解，破坏他们的生产和生活，最终使他们归化或被消灭。他这种学说流行于整个这一时期。约生于七世纪下半叶至八世纪二十年代的作家檀丁（Daṇḍin），在他的著作里，特别是在他的名著《十王子传》里，也提倡差不多的东西。他认为，什么伦理和道德，在影响国家利益时，可以根本置之不理。查多帕底雅耶（《顺世外道》第 30 页）讲到印度古代唯物主义与唯心主义对立的时候，说那不是什么孤立的诡辩学者的无谓的论辩，而是两种文化的互相撞击，一种宣扬上帝、天堂和不朽，为了达到这个目的，必须举行吠陀祭祀；另一种代表人民的观点，保卫人民自己的物质利益。《五卷书》和檀丁的著作，以及古典梵语文学时期其他的一些著作中表现出来的思想倾向，虽然跟查多帕底雅耶所说的两种文化的撞击不完全是一码事，但有一些相似之处。

但是，《五卷书》取材来源虽然来自民间，也在一定程度上代表人民的利益，但它毕竟是经过婆罗门的加工。婆罗门这个高级种姓的一些偏见和弱点，必然反映在里面。对本书中的许多糟粕只能作如是观。书中有几个地方大肆吹捧命运。受压迫的平民中也有相信命运的。在那种封建社会里，统治者和宗教信徒宣传的正是这一套，老百姓受了骗，受了影响，相信命运也是难以避免的。再加上在那种社会里，“闭门家中坐，祸从天上来”的事情常常发生，人们只有乞灵于命运，以求得心灵上的安慰。但是这毕竟主要代表的是婆罗门的世界观。本书中的这些东西是婆罗门加工的产物。另外一个突出的例子是诬蔑妇女。这在别的国家，比如说中国，在父权制的社会里，是一件十分流行的想法和做法。但是在印度，还有其特殊的、只适用于印度的原因。据查多帕底雅耶的分析，在印度，诬蔑妇女主要是出于婆罗门的偏见。有人主张在早期吠陀时期，还没有后世那种歧视妇女、迫害妇女的举世闻名的寡妇自焚殉夫的制度，因此那时候的妇女社会地位还是比较高的，甚至是值得羡慕的。但是查多帕底雅耶不同意这种看法，因为它不符合事实。在吠陀本集中可以找到一些证据，确有寡妇同丈夫的尸体共同被焚烧的事情。《梨俱吠陀》和《阿闼婆吠陀》中都可以找到。在吠陀本集中还可以找出很多地方，证明妇女的处境并不那么美妙，那么理想。比如《黑夜柔吠陀》的《弥特罗耶尼本集》（*Maitrāyaṇī Saṃhitā*）就认为妇女是不忠诚的，不老实的。《推提利耶本集》（*Taittirīya Saṃhitā*）说好女不如坏男子。《卡他恰本集》（*Kāṭhaka Saṃhitā*）说妇女在夜间诱骗自己的丈夫，向他索要东西。在吠陀社会里，当时人民的经济生活是游牧的，这就决定了它必然是夫权制，婆罗门正是这种社会制度的产物，他们是这种制度的鼓吹者，因而他们必然会歧视妇女。这是客观情况所决定的，是他们的经济生活所决定的，是不以人的意志为转移的。如果我们说《五卷书》中诬蔑、歧视妇女的那种思想也是婆罗门加工的结果，恐怕是没有法子否认的。

五 结构的特色

在艺术特色方面，《五卷书》最惹人注意的是整部书的结构。德国学者称之为“连串插入式”（Einschachtelung）。意思就是，全书有一个总故事，贯穿始终。每一卷各有一个骨干故事，贯穿全卷。这好像是一个大树干。然后把许多大故事一一插进来，这好像是大树干上的粗枝。这些大故事中又套上许多中、小故事，这好像是大树粗枝上的细枝条。就这样，大故事套中故事，中故事又套小故事，错综复杂，镶嵌穿插，形成了一个像迷楼似的结构。从大处看是浑然一体。从小处看，稍不留意，就容易失掉故事的线索。把《五卷书》的结构具体地分析一下，情况大概是这样的。全书的骨干故事就是婆罗门教育王子。贯穿第一卷的故事是公牛珊时缚迦同狮子结成朋友，狮子的大臣、豺狼破坏了这友谊。第二卷的骨干故事是一群鸽子被猎人网住，一只乌鸦跑来告诉它们要齐心协力，一下子飞起来把网子带走。第三卷的骨干故事是乌鸦与猫头鹰交战。第四卷的骨干故事是猴子与海怪结成友谊。第五卷的骨干故事是商主摩尼婆多罗的故事。穿在这个骨干故事上的是许多中小故事。这些故事绝大多数是短小的寓言和童话，同较大的骨干故事穿插起来，形成《五卷书》这样一个庞大的结构。

这种“连串插入式”并不是《五卷书》的发明，在印度可以说是古已有之的。无论是婆罗门教的经典，还是佛教的经典，都常常使用这种形式。夸大一点说，这可以说是印度人非常喜爱的一种形式。我们就拿《罗摩衍那》来做个例子说明一下。在第一篇《童年篇》里，骨干故事是叙述罗摩的童年。但是内容非常庞杂，插入的小故事非常多。类似楔子似的东西摆在最前面。接着叙述十车王的王都和大臣。这里就插入了鹿角仙人的故事。这是在印度非常流行的一个故事，见于许多书内。到了第十六章又插叙猴类的降生。罗摩和罗什曼那随众友大仙出走以后，沿途所见的净修林，几乎都有一个故事。到了第三十一章，众友又讲了自己家族的渊源。第三十四章插入恒河的故事。第三十五章是优摩的故事。第三十六章是战神的诞生。从第三十七章开始讲的是罗摩祖先的故事。就在这个插叙的故事中也还不是一讲到底，而是奇峰突起，波涛层出。第五十章讲众友家史，以下讲众友与婆私陀的斗争。在这中间又插人陀哩商古的故事，狗尾的故事。众友带罗摩兄弟到了遮那羯朝廷上以后，插叙了神弓的故事和十车王的家谱。最后又讲了持斧罗摩的故事。其余的六篇，结构都是大同小异。总之，《罗摩衍那》在结构方面，同《五卷书》有共同之处。

《五卷书》在结构方面的第二个特点是诗歌与散文相结合。这种形式在印度也可以说是古已有之的。佛经就是一个很好的例子。在佛经里，我们看到两种形式的韵散结合。一种形式是，散文讲述的内容，诗歌再重复讲一遍；另一种形式是，诗歌不重复散文讲的东西，而是同散文一样是叙述故事的一个组成部分。有人认为，一般说起来，诗歌部分是比较原始的。有一些书最初只有诗歌，散文是后来加进去的。从语言方面来看，诗歌部分的语法形式一般是比较古老的。在《五卷书》里，采用的是第二种形式，全书一开始就有一首诗，每一卷一开始也都有一首诗。在叙述中间，常常加上一些“人们说得好”、“常言道”或“常言说得好”等等，接着就是诗歌，有的只有一首，有的有许多首。只有一个故事，第三卷第八个故事，通篇是用诗歌叙述的，这只能算是一个例外。值得我们注意的是，这一篇从思想内容上看起来是有问题的。这一篇的形式仍然是一个寓言，讲的是猎人与两个鸽子的故事。但是要宣传的却是非常反动的东西。它宣传要为恶人献出自己的性命，又宣传寡妇要自焚殉夫。我们可以有把握地说，这一篇是婆罗门改写的，诗歌这种形式本身就透露了其中的消息。由此可见，形式与内容是有密切联系的。

表现在《五卷书》里面的在结构上的这两个特点都对中国文学产生了影响。我的意思并不是说一定是《五卷书》起了影响，而是这种形式起了影响。先谈第一个特点。我在这里只举一个例子。隋唐之间的王度写的《古镜记》（《太平广记》二百三十，题曰《王度》）是一篇颇为著名的小说。这篇小说以一面古镜为骨干，中间插入了许多小故事：（一）婢女鹦鹉的故事。这婢女是老狐所变，经古镜一照，无法遁形而死。（二）日蚀的故事。每日月薄蚀，镜亦昏昧。（三）古铜剑的故事。（四）家奴豹生的故事。他原是苏绰的部曲。苏绰曾预言，古镜要归王度。（五）胡僧乞见宝镜。这里说到宝镜：“应照见腑脏。”（六）王度为芮城令悬镜照枣树，隐藏在树中的蛇妖被照死。（七）宝镜照愈张龙驹一家病人。（八）弟王勣要去宝镜，携之出游。在这一个小故事里又插入许多小故事。1. 在嵩山少室，用宝镜照出龟猿二妖真像。2. 用宝镜照玉井，照出蛟。3. 张琦家女子为鸡妖所祟，宝镜照死鸡妖——一只大雄鸡。4. 游江南，在扬子江舟中："暗云覆水，黑风波涌。"宝镜一照，照走风浪。5. 跻摄山，数熊当路而蹲，用宝镜照走数熊。6. 用宝镜照静海涛。7. 登天台，夜行用镜照。8. 李敬慎家三女遭魅病。以镜照之，照出三妖本相：鼠狼、老鼠、守宫。9. 在庐山用镜驱除虎豹。后来宝镜又归还王度。最后镜失踪。全部故事至此结束。这种结构在中国小说中不算太多，但是，这一篇《古镜记》却是很典型的。根据这篇故事写成的年代和环境，受印度影响的可能是非常大的。

诗歌和散文相结合的结构也对中国小说产生了影响，比如许多中国长篇小说，常常在散文叙述中间，写上一句"有诗为证"，然后就加入一些或长或短的诗。特别在描写山景或其他景致的时候，描写人物形象的时候，更容易出现诗歌。我们拿《西游记》第一回来作例子分析一下。同《五卷书》一样，第一回一开头就出现了一首诗。后来又有"真个好山！有词赋为证。赋曰："。讲到猴子的时候，又有"你看他一个个："。讲到瀑布，又有"但见那："。讲到花果山，又有"但见那："，"这里边："。讲到美猴王，又有"有诗为证。诗曰："。下面还有不少的"但见那："，"正是那："，"但见："，"但见他："，"果然是："。仅仅这第一回，就足以说明问题。下面我们就不再啰嗦了。类似的情况在其他不计其数的小说里都可以找到，我们也不在这里详细叙述了。统而观之，中国的诗歌和散文相结合，基本上是上面谈到的那两种形式的结合。换句话说，诗歌有时要重复一下散文里面讲的东西，只是换上一些华丽的词句；有时它又是叙述的一个组成部分，同散文相续来讲述故事。

我对《五卷书》的一些新的看法，就写到这里。本来可以搁笔了。但是还有一些感想或感慨之类的东西，随着笔端涌向心头，似乎要一吐为快。本书第一版出版时，正是中华人民共和国庆祝成立十周年的日子。现在再版时，已经庆祝过了中华人民共和国成立三十周年了。在这中间的二十年中，我们都经了风雨，见了世面。许多在这以前简直无法想象的，到了今天也似乎是难以想象的事情都发生在我们身边，甚至在我们身上。但是，我们越过了这些风涛，经受住了磨练。到了今天，我们身上的精神枷锁打掉了，我们心头的灰色思想清除了。我们又重新精神振奋，意气风发地生活和工作起来。如果要我打一个比方的话，我想用凤凰从死灰中重生这一个典故。我们好多人不是都有重生的感觉吗？现在正是普天同庆，赤县腾欢的时候，大家都想为我们国家的四个现代化尽上自己的力量，做一些有益于人民的事情。有了一把子年纪的人也不例外。我写完这一篇再版后记，内心怡悦，无法形容，不知老之将至，专意看向未来。写毕掷笔，大有手舞足蹈之意了。

1979年11月21日初稿，

12月22日写毕

以文会友
——记印度与世界文学国际讨论会及蚁垤国际诗歌节

2月和3月，在新德里，正是春光明媚的大好时节，到处花开似锦，绿草如茵，惠风和畅，阳光明丽。今年，有两个大型的国际会议在这时候召开：一个是印度与世界文学国际讨论会，一个是蚁垤国际诗歌节。我参加了这两个会，下面介绍一些情况。

先谈第一个会。

这个国际讨论会是由下面这些单位发起的：印度文化关系委员会、德里大学现代欧洲语言系、大学拨款委员会、印度历史研究委员会、印度社会科学研究委员会、印度文学研究院六个单位。主其事者是德里大学。这些机构绝大多数都是全国性的，有的有很大的权力，比如说，印度文化关系委员会（ICCR），会长是印度副总统，执行会长是纳札莱特（Nazareth）。

参加这次会议的国家有：中国、印度、苏联、伊朗、法国、匈牙利、西德、东德、捷克、加拿大、保加利亚、土耳其、意大利、波兰、南斯拉夫、斯里兰卡、尼日利亚、蒙古、叙利亚、古巴、葡萄牙、印度尼西亚二十二个国家，共有代表三百多人，其中有很多是国际上知名的学者和作家，群贤毕至，少长咸集，真可谓洋洋大观，空前盛会。

代表团中最大的当然是印度。其次就是苏联，共有二十人之多，阵容异常整齐。其中有两个苏联科学院的通讯院士：一个是 E. P. 切利舍夫（Chelishev），一个是朋加德－列文（G. M. Bongard-Levin），都是著作等身的印度学家。由此可见苏联对于这次会议的重视。反观我们自己，我真觉得有点不好意思。事前我们对于这次会议了解极少，严格地说，我们一个代表也没有派。我同刘国楠同志是应邀参加诗歌节的，并没有准备参加这个会，也没有哪一个单位委托我们参加。我在国内曾再三对印度驻华使馆的官员声明，我不参加第一个会，只参加第二个会。但是结果却是，由于种种时机的巧合，我们终于被动地参加了。对于这一件事，我并不后悔，而是庆幸。我个人认为，如果我们不参加的话，必将产生一些不利的后果。我们的参加在一定程度上弥补了这个缺失，而且我们还学习了很多新东西，结识了很多新朋友。

开幕式是很隆重的。印度副总统亲临参加致词，外交使节也应邀参加。开幕式以后，讨论会按分会进行。分会共有二十六个。为了让大家了解整个讨论会的内容，有必要把分会的内容介绍一下：

一　印度和世界文学（史诗）　在这分会中，论文内容讲印度两大史诗与欧洲文学的关系。

二　印度和欧洲文学　印度对现代西方小说的影响，印度文艺理论对西方文学批评的影响。

三　传播着的情节　民间故事的传播。

四　印度和亚洲文学（中国和日本）　古代中国文献中的印度，中国的变文，印度文学对日本文学的影响。

五　印度和世界文学　《五卷书》与世界文学，《沙恭达罗》

作为世界文学的一个组成部分。

六　印度和欧洲文学（俄国和苏联）　俄国革命前后对印度文学的影响，高尔基与印度。

七　哲学交流　印度对日本早期佛教的影响，柏拉图和爱默生。

八　理论、概念、观点　rasa论和它的经济的圆满实现。

九　印度和欧洲文学（俄国和苏联）　印度与托尔斯泰，苏联对达罗毗荼文学的研究。

十　印度和欧洲文学（西班牙、葡萄牙、意大利、拉丁美洲）古巴文学中的印度，印度与意大利文学。

十一　印度和亚洲文学　斯里兰卡、印度尼西亚、老挝、蒙古与印度文学的联系。

十二　汇流　迦梨陀娑作品中的妇女，业报学说。

十三　印度和欧洲文学（法国）　印度对十八、十九世纪法国文学的影响。

十四　印度和波斯文学　波斯古典文学中的印度形象。

十五　翻译中的文学　梵文与世界文学，现代印度文学译为欧洲和印度语言。

十六　泰戈尔和世界文学　泰戈尔与中国、匈牙利，泰戈尔与艾略特。

十七　印度和欧洲文学（法国）　印度和拉封丹寓言。

十八　印度和英国文学　叶芝、艾略特、伊克巴尔。

十九　印度和世界文学（阿拉伯、非洲）　阿拉伯古典文学中的印度。

二十　印度和欧洲文学（德国）　歌德和印度，《薄迦梵歌》与《浮士德》。

二一　印度和英语文学　《薄迦梵歌》和惠特曼的神秘主义。

二二　印度和欧洲文学（匈牙利、保加利亚、捷克、南斯拉夫）　印度与这些国家的文学的关系。

二三　印度和欧洲文学（一般）　德国文学中的佛教影响。

二四　其他文学和传统对印度的影响　欧洲对南印度文学研究的贡献。

二五　翻译中的文学　莎士比亚《麦克白》的印地语译本。

二六　E. M. 福斯特和印度

以上是二十六个分会宣读和讨论的论文的大体情况。每一个分会平均有论文七八篇，全会共有论文二百多篇。从这些论文中可以看出大会讨论的内容以及地区分布的情况。内容几乎都与比较文学有关。地区分布的情况是：俄苏占两个分会，法国占两个分会，英国一个，德国一个，波斯一个，东欧国家一个，而我们中国只占了半个。以中国与印度文化交流关系之源远流长，却只占了半个分会，其中原因何在？还不值得我们深思吗？

我自己原来并没有准备参加这一个会，我到印度去的目的是参加第二个会。因此我没有准备论文。可是出我意料之外，我竟被指定为一个分会的主席，在我到印度以前，我的名字已经堂皇地印在日程表上。这个分会就是我上面介绍的第四个分会，内容是印度与中国和日本的文化关系。论文宣读、讨论完以后，我原以为，我的历史使命已经完成。可没想到，听众中有人提出倡议，让我讲一讲，而且是任意（freely）讲。我当仁不让，讲了讲中印文化交流的关系，特别是中国、印度、伊朗、埃及和其他阿拉伯国家在沙糖制造方面互相学习的历史，这是我正在研究的一个课题。事后听人说，群众是比较满意的。

为什么印度政府和学者、作家想起召开这样一个会呢？印度总统的祝词中透露了其中的消息。他说，在把各个国家联系在一起的工作中文学占重要的地位，研究文学有利于保卫和平，促进相互了解。至于为什么以“世界文学”命名，我说不清楚。讨论会的主持人之一德里大学现代欧洲语言系系主任茅里亚（Maurya）在他的文章中引用了马克思、恩格斯《共产党宣言》中的一段话：“过去那种地方的和民族的自给自足和闭关自守状态，被各民族的各方面的互相往来和各方面的互相依赖所代替了。物质的生产是如此，精神的生产也是如此。各民族的精神产品成为公共的财产。民族的片面性和局限性日益成为不可能，于是由许多种民族的和地方的文学形成了一种世界的文学。”不知出于什么考虑，茅里亚既没有提马克思和恩格斯这人名，也没有提《共产党宣言》这书名。不管怎样，他大概认为，“世界文学”这个词儿的出处就在这里。

据我所了解到的，“世界文学”这个词儿最早的出处不是《共产党宣言》，而是比这一书早二十一年的德国大诗人歌德的一次谈话。爱克曼博士的《歌德谈话录》中记载着：1827 年 1 月 31 日，歌德在读完中国小说《风月好逑传》以后对爱克曼发表意见，赞美中国小说严守道德和礼仪。他认为，《好逑传》绝对不是中国最好的小说，意思就是，中国还有更好的、更有代表性的小说。他接着说：“诗是人类的共同财产。……民族文学在现代算不了很大的一回事，世界文学的时代已快来临了。”（朱光潜译本，第113页）可见歌德得到“世界文学”这个概念，是中国文学启发了他。我们也不要忘记，歌德对印度文学也是非常欣赏的。他的杰作《浮士德》在结构方面就有意模仿印度戏剧。这一点，我们的印度主人似乎没有注意到。

总之，歌德是使用“世界文学”这个词儿的第一个人，而他发明这个词儿又是同中国和印度文学密切相联的。如果当年歌德没有接触到我们两国的文学，他也许根本想不到这个词儿。我认为，“世界文学”这一个十分简单的词儿包含着重大的意义。它已经冲破了欧洲人的自古代希腊和罗马以来的古老的文学传统，而把一向对他们陌生的东方文学，主要是中国、印度和阿拉伯文学包罗进来。它大大地开阔了人们的眼界，它给近一百多年以来蓬勃兴起的比较文学开辟了道路。

事实上，在这次国际讨论会各分会上宣读、讨论的论文中有不少是与比较文学有关的，比如《印度史诗与欧洲文学》、《希腊、罗马文学中的印度》、《〈神曲〉与〈薄迦梵歌〉》、《民间故事的流传》、《薄伽丘〈十日谈〉中一个故事的印度来源》、《〈五卷书〉与世界文学》、《印度对中国文学的影响》、《印度与高尔基》、《印度与托尔斯泰》等等，这样的论文还可以举出很多来，以上几篇只是几个例子。因此，如果我们说，这次国际讨论会是比较文学的讨论会，也决非夸大。

自己既然参加了这一次的讨论会，有所闻，有所见，当然会有所感，其中甚至还有一些感慨。我感触最深的是，我们对印度的研究，其中包括对印度文学的研究，太不重视了。印度是一个世界大国，人口之多仅次于中国。虽然还属于第三世界，国内有不少问题亟待解决；但是它历史悠久，文化发达，在最新科技的某些方面有显著的成就，又同我国是邻居，有几千年的友好关系。可是我们眼前对印度的研究，实在微不足道；在这方面的信息，实在少得可怜。同苏联一比，只能承认是相形见绌。我只举一个小小的例子。在会上，一位苏联的通讯院士告诉我说，他访问印度前后共有二十六次之多。一年有时候到印度二三次。我们怎样呢？像我这样一个研究印度语言、文学、年龄超过那位苏联院士将近二十岁的人，也只在二十五年的长时间内到印度访问过四次。还有不知道多少研究印度问题的人根本一次也没有到过印度。这样，我们的研究成果会受到极大的限制，这不是很自然的吗？

其次，我还有一个关于语言的感慨。在这次讨论会上，我碰到了很多国家的专家、学者，英文都讲得非常流利。还有不少人同时能讲印地语。我们中国怎样呢？多少年来，参加过国际会议的国内学者几乎都有一个共同的感觉：我们的外语远远没有过关。在这一次国际讨论会上，就曾出现过由于语言障碍而产生的尴尬场面。在我国对外开放政策的指导下，我们参加国际会议的机会将会越来越多。为了避免这种不愉快的场面，我热诚希望，我们的青年和中年学者，不管研究的是哪一门学科，都要用最大的努力来掌握外语，特别是英语，英语实际上已经成了“世界语”。是时候了，如果现在还不急起直追，将来的后果真不堪设想，有些人真要“老大徒伤悲”了。

现在谈第二个会议：国际诗歌节。

我们应邀来印度参加的正是这个国际诗歌节。但是在国内时，不管是我，还是任何别的人，都对这个诗歌节毫无所知。填表时，我连发起单位这一栏都无法填写。真可以说是仓卒上阵。只在到了印度以后，才开始有点明白。

这个诗歌节的发起者有下面这些单位和个人：印度文化关系委员会、印度国大党（英·甘地派）的总书记、诗人和小说家室利甘提·梵尔玛（Shrikant Verma）。看来真正主持会议的是梵尔玛。印度文化关系委员会的执行会长纳扎莱特只起协助作用。

参加诗歌节的国家有：中国、印度、巴西、保加利亚、加拿大、智利、古巴、赞比亚、加纳、希腊、匈牙利、冰岛、印度尼西亚、牙买加、日本、肯尼亚、南朝鲜、马拉维共和国、马来西亚、墨西哥、新西兰、挪威、秘鲁、新加坡、苏联、土耳其、美国、乌拉圭、南斯拉夫二十九个国家。其中南美和非洲代表人数相当多，这与一般的国际会议不同。印度本国各邦参加诗歌节的诗人有三十名。在所有的诗人中，颇有一些是蜚声世界的。

诗歌节的开幕式，似乎比第一个讨论会还要隆重。印度副总统首先到会。隔了一会儿，印度总统又在十分严肃的气氛中来到。副总统走上前去迎接总统，然后大会正式开幕。许多国家的使节都应邀参加。摄影记者和职业摄影者更是蜂拥而至，争相拍照，寸步不让。整个会场里，气氛活跃而又隆重。大会上规定的讲话讲完以后，从加拿大、加纳、秘鲁、希腊和新西兰等国家来的几个诗人朗诵自己的诗篇。还唱了一首从《梨俱吠陀》第十篇一二九颂里选出来的诗。国际诗歌节的活动就算是正式开始了。

根据印度主人给大会拟定的日程表，诗歌的朗诵按诗歌的主题和次主题来进行。主题只有一个，叫作诗歌：永恒的声音。诗歌是发现着自己的人类灵魂。诗歌是永恒的、普遍的。它的传统要比书面记载早得多。蚁蛭国际诗歌节想把全世界各地来的诗人相互介绍，并把他们介绍给诗歌爱好者。次主题有五项：

一　人民群众的声音　在这个次主题的指导下，朗诵与口头文学传统相结合的诗歌。

二　寂寞的声音　异化、失掉同一性、个人心中积存的快乐与悲哀，都要求诗人要“鸣”。在这个次主题的指导下，朗诵的诗歌都带有个人的色彩。

三　抗议的声音　在这个次主题的指导下，朗诵的诗歌都带有抗议的色彩，反抗压迫，不管是政治的压迫、经济的压迫、社会的压迫、文化的压迫，统统要反抗；不管是个人的压迫，还是集体的压迫，统统要反抗；还反抗痛苦与灾难，反抗死亡和破坏的力量。

四　失望与希望的声音　我们所处的这个世纪是一个多难的世纪，面临着自我怀疑和焦虑。但是它又是个充满了希望的世纪。失望与希望是现代诗歌的两股交互代替的潮流。作为个人的诗人表达了个人的或集体的希望与失望。在这个次主题的指导下，朗诵的就是这样的诗篇。

五　其他的声音　诗歌是难以分类的。有的诗人不愿意归入这一类或那一类。所有这样的诗就在这个次主题的范围内朗诵。

诗歌朗诵的内容大体就是这个样子。

至于朗诵的地方，不是在美轮美奂的大厅里，而是在露天下，草地上。前一个会是学者的会，这一个会是诗人的会。诗人同学者是不一样的。诗人不把自己关在屋子里面，点名发言，鞠躬如也。他们冲出大厅，就在尼赫鲁总理故居的大草坪上，用白布搭了一座凉棚，在大自然的怀抱里，纵声朗诵，把诗人的兴会发挥得淋漓尽致。但是，诗人们认为这样还太拘束，还没有做到像泰戈尔那样与大自然合为一体；他们干脆走出凉棚，找了一块碧绿的草地，在大树和棕榈树下，坐到地上，相向朗诵自己的诗篇。外国诗人先用自己的母语朗诵，然后译为英文。英文在这里，同在前一会上一样，成了所有参加者的媒介语言。此时，惠风和畅，阳光明丽，大小鸟类在上面枝头上歌唱，诗人们在下面草地上朗诵，上下和鸣，一片天籁，连根本不是诗人的我也飘飘然心头诗意盎然了。

在尼赫鲁故居的草坪上，应该说诗人们的兴会已经发挥得很像样子了。但是还没有发挥到极限。超过这一次草坪诵诗的是一次草坪夜宴。国际诗歌节主人之一的室利甘提·梵尔玛国会议员，在自己的花园里宴请各国与会的诗人。这座花园比起尼赫鲁故居的要小一点，但是实际上也够大了。中间是一片草坪，三面是参天的大树。电灯光从下面照上去，照到树顶的下面。树顶是暗黑的，上接更为暗黑的天空。下面则是灯火通明，人影如织。诗人们围坐在成排的小桌旁边，饮着各种名酒，吃着美味可口的菜肴，谈天说地，评古论今，当然也谈论诗歌。一个长胡子的老诗人忽然站了起来，手里拿着一瓶香槟酒，亲自打开，酒从瓶子里喷出来，高达数尺。他走到我跟前，给我斟了一杯，立刻有几个人围上来，其中有那个能讲德语的女诗人，大家一齐举杯，高呼："为了诗歌！"并热烈祝贺老诗人的生日。一直痛饮到深夜，大家才依依不舍地离开那里。这一夜就成了我一生最难忘的一夜。

参加国际诗歌节的诗人们，肤色不同，国别不同，语言不同，风俗习惯不同，政治信念也不同。但是，也有共同之处：大家都想保卫世界和平，促进相互了解。连语言也有一个共同的：英语。《诗经》上说："嘤其鸣矣，求其友声。"大家到印度来是想求友声的。从这一点上来看，这次诗歌节是开得非常成功的。正如这次节日的次主题第四项中所说，我们这个世纪是一个多难的世纪，有失望，也有希望。我是一个乐观主义者，我充满了希望。但是，我决不否认失望的存在。只要全世界的诗人们，全世界的人民，同心协力，保卫和平，摒除失望，增强希望，我坚决相信：人类的前途是光明的，愿与天下仁人志士共勉之。

1985年3月26日写完

《罗摩衍那》初探

三 内容

《罗摩衍那》一般分为七篇。旧的本子约有两万四千颂。现在的精校本仍然分为七篇，却已缩短到一万八千七百五十五颂，比原来的本子缩短了约六分之一强。

现在我就根据精校本把全书内容先简略地介绍一下。

第一篇 《童年篇》(*Bālakaṇḍa*)

也叫做《首篇》(*Ādikaṇḍa*)，可能是模仿《摩诃婆罗多》的《首章》(*Ādiparvan*)。精校本共有七十六章，一千九百四十一颂，较其他旧本为少。

一开始，作者蚁垤向那罗陀请教。那罗陀把罗摩的故事告诉了他。蚁垤无意中创造了输洛迦这个诗体，以此为诗律作成了全部《罗摩衍那》，教给罗摩的两个儿子朗诵。从第五章起，罗摩的故事才真正开始，都算是罗摩二子朗诵出来的。

十车王无子，想举行祭祀求子。御者兼大臣告诉他，必须请到鹿角仙人来主持大祭。结果请来了。大祭完成时，天神们为了分享祭品来到这里。他们谈到罗刹王罗波那凌虐群神，都请求大神毗湿奴下凡，托生为十车王之子，除魔祐神。毗湿奴答应了，化身为四，生为十车王的四个儿子。大梵天为了帮助毗湿奴平妖除怪，要求众神都创造猴子，助罗摩灭魔，王子们长大起来，国王想为他们寻找媳妇。此时众友仙人来到王宫，说有罗刹破坏他的祭祀，要求派罗摩斩妖。国王答应了。于是罗摩就偕罗什曼那随众友走去。一路之上，看到许多净修林，众友为他俩一一细述根由。众友又把神仙兵器教给他俩使用。到了众友的净修林，罗摩把罗刹除掉，祭祀完成。众友又领罗摩兄弟到弥提罗城参加阇那竭祭典。路上看到什么，就讲解什么。他讲了自己的世系，讲了恒河的来源，讲了女神优摩，讲了战神的诞生，又讲了罗摩祖先的故事。他说：萨竭罗举行祭祀，祭马被窃。他派儿子们掏开大地，寻找祭马。结果一百个儿子被伽毗罗焚烧成灰。孙子跋吉罗陀想使恒河下凡，用圣水洗涤祖宗的骨灰，举行葬礼。过了恒河以后，众友又讲了搅海的故事。众友同王子们到了吠舍罗，他又讲因陀罗与阿诃厘耶的故事。罗摩解救了阿诃厘耶。最后，他们终于到了弥提罗，受到阇那竭王的欢迎。阿诃厘耶的儿子对罗摩讲了众友与婆私吒的斗法以及众友苦行成为婆罗门的故事。在这中间还插入陀哩商古想肉身升天，终于悬在天空中的故事，以及鸯钵哩沙买狗尾做牺牲的故事。阇那竭王讲了神弓的来源与悉多的诞生。罗摩把神弓拉断，阇那竭王把悉多嫁给罗摩，又请来了十车王，为四王子主持婚礼。持斧罗摩与罗摩决斗。最后，十车王率领儿子和随从回到阿踰陀。

从上面简短的叙述来看，这第一篇故事线索十分复杂、曲折，有时甚至混乱。内容有的与后面几篇矛盾，比如四王子都结了婚，而在第二至六篇中，只有罗摩一人结了婚，足证不是出自一人之手。至于人物的塑造，诗篇的艺术水平等，比起后几篇来，也略有逊色。但是，其中也有水平较高、影响较大的诗章，比如描写恒河下凡的那几章，就深受印度人民喜爱。古代印度人民生活在恒河之滨，生于斯，长于斯，食于斯，对于这一条圣河有着深厚的感情，而诗人又把这种感情用高超的艺术形式表达出来，也就毫不足怪了。

在这里，我们还要注意印度作品中的奇特的叙述的方法：故事中插故事，重叠繁复，叠床架屋，引用别人的话，动至数十章，一字不易；甚至在讲到什么预言的时候，也是连篇累牍，仿佛是已经发生过的事情，稍一疏忽，就失掉故事的线索。这情况，在佛经和其他著作中，也可以遇到。这可能是印度特有的一种叙述方法。

第二篇《阿踰陀篇》

精校本共一百一十一章，三千一百七十颂，也较其他旧本为少。

这一篇主要讲十车王宫中矛盾与罗摩的被流放。十车王感到老之将至，决定立长子罗摩为太子，继承王位，请帝师婆私吒准备太子灌顶工作。小王后吉迦伊受驼背侍女的煽动，阴谋立自己的儿子婆罗多为太子，要求把罗摩流放山林十四年。当年十车王在患难中曾答应吉迦伊可以随意提两个要求。诺言一出，就受到宗教束缚。他现在只有忍气吞声答应她的要求。太子灌顶礼的喜庆场面于是一变而为生离死别的凄凉情景。罗摩听到这消息，决心让父亲说出的话都算数，自己到林中流放。母亲和罗什曼那都劝阻他，无效。他自己去告诉悉多，要求她善事婆罗多，敬重翁姑。但悉多也决心随他流放。就这样，罗摩是孝子，悉多是贤妻，罗什曼那是好弟弟，三人就在人民群众的陪送下，离开阿踰陀城。罗摩走后几天，十车王夜梦醒来，对憍萨厘雅谈到他年青时游猎，误杀盲修道人之子。盲人诅咒他，说他要同自己的爱子分离，如今果然，他忧郁而死。此时婆罗多正住在舅舅家里，被请回继承王位。他也是一个坚守悌道的好弟弟，决心去追赶罗摩。罗摩正在山中向悉多描绘山林中美妙绝伦的景色，忽然远处尘土飞扬，喊声震天。罗什曼那爬上一棵树，看到婆罗多的大军，心中大怒，要准备厮杀，欲杀死婆罗多和婆罗多的母亲以及其他亲属，为罗摩所阻。婆罗多亲自走上前来，同罗摩拥抱，劝他回国，继承王位。罗摩不肯。许多大臣和顾问也从旁劝说，其中之一就是唯物主义者阇波厘，他说，不必为父母担忧，人一死，一切都完了；还说，所谓阴间都是僧侣捏造出来骗人布施的。这议论遭到罗摩的批驳。最后罗摩递给婆罗多自己的一双鞋，作为他自己的象征。婆罗多携鞋回国，避开都城，迁到难提羯罗摩城，权居王位，把鞋子供起来，以待罗摩归来。

统观全篇，故事情节连贯，叙述线索井然有条，与第一篇迥乎不同。不管是王后争权，侍女捣鬼，还是太子被逐，国王身亡，都是围绕着一个中心思想，这就是封建王朝王位继承权的问题。这是本书所着重阐述的一个关键问题，以后我们还要谈到。

第三篇《森林篇》

精校本共有二千零六十颂，同所有旧本比较起来，是短的。

整篇描绘罗摩等三人在森林中的生活以及他们同妖魔的斗争。我们仿佛一下子从现实生活中堕入童话世界。

罗摩一进入森林，林中修行人就前来请求他保护，对抗罗刹们的滋扰与残害。罗刹毗罗陀企图抢劫悉多，被杀。楞伽城十首罗刹王罗波那的妹妹首哩薄那迦来到林中，爱上了罗摩。罗摩把她转介绍给罗什曼那，为罗什曼那所拒，魔女一怒而想吃掉悉多，被罗什曼那割掉鼻子和耳朵。她求救于弟弟伽罗。伽罗先率领十四个罗刹最后率领一万四千个罗刹与罗摩对阵。伽罗被杀。魔女只好去找哥哥罗波那，请他为自己报仇，并对他大肆宣扬悉多的美貌。罗波那派来一个罗刹摩哩遮，化作金鹿，诱罗摩追赶。金鹿伪作罗摩求救声，以迷惑悉多，终被罗摩射死。悉多闻声，信以为真，派罗什曼那往援。罗什曼那怕中了罗刹的调虎离山计，不愿前去。悉多斥责他想打自己的主意。罗什曼那无可奈何地离开。罗波那乘机劫走了悉多，途遇金翅鸟王，因救悉多，被重创。罗摩兄弟到处寻觅悉多。罗摩含泪遍询树木、小河、山岳、野兽等等，是否知道悉多的下落。后来看到从悉多脚上掉下来的饰品，又遇到金翅鸟王，才知道悉多被劫往楞伽城。罗摩兄弟又救了一个无头怪，他劝他们俩到猴国去同猴王联盟，斗魔救悉多。此时，悉多已被魔王劫到楞伽城，魔王带领她遍游后宫，以显示自己那无比的豪华，诱使悉多嫁他。悉多坚拒，发誓忠于罗摩，被魔王囚于无忧树园中。

第四篇《猴国篇》

精校本共有一千九百八十四颂，也较一切旧本为短。

这一篇主要讲罗摩与猴王结盟的故事。罗摩同罗什曼那来到般波湖。此时正是春天，林中湖畔一片繁花似锦，更逗起罗摩怀念远方爱人的情怀。他们在这里碰到哈奴曼。哈奴曼说，猴王须羯哩婆就住在哩舍牟迦山。他们到了那里，同猴王结成朋友，答应互相帮助：罗摩答应杀死波林，使猴王复国；猴王则答应寻觅悉多的踪迹。在这里插入了波林与须羯哩婆的斗争故事。正当此时，波林来同须羯哩婆搏斗。罗摩隐身树后，杀死波林。波林的老婆陀罗痛悼丈夫的死亡。接着罗摩就为猴王举行灌顶礼。猴王答应他在雨季过后派出猴兵去搜寻悉多。但他沉湎于色欲中，雨季虽过，仍无行动。罗什曼那找上门来，面斥其无信。这时他才憬然觉悟，派使臣四出，召来天下猴兵，寻觅悉多的踪迹。哈奴曼率猴兵南进，路上碰到金翅鸟王之弟僧婆底，僧婆底亲眼看到罗波那把悉多劫往楞伽。猴兵到了大海边，赞叹大海浩茫难渡。猴子头领鸯伽陀劝他们不要泄气，并建议选出跳跃最远的猴子飞越大海。哈奴曼正是这样一只猴子，他站在摩亨陀罗山上，一跃过海。

第五篇《美妙篇》

精校本共有二千四百八十七颂，照例是比一切旧本为短。

哈奴曼过海，来到了楞伽城。他站在一座山上，纵观全城。然后摇身一变，变成了一只猫，黄昏后进入城内，到处探视。

他先看了魔王后宫的情况，最后在无忧树园中发现了悉多被囚在那里。他隐起身来，亲眼看到魔王如何派人来劝说悉多，悉多又如何忠于罗摩，坚贞不屈。哈奴曼把罗摩的信物戒指递给悉多，悉多也把证明自己的表记交给哈奴曼。到了这里，哈奴曼本来已算完成了任务，可以回去向罗摩复命了。但是，他却不想立刻就走，他想试一试魔王的威力。他同罗刹大战一场，被捉，承认了自己是罗摩派来的使者。魔王让罗刹在哈奴曼尾巴上系上燃烧的东西，然后放了他。他随即在宫中城内，东窜西跳，弄得王宫以及全城起了大火。他自己却纵身跳入海内，回到罗摩身边。

这一篇主要是显示悉多的贞洁和哈奴曼的英勇。对哈奴曼的描写却有点弄巧成拙。火烧楞伽一场，作者本意是显示哈奴曼的机智，但显示的却是愚蠢。诗歌本身也有点难以自圆其说。即以艺术性而论，这一段是拙劣的。有人认为这一段是后人窜入的，这是很精辟的见解。

通篇好象是一篇童话，浪漫气氛比其他任何篇都为浓烈。篇名叫做《美妙》，大概也与此有关吧。

第六篇《战斗篇》

这是全书最长的一篇。精校本共有四千四百三十五颂，实在说已经够长的了；但是，同所有旧本比较起来，仍然是比较短的。

罗摩与猴子大军来到的消息报到魔王那里。十首魔王召开军事会议。他的一个弟弟维毗沙那主张送还悉多，与罗摩和解。魔王大怒，骂了自己的弟弟一顿，说了一大篇“亲属最可怕”的道理。维毗沙那逃走，过海投奔罗摩。他劝罗摩直接向海神求情。海神派天上工匠大神之子那罗造桥。罗摩同猴王率猴子大军渡海，同罗刹展开了激烈的搏斗。在罗摩方面，最勇敢的大将是罗什曼那、哈奴曼、鸯伽陀和熊罴王阎波梵。在魔王方面，他的儿子因陀罗吉武艺高强，法力无边，能施展幻术，随意隐形。他有一个弟弟，也是一员猛将，有万夫不当之勇。战斗异常激烈，直杀得天昏地暗，日月无光。罗摩兄弟都受了伤。哈奴曼到吉罗婆山去找寻仙草，为罗摩兄弟治伤。仙草都隐藏了起来。神猴一怒把整个大山用手托走，托到两军阵前，用仙草给罗摩兄弟治好伤，又原封不动地把大山托回原处。因陀罗吉用幻术变出了悉多的样子，押到阵前斩首。罗摩等大惊。维毗沙那指出，这都是幻术，用不着害怕。最后，因陀罗吉被罗什曼那杀死。魔王大怒，亲自出马，同罗摩交手，被罗摩斩首。罗刹大军彻底溃散。维毗沙那即位为罗刹王，娶了嫂子。罗摩见到悉多，对她遭受的苦难一字不提，却怀疑她的贞操。悉多投火自明，火神把她托了出来，证明了她是贞洁的。罗摩却说，他并不是怀疑悉多，只是想在大庭广众之间证明她的洁白而已。总之，罗摩夫妻团圆了，十四年流放也已期满，罗摩等乘上魔王遗下的云车回国复位，立婆罗多为王位继承人，皆大欢喜，一个大团圆。

从故事情节的发展来看，全书到此可以说是已经结束了。

第七篇《后篇》

这是全书最后的一篇。精校本共有二千六百六十八颂，删掉了不少冗长累赘的诗篇。

我们在上面已经看到，在第六篇之末，全书已经结束。仅从这一点也可以断定这一篇是后加的。此外，从内容的叙述上，从艺术风格上，这一篇都与第二至第六篇有矛盾，不统一；但在这两点上，与第一篇却几乎完全吻合。因此，第一篇与第七篇晚出，这是肯定无疑的了。

这一篇结构庞杂，有的地方甚至不合逻辑。它主要包括两个内容。一是追述罗刹的兴起，讲罗波那的故事，讲哈奴曼的历史。篇幅极长，内容极荒诞离奇。一是讲罗摩与悉多的第二次离合。内容大体上是这样的：罗摩复国以后，风闻有人怀疑悉多居魔宫不贞，他不加任何调查，就决定遗弃悉多，派罗什曼那把正在怀孕的妻子遗弃于恒河对岸上。悉多悲痛欲绝，但并无怨言，她只让罗什曼那向罗摩致意而已。悉多在这里被描绘成一个十足的谨守封建道德的贤妻良母。这倾向在第二篇至第六篇已有所表现，但还没有这样露骨，这样残酷。现在的罗摩已经变成了一个十足的封建统治者，要求妻子坚守三从四德，简直有点像中国宋朝的腐儒，高唱什么“饿死事极小，失节事极大”了。悉多被遗弃以后，在绝望中只有痛哭。林中居民的小孩子看到她，把她带到蚁垤仙人那里。他收容了她。过了一些时候，她在蚁垤的净修林里生下了两个儿子，一个叫俱舍，一个叫罗婆。蚁垤作完了《罗摩衍那》，就教两个孩子朗诵。这时两个孩子已经成了仙人的徒弟。他们听说，罗摩要举行马祠。蚁垤带领两个徒弟来到罗摩宫中。两个孩子歌唱了《罗摩衍那》全书。听到最后，罗摩终于发现，这两个孩子原来就是自己的儿子。于是蚁垤又把悉多领来，证明了她的贞操。但是罗摩仍然坚持说，他没法让人民相信。最后，悉多万不得已求救于地母，大地顿时裂开，她一跃投入地母的怀抱。这整个故事，实际上是一个悲剧。但是作者显然是不喜欢悲剧的，他在故事尾巴上涂上了一层希望的彩虹，又把大梵天请了出来，让他预言，罗摩全家将在天堂里团圆。于是罗摩兄弟成神升天，俱舍与罗婆继承王位，罗摩又变成了毗湿奴。真是皆大欢喜。大有《红楼梦》收尾时说什么 “兰桂齐芳”那一套的意味了。

综观《罗摩衍那》全书，作为主人公的罗摩，性格是有矛盾的。在第二至第六篇里，他只是一个普普通通的人，经历了宫廷斗争，家庭矛盾，被迫流放。在山林里，他做的也是当时一般人要做的工作，帮助林中修道人排除障碍，虽然也被涂上一层神话的色彩，化为斩妖除魔的英雄，实际上并没有什么神奇之处。他对待悉多，虽然也多少表现出一个封建丈夫的倾向，但是总起来看，用封建道德的标准来衡量，他还算是一个合乎人情的丈夫。他对待罗什曼那，有时候近似一个奴隶主，这一点还有待于进一步仔细研究探讨。总起来看，他也不失为一个好哥哥。但是在第七篇里，他却一变而为一个暴君、严夫，成为一个疯狂维护种姓制度的卫道士。一个首陀罗修苦行想成仙升天，他残酷地把他杀死，竟然获得天上神仙一致的颂扬。从这些地方也就可以解释，为什么独独这公认是后人窜入的《后篇》

却在受印度统治者麻痹的人民中间得到极其广泛的崇敬。这主要是印度封建统治者推波助澜的结果。封建社会超越了上升阶段，必须改变道德标准以适应统治者的需要。而这一篇内所表现道德标准，正是完全适应这种需要，符合他们的阶级利益的，他们于是就从而鼓噪之，老百姓有的也就受了他们的骗，上了他们的当了。

六 与佛教的关系

还有一个问题，也是许多人都非常感兴趣的，这就是《罗摩衍那》同佛教有什么样的关系？窜入到《摩诃婆罗多》、《毗湿摩篇》的著名的《薄迦梵歌》2.55－72 有关于佛教思想的反映。《摩诃婆罗多》与《罗摩衍那》成书都在释迦牟尼创立佛教之后，其中有佛教思想的反映，是很自然的。在两大史诗中，《罗摩衍那》更有一些特殊之处，因为它的发源地与佛教相同，都是在印度东部古代摩竭陀今天的比哈尔一带地方，而且据说释迦牟尼，同罗摩一样，都是甘蔗王族的后裔，按理说，《罗摩衍那》更应该对佛教有所反映，不管是抱着接受的态度还是拒绝的态度。

事实上，《罗摩衍那》的一些手抄本里确实提到了佛。手抄本 Dg1, Dt1, Dm1,S 在 2.101.30 之后插入了十六行诗，第十三至十六行诗是：

yathā hi corah sa tatha hi buddhastathā gataṃ nāstikam atra viddhi |

tasmāddhi yaḥ śakyatamaḥ prajānāṃ sa nāstikenābhimukho budhaḥ syāt ‖

有如一个贼，
佛就是这祥。
要知道如来，
对神不信仰。

在众生中间，
那最能的人，
他聪明伶俐，
决不会信神。

上面提到的这些手抄本都属于南方体系，只有这个体系的手抄本中有这些诗，其他体系，如北方体系，其中包括东北体系、西北体系和西方体系，都没有。根据一般校勘学的规矩，精校本的校勘者把这些诗删掉，也未始不可；因为既然只有一个体系的手抄本里有，其他都没有，窜入的可能是非常大的。我们上面已经提到，这些校勘者的原则是越古越好，窜入的当然不会很古，被删除也就是理所当然的了。但是校勘者在校勘注释中所表示的意见，我觉得，却值得商榷。他强调说，这诗对佛很不公正，这诗的作者把佛同斫婆迦派（Cārvāka，印度古代唯物主义学派）混淆了。他还强调说，佛不是顺世外道，不是无神论者，他们之间的论点毫无共同之处。这是一个不喜欢又不理解佛的教义的人硬插到蚁垤的作品中来的。从这些论点来看，精校本的校勘者显然是站在佛教的立场上的，他对佛有无限同情。他的观点和立场，我们都不能附和。佛一生痛斥顺世外道，说他自己就是顺世外道，有点“请君入瓮”的味道，恐怕不是事实。但是，从正统的印度教徒的观点来看，佛一生反对婆罗门教，说他是一个“无神论者”，有什么不对呢？作者并没有把佛同斫婆迦派混淆，只是流露了正统印度教徒对佛的憎恨与咒骂。我们从中可以看到当时婆罗门教与佛教矛盾之深刻。这对于研究印度宗教史是很有用、很有趣的资料。

总之，《罗摩衍那》提到了佛，而且咒骂了他。如果说还有问题的话，那就是，在洋洋两万多颂中，为什么只有这一处提到佛？为什么在同一时代、同一地区产生的《罗摩衍那》，竟然对佛和他创立的宗教只有这样一点反映？对于这个问题，我们眼前还无法得到满意的回答。我只想在这里提出两个可能：一个是，整个《罗摩衍那》浸透了印度教的精神，它着重宣扬的是一套合乎印度教精神的封建道德，佛教的那一套同这些有点格格不入，所以很少提到佛教。另一个是，佛教当时还并不十分流行，并不像一些佛教研究者所想象的那样。《罗摩衍那》的基本核心，可能形成于阿育王（公元前三世纪）之前。佛教徒虽然对这一位国王大肆吹捧，把他捧成什么“护法大王”，实际上，他并不是专心一志地归依佛教，对其他宗教他也崇拜。只要对他的统治和经商有利，什么宗教他都信仰。古今中外所有剥削阶级的统治者，在宗教信仰方面，都是实用主义者，阿育王也不例外。在阿育王时代的前后，在《罗摩衍那》形成过程中，佛教就是在它产生的地方，也并不怎样流行。因此，我们才在《罗摩衍那》中几乎找不到佛教的痕迹。我目前能想到的就只有这样两个可能。至于真实情况究竟如何，也有待于进一步的探讨与研究。

十一 评价

现在我们来谈一个重要的问题，就是对《罗摩衍那》应该如何评价的问题。

谈到评价问题，封建主义和资本主义都各有其标准和方法，总之是想方设法为本阶级制造舆论，为本阶级的利益服务。对于《罗摩衍那》当然也不会是例外。在印度的长期的封建社会内，评论者总是处心积虑宣扬那些符合封建制度的伦理教条，大讲长幼、尊卑、君臣、父子、夫妇、朋友、兄弟之间的关系。在西方的资本主义社会和印度的半封建半殖民地的社会内，评论者又多半用资产阶级社会学的方法，宣扬悉多就是垄沟，整个《罗摩衍那》描写的是农业技术从印度北方向南方传播的过程。他们回避不谈本书的思想内容。这是资产阶级学者利用客观主义实现主观企图的一种惯用的手法。从温特尼茨的《印度文学史》一直到1962年出版的支坦尼耶的《新梵文文学史》(Krishna Ghaitanya. *A New History of Sanskrit Literature*，孟买 1962年)，衣钵授受，一脉相传。这一些书还有一个共同的特点，就是大讲自然神话，把人间阶级斗争的反映化为天上自然风云的变幻，剥夺了每一本书的阶级内容。《新梵文文学史》就大讲罗摩与罗波那的搏斗，让我们想起了《梨俱吠陀》中描绘的因陀罗与恶龙勿哩特罗的搏斗。西方梵文学者一直把因陀罗与恶龙的搏斗解释成为雷电之神同阻碍降雨的恶龙之间的搏斗。换句话说，就是一个自然神话。《新梵文文学史》的作者还指出，罗波那的儿子起名为因陀罗胜是有含意的。因陀罗的助手是风神，罗摩的助手哈奴曼是风神的儿子，这一件事也是有意义的，如此等等。这当然不是历史唯物主义的态度。

但是，真正用历史唯物主义的观点来评价像《罗摩衍那》这样一部巨大而又伟大的史诗，确实是一件十分艰巨的工作。我在下面把我在阅读和翻译《罗摩衍那》的过程中的一些想法写出来，作为一得之见，引玉之砖，供进一步进行评价时的参考。

想从两方面来分析和评价《罗摩衍那》：一是思想内容的分析，一是艺术特色的分析。

一　思想内容的分析

我觉得，讲思想内容的分析，首先要进行阶级分析。在印度，一讲阶级分析，就一定要讲到种姓。这对研究印度历史的人来说，好像是已经成了不成文法。我现在在这里还不想违反这个不成文法，所以也先讲一讲种姓问题。在世界历史上，不仅仅印度有种姓制度，许多国家都有。但是，这种制度在印度发展的规模特别大，延续的时间特别长，一直到今天，它还是印度社会上一个十分突出的问题。因此，近一百年以来，研究印度种姓制度的书籍就如雨后春笋，层出不穷，到了今天简直可以说是已经达到了汗牛充栋的程度。甚至有不少人为了猎奇，也争先恐后地到这个领域里来显示一下自己的幻想。然而这个问题却是愈谈愈玄妙，愈谈愈分歧，愈谈愈不能解决。我自己也曾涉猎过这个问题，看了一些书，思考过，探讨过。我觉得，这个问题之所以愈搞愈糊涂，原因在方法不对头。过去几乎所有研究这个问题的人，用的都是空对空的办法，就是从理论到理论，他们上了婆罗门的当。

经过细致的分析和考察，我们会发现，种姓制度，在理论上和实际上是不一致的，是有矛盾的。如果只相信从《梨俱吠陀》起一直到《法经》那一堆婆罗门制造出来的经典，我们就真会认为，四个主要种姓秩序井然，从其中派生出来的种姓，也都持之有故，言之成理。但是，事实的真相却是，婆罗门最初是垄断文化、垄断科学知识、垄断一切祭祀大典的种姓。他们为了获得利养，为了本阶级的利益，是不惜信口雌黄，捏造事实，窜改历史，伪造文献，以达到为本种姓吹嘘张扬的目的的。那一大堆《法经》所记述的，与其说是当时社会的真实情况，毋宁说是婆罗门所企求的那一种社会，是他们的幻想，是他们的愿望和意志的表现。谁要是完全相信这一套，谁就会上当受骗。

那么种姓制度的真实情况究竟怎样呢？我先在下面举几个例子：

（一）四个种姓的内容

也许有人认为，这还成为问题吗？四个种姓不就是婆罗门、刹帝利、吠舍和首陀罗吗？在婆罗门的著作中，确实是这样。

但是婆罗门的著作能反映实际情况吗？我们现在看一看佛教是怎样讲这个问题的。我们只举几个例子：

1.《长阿含经》二《游行经》说：

> 世有八众，何谓八？一曰刹利众；二曰婆罗门众；三曰居士众；四曰沙门众；五曰四天王众；六曰忉利天众；七曰魔众；八曰梵天众。

这八众，前四者显然是人间的，是与四种姓有关的。

2.《长阿含经》二〇《阿摩昼经》说：

> 世有四姓：刹利、婆罗门、居士、首陀罗。

这里完全符合四种姓，但没有吠舍，而代之以居士。

3.《佛开解梵志阿飏经》说：

> 今天有四种人：君子、梵志、田家、工伎。

这里也是四种，但只有一种的名字梵志，符合四种姓的名称。

4.《中阿含经》一《善法经》说：

> 谓比丘知此刹利众、此梵志众、此居士众、此沙门众。

5.《中阿含经》五《木积喻经》说：

若抱刹利女、梵志女、居士、工师女。

6.《中阿含经》三五《阿修罗经》列举了刹利种族姓子、梵志种、居士种、工师种族姓子。

7.《中阿含经》一五〇《郁瘦歌逻经》列举了四种姓：梵志、刹利、居士、工师。这里值得注意的是把梵志（婆罗门）放在第一位。

8.《杂阿含经》五四八说：

诸婆罗门、刹利、居士、长者。

9.《杂阿含经》一二三五说：

若刹利、若婆罗门、若鞞舍、若首陀罗。

这里讲的，同婆罗门教经典讲的完全相同。

10.《增一阿含经》《声闻品》第二十八，五说：

若法在世，便有四姓在世：刹利、婆罗门、工师、居士。

这里值得注意的是，工师与居士的顺序颠倒了。

11.《增一阿含经》《苦乐品》第二十九，九说：

云何为四？刹利、婆罗门、长者、居士种。

12.《增一阿含经》《善聚品》第三十二，十说：

檀越施主若至沙门、刹利、婆罗门、长者众中。

13.《增一阿含经》《七日品》第四十之一，一说：

初有刹利种　次有婆罗门
第三名毗舍　次复首陀罗
有此四种姓　渐渐而相生
皆是天身来　而同为一色

汉译佛经里面，类似的例子还多得很，我不一一列举了。这些例子告诉我们什么呢？它们告诉我们：一、真正按照婆罗门经典中提出来的顺序列举四种姓的极少；二、刹利几乎都安排在第一位；三、吠舍和首陀罗的名字几乎见不到，而代之以长者、居士、田家、工师等等；四、有的地方插入一个沙门；五、四个种姓的数目基本上都保存着。我们从这里可以看到，由于社会的不断发展，生产方式的不断变换，原有的吠舍和首陀罗已经失掉了概括性，只好另用其他名称来代替，长者、居士基本上都是大商人，田家指的是农民， 他们大概都算作吠舍，田家大概只有一部分算。工伎和工师都是手工业者，大概指的是首陀罗。刹帝利和婆罗门为什么能保留呢？大概是因为佛自称是刹帝利，而婆罗门又是他着重反对的对象。虽然他们的职业也不是一成不变，只好保留原来的名称了。《增一阿含经》《七日品》的那两句诗“皆是天身来，而同为一色”，值得注意。“色”就是 varṇa，这说明首陀罗并不是非雅利安的奴隶，而也是雅利安人，同前三个种姓是一个“色”。

（二）四个种姓的职业

这个问题上面已经涉及了，这里再集中谈一谈。婆罗门制作的《法经》中对四个种姓的职业都规定得非常具体，非常肯定。虽然也规定了，在非常情况下，也可以稍作变动，但那只能算是例外，只是权，而不是经。总之，他们的职业和义务看起来是秩序井然的，有条有理的。然而实际上怎样呢？实际上是面目全非，非常紊乱。仅仅根据巴利文佛典的记载，婆罗门除了祭祀以外，还可以当医生、信差、税吏、樵夫、商人、农民、兵士、手工业者、地主、牧人、屠户、侍卫、猎人、木匠等等。四个种姓的职业，婆罗门都干了。连后来认为只有不可接触者才干的行当屠户，婆罗门都有份，这不是真令人吃惊吗？刹帝利除了执掌军权，保卫人民以外，还可以当商人、手工业者等等。隋阇那崛多等译《起世经》卷第十说：“以从众人稻田中取地分故，因即名为刹帝利。”夹注说：“隋言田主。”这里说明了刹帝利的剥削方式，是非常重要的。吠舍可以当农民、牧民、商人、陶器匠、成衣匠。佛经里常有“居士善治良田”这样的话，居士一般就指吠舍。至于首陀罗，总起来看地位是每下愈况。但也有少数首陀罗飞黄腾达，爬了上去。有的成了大臣，有的成了国王。像有名的月护大王，梵名崛多罗笈多，就是首陀罗出身，笈多这个词儿就表示是首陀罗（但有人说是表示吠舍）。有名的难陀王朝也是首陀罗。有人统计印度古代帝王十有八九是首陀罗出身。这件事看上去有点奇怪，其实是事出有因。中国汉朝的开国高祖刘邦，明朝的开国太祖朱元璋出身都寒微，原来都是受压迫者，后来都当了皇帝，拿这件事同印度古代首陀罗当皇帝来比一比，不是很发人深省吗？《罗摩衍那》中十车王的老婆之一须弥陀罗，也是首陀罗出身，足见此事并不稀见。

从上面引证的这少数几个例子来看，印度古代职业是并不固定的。《梵志頞波罗延问种尊经》说："本初起地上人时，皆是我曹婆罗门种，第二种者刹利，第三种者田家，第四种者工师。"但是佛却说："有婆罗门及子高明，有刹利及子高明，有田家及子高明，有工师及子高明，王即征召俱为王臣。"这里是只看"高明"，不问出身，大家都可以当大臣。《中阿含经》九八《苦阴经》说："族姓子者，随其伎术，以自存活。或作田业，或行治生，或以学书，或明算术，或知工数，或巧刻印，或作文章，或造手笔，或晓经书，或作勇将，或奉事王；彼寒时则寒，热时则热，饥渴疲劳，蚊虻所蜇，作如是业，求图钱财。"你看，一个"族姓子"（出身高门的青年），为了钱财，简直是五行八作都可以干。这同婆罗门《法经》里所规定的那些死板的教条，不是形成了鲜明的对照吗？哪一个说的是实际情况呢？我看，不是《法经》，而是佛经。

就是在婆罗门奉为最高圣典的《梨俱吠陀》中，职业同种姓的关系也并不是十分清楚。《梨俱吠陀》虽然先后提出了四个种姓的名称；但是，除了这四个种姓以外，还有铁匠、金匠、皮匠、车工、理发匠、医生、商人等等。这些人属于哪一个种姓呢？

我们并不清楚，他们是四个种姓以外的吗？我们也不清楚。

以上这些情况都说明，种姓地位与实际经济地位是有矛盾的。婆罗门《法经》里的那一套规定是信不得的。

（三）种姓的改变

婆罗门《法经》给人一种印象，好像种姓是天生的，是无法改变的。后人论种姓者也大多传播这种观点。实际上，这是一个教条，这是一种误会。《罗摩衍那》里面的仙人众友，原来出身刹帝利，后来经过三番五次的严厉苦行，终于获得了梵仙的称号，他变成了一个婆罗门。蚁垤在这里虽然弄了不少玄虚，说了不少鬼话；但是通过层层神话的迷雾，还是透露出来了一个事实，这就是种姓可以改变。在印度历史上，改变种姓的记载屡见不鲜。有名的反莫卧儿的英雄湿婆吉（Śivaji），出身寒微；据传说，他让婆罗门举行法事，改变种姓。婆罗门要他用黄金铸成一个金胎，他钻了进去，又钻出来，就算是脱了胎，换了骨。结果捣鬼的婆罗门得到了黄金，湿婆吉得到了婆罗门称号，交易而退，各得其所。谁说种姓不能够改变呢？

（四）麦伽塞因斯眼中的种姓

麦伽塞因斯看到印度社会上根本没有奴隶，只有七个阶级或阶层：一、哲人，包括沙门和婆罗门；二、农夫，可能是吠舍的一部分；三、牧人和猎人，游牧的原始部落后来雅利安化了的；四、工匠和零售商，可能是吠舍和首陀罗；五、兵士，可能是刹帝利和吠舍（当兵的）；六、向国王密报人民行动的监督；

七、决定政策、提供兵卒、掌管司法、管理行政的参赞和辅佐。他并没有明确提到传统的那四个种姓。他亲身住在印度社会中，如果真像婆罗门《法经》让人相信的那样，印度社会就是由秩序井然、神圣不可侵犯的那四个种姓所构成的话，难道他能够视而不见吗？那是完全不可想象的。反过来也可以证明，印度社会实际情况不是分为四个种姓，而是分为七个阶级或阶层。即使他的分法不是百分之百准确无误，但同实际情况总不能相差甚远。

上面举了那么多的例子，只是想说明一个事实，就是，印度的种姓制度在理论上和实际上是有距离的，而且是极大的距离。我们研究印度古代的历史，不能不讲种姓，因为它同阶级关系是纠缠在一起的；但是，我们却千万不要忘记实际的阶级关系。列宁在《伟大的创举》中指出："所谓阶级，就是这样一些集团，由于它们在一定社会经济结构中所处的地位不同，其中一个集团能够占有另一个集团的劳动。"我们要看的不仅仅是种姓的名称，而是人们在社会经济结构中所处的地位。不然就会空对空，陷入了历史唯心主义的泥坑。

把这个异常重要而又常常为人所忽略的问题交待清楚，然后再来对《罗摩衍那》进行分析。

我觉得，《罗摩衍那》表现了种姓矛盾，也表现了与之相联的民族矛盾和生产方式的矛盾。

首先谈一谈种姓矛盾，我的理解是掌握祭祀权和文权的婆罗门与掌握军权和政权的刹帝利之间的矛盾，那些干了五行八作的婆罗门不在此列，刹帝利亦然。反过来，那些原来不是婆罗门甚至是原始居民后来冒充婆罗门而掌握了文权和祭祀权的人也归入我们在这里说的婆罗门之列，那些冒充刹帝利的原始居民后来成了国王的，以及首陀罗成了国王的，都归入我们在这里说的刹帝利之列。这两个种姓同吠舍原来同属再生族，但是随着社会的发展，婆罗门与刹帝利勾结起来，形成了一个统治阶级或集团，吠舍的地位则逐渐下降，降到同首陀罗并列，成为社会的主要的物质财富的生产者，受婆罗门和刹帝利的剥削和压迫。《薄迦梵歌》9.32 把女子、吠舍和首陀罗并列，就是这种情况的具体反映。

在统治集团内部，矛盾斗争也是经常的、激烈的。婆罗门靠着念诵《吠陀》，垄断祭祀，提倡杀牲，反对“不杀”(ahiṃsā)。他们大肆吹嘘自己，把自己凌驾于一切之上。作为酋长或国王的刹帝利，并不总是买他们的账。一有机会，就同婆罗门闹摩擦，搞斗争。公元前五、六世纪兴起的佛教和耆那教，实际上是代表了刹帝利的利益。他们反对婆罗门，反对祭祀，提倡“不杀”。在这之前，在奥义书时代，刹帝利已经闯入了婆罗门所垄断的文化领域。有不少的国王成了哲学家，连一些婆罗门也不得不低首下心向他们求教了。

在《罗摩衍那》里面，婆罗门与刹帝利的矛盾和斗争也是非常明显的，非常突出的。众友与婆私吒的斗争是其中之一。罗摩与持斧罗摩的斗争是另一个例子。这是明显的，一眼就可以看出来的。但还有隐晦的，却是更重要的、贯穿全书的，这就是罗摩与罗波那的矛盾和斗争。罗摩是刹帝利，这一点是清楚的。至于究竟是什么样的刹帝利，下面再谈。但是罗波那怎么能是婆罗门呢？他不明明是一个吃人的恶魔吗？这就需要解释一下。罗波那确实是一个魔王。但他也确实是一个婆罗门。高善必（《印度史研究导论》第126页）已经指出这一点。他说，《阿闼婆吠陀》中有十头婆罗门，《梨俱吠陀》中有Navagva和Daśagva，都是僧侣，而罗波那又名Daśagrīva（十首）。根据传说，罗波那是婆罗门。我想再加上一个证明。《罗摩衍那》第七篇《后篇》讲罗波那出生的第二章说，罗波那同财神爷俱毗罗同是毗尸罗婆的儿子，而毗尸罗婆的父亲就是那有名的婆罗门仙人补罗娑底耶，古代大仙人之一，大梵天心中产生出来的儿子，又是七圣之一。因此，表面上是恶魔的罗波那是货真价实的地地道道的婆罗门。罗摩与罗波那的斗争，确实就是刹帝利与婆罗门的斗争。结果是大家都知道的，罗摩杀死了罗波那，也就是刹帝利挫败了婆罗门。

这里提出了一个很重要的问题：《罗摩衍那》是印度教徒眼中的圣书，著者蚁垤本身又是婆罗门，为什么竟让婆罗门败于刹帝利手下呢？

我想先把《摩诃婆罗多》和《罗摩衍那》这两部一向是相提并论的大史诗对婆罗门和刹帝利矛盾的态度来对比一下。两部史诗的主人公同样都是刹帝利，但是二者对刹帝利的态度却迥乎不同。苏克坦卡尔经过了认真细致的分析研究指出（《苏克坦卡尔纪念版》，第一卷，《〈摩诃婆罗多〉评论研究》*Gritical Studies in the Mahābhārata*，孟买 1944 年）：《摩诃婆罗多》在发展的过程中被苾力瞿婆罗门家族的人肆意窜改，加入了不少的新东西。这个婆罗门家族仇恨刹帝利达到了疯狂的程度。

他们利用印度原有的一些神话故事，再加上自己的一点创造，诬蔑攻击刹帝利。在《初篇》里面，持斧罗摩（他本人就属于苾力瞿家族）消灭了刹帝利以后，刹帝利男人全都死光，只剩下女人。这些女人不守闺训，争先恐后地去找婆罗门男人睡觉，生下了孩子，才为刹帝利传宗接代。换句话说，今天的刹帝利都是婆罗门种。这种靠生殖器战胜敌人的幼稚可笑的幻想，中国过去封建时代也有过。在《大会篇》里，又讲到消灭刹帝利。刹帝利流的血汇成了五个大湖，成为朝拜的圣地。在《森林篇》里，苾力瞿族的摩哩乾底耶大肆吹嘘婆罗门的力量，以及对婆罗门布施的功德（婆罗门一心一意追求的就是布施）。在《教诫篇》里，说一个一百岁的刹帝利同一个十岁的婆罗门相比，后者好像是爸爸。如此等等，不一而足。在《森林篇》为什么又出现了持斧罗摩同罗摩比武受挫的故事呢？这怎样解释呢？据苏克坦卡尔的意见，这一段是后来窜入的，《摩诃婆罗多》中的插曲《罗摩的故事》中就没有。总之，在《摩诃婆罗多》里，婆罗门对刹帝利恨得无以复加，痛心疾首之状可掬，咬牙切齿之声可闻。中国的封建文人林纾笔战斗不过提倡白话的人们，就创作小说，让一个侠客把所有提倡白话的人都杀光，情况与此有点类似。这只不过是失败者的哀鸣而已。

《罗摩衍那》则正相反。在这里，罗摩与持斧罗摩的故事也出现了。两个人比武的结果是，持斧罗摩彻底被挫。在全书中处处可以看到美化刹帝利罗摩的色彩。间或也有个别的诗篇吹嘘一下婆罗门，但并不占重要地位。蚁垤本人是婆罗门，这个现象是很值得探讨与研究的。

与种姓矛盾相联系的还有民族矛盾。

也许有人根本不承认《罗摩衍那》中有什么民族矛盾的反映。我们必须把这个问题讲清楚。在《梨俱吠陀》中，民族矛盾表现在雅利安人（Ārya) 与达娑（Dāsa) 和达私由 (Dasyu) 之间，后二者是印度本地的居民。随着社会的发展，种姓关系（阶级关系）也不断变化。大概到了吠陀后期，可能是梵书时期，民族矛盾表现在雅利安人和首陀罗之间。首陀罗原同前三个种姓是一个“色”，也是雅利安人。后来大概由于本地被征服的居民逐渐被认为是首陀罗，原有的首陀罗地位下降了，换句话说，真首陀罗吃了冒牌的首陀罗的亏，受了他们的连累。

不但首陀罗有冒牌，连婆罗门也有冒牌的，刹帝利也有冒牌的，所谓弗罗提耶（Vrātya) 刹帝利就是这一类。这种冒牌的现象贯穿于整个印度历史，一直到近代，统治过阿萨姆地区的缅甸王朝俄郝姆的君长还冒充刹帝利。我看，我们的罗摩就是这样一个冒牌的刹帝利。

这里牵涉到 Varṇa（色）的问题，先要对这个问题讲几句。现在研究印度种姓问题的学者常常这样说，他们所谓 “种姓”指的是印度“瓦尔那 "(varṇa) 和“迦蒂” (jāti) 两个概念，前者出现早，后者略晚。好像种姓制度一开始成立就用了 varṇa 这个词。这是一种误会或疏忽。《梨俱吠陀》中最初出现了四个种姓，并没有用 varṇa 称呼它们。varṇa 这个字具有种姓的意思，是以后的事。大概到了梵书、往世书，以及那许多古代词典中，varṇa 才有了种姓的意思。为什么出现这种情况呢？我觉得，这同上面讲过的首陀罗地位的下降有某种联系。

我并不是说，在《梨俱吠陀》时期，雅利安人一点也没有感觉到本地人的肤色同自己的不同。他们也发现自己的肤色是白的，鼻子是高的，而本地人则是黑的，鼻子是低的，在他们眼中，一直低到没有鼻子的程度。他们骂本地人是黑色没有鼻子的恶魔。被雅利安人的大神因陀罗摧毁的城市，被形容为 kṛṣṇa-garbhāḥ（《梨俱吠陀》1.101.1，意思是“在子宫里有黑色人民的”）。这可以说是敌我之间的颜色的区分。但是还没有把 varṇa 用到种姓上，那时种姓划分是雅利安人内部的事。到了种姓关系改变、黑色的本地人也被吸收进来的时候，varṇa 才具有种姓的意思。到了此时，颜色的区分一变而为人民内部的事情了。在人民内部，雅利安人或者是高级种姓自认为是白色的，而说本地人或最低级的种姓首陀罗是黑色的。波颠阇利注波你尼语法 2.2.6 指出，一看到黑色的人就知道他不是婆罗门。佛经里面也有类似的记载。《中阿含经》九，《七车经》描绘满慈子的面貌：“尊者在如来前坐，白皙，隆鼻如鹦鹉嘴，即其人也。”这显然是一个雅利安白种人的相貌，同黑色没有鼻子的印度本地人形成了鲜明的对照。

从上面几个简单的例子可以看出，黑白的区分，先是用在雅利安人与本地人之间，后来又用到最高级种姓与最低级种姓之间。印度古代的大神黑天同这现象有没有联系呢？我认为是有的。在《梨俱吠陀》中，Kṛṣṇa（黑天）还没有成为大神。但是在吠陀仙人表中已经有了 Kṛṣṇa 这个名字。尽管他也深通梵文，但决不是雅利安人。大概到了史诗时代，才成为大神，意译就是“黑天”。据说他是毗湿奴的化身，这又是一个证明他不是雅利安人的根据。毗湿奴本身尽管在《梨俱吠陀》已经出现，但他却不像是雅利安神，印度以外的地方也没有承认他是雅利安神的。很早就有人主张，他是前雅利安的。在吠陀中，他同雅利安神因陀罗的关系还过得去，但也偶有冲突。到了化身成为黑天之后，他同因陀罗的矛盾与冲突就成为经常的了。这一切都告诉我们，在这神话中隐藏着雅利安人与本地人的矛盾，也就是民族矛盾。

在《罗摩衍那》中，我们的罗摩一方面皮肤是黑的，另一方面又是毗湿奴的化身。肯定地说，他不是雅利安人。他同罗波那的矛盾，除了表现在种姓关系上以外，还表现在民族关系上。这就是我的看法。

如果你还有怀疑，我们还可以查一查他两个人的家谱。关于罗波那，我们上面已经讲到，他的老祖宗是大梵天，祖父是声名远扬的婆罗门仙人，同财神爷是兄弟，这是一个地地道道的婆罗门世家。蚁垤把他写成一个吃人不眨眼的恶魔，是一种丑化的手法。而罗摩呢，《罗摩衍那》叙述他的家谱的时候(1.69.23)，说他的先辈有一个国王名波斯匿 (Prasenaiit)。同释迦牟尼同时也有一个波斯匿，也是憍萨罗国王，不知是否就是一个人。但既是同名，又同是憍萨罗国王，是一个人的可能是非常大的。如来佛的朋友波斯匿，不是雅利安人，而是印度本地原始部落出身，他的家族被称为 Mātaṅgakula, 这个名称一直流传到现在，不可接触种姓 Māṅg 者就是。在波斯匿时这个家族刚刚脱离以象为图腾的部落不久。他的皇后茉莉夫人是卖花小贩的女儿，也是低级种姓。他拚命贿赂拉拢婆罗门，以求得一个比较高的社会

地位。(见高善必:《印度史研究导论》,第148—150页)罗摩的家谱就是这样,这也只能证明他不是雅利安人,

印度最近有人(查托帕底雅耶 Debiprasad Chattopadhvaya,见所著《顺世外道》*Lokāyata*)主張用部落残余的学说来解释印度种姓的起源。我觉得,这可能是有道理的,印度种姓起源决非一途,其中错综复杂的问题很多;但是同印度原始的部落有某些联系,这是肯定无疑的。起码有一部分种姓源于部落。这从古代历史,以及近代种姓产生演化的历史中可以得到充分的证明。

现在我们再来谈一谈同种姓矛盾和民族矛盾有联系的生产方式的矛盾。

雅利安人原来是游牧的氏族和部落,物质生活的资料主要取之于牧群。在某一个地区停顿时间较长时,也顺便从事于一点农业生产,吠陀里面有农具和许多谷物的名称。但雅利安婆罗门是瞧不起农业的。《罗摩衍那》有一个本子在第七篇里大肆咒骂农业,仿佛农业就是罪恶。这可能代表婆罗门的态度。雅利安人以游牧为主。牛这东西对于吠陀雅利安人有异常重大的意义。表示"战争"的那个词,意思是"求牛"。表示"酋长"或"国王"的那些词,意思是"牛主"、"牛的保护人"等等。《梨俱吠陀》里有许多赞歌牵涉到牛,用夸大到离奇程度的语言来歌颂母牛。如此等等,不胜枚举。但他们却是吃牛肉的,当然别的牲畜的肉他们也吃,否则光靠唱赞歌是活不下去的。其次,他们不大懂商业,虽然货物交换已经产生。他们把印度河流域的原始居民达娑和达私由之类的人称为paṇi,有"商

人”意思的vaṇik就是从paṇi这个字变化而来的。可见印度原始居民是善于经商的，而雅利安人不行。再次，当雅利安人侵入印度的时候，原始居民住在城内，而他们自己则是在城外。从以上三个方面来看，雅利安人与本地人形成了鲜明的对照。近代考古发掘工作已经证明，当雅利安人还在游牧的时候，本地人已经有了高度的文明。他们种植大麦、小麦、芝麻等作物，也种植水稻。恒河流域的非雅利安人则主要是种植水稻。印度河流域的本地人已经有高度的城市文明，街道宽整，贸易繁荣，甚至可能已经同巴比伦一带有了贸易往来。

从以上几个方面来考察分析《罗摩衍那》，我们就会发现，以罗摩为一方和以罗波那为另一方这两个方面的生产方式和生活方式是迥乎不同的。《新梵文文学史》的作者已发现了这一点。他指出，阿踰陀城是靠兴修水利，从事农、商来谋取生活资料，而楞伽城的居民则以吃肉为生。我认为，他这个观察是正确的。《罗摩衍那》2.31.30说：

> 这一片大地连同国家，
> 连同人民、钱财和粮食，
> 我现在把它都放弃，
> 就让婆罗多来统治。

在十车王的国家里，粮食是异常重要的。这也反映出农业的重要性。2.32.6也同样谈到粮食。《罗摩衍那》第二篇第九十四章，罗摩流放到森林中后，婆罗多去找他，他问了弟弟一连串的问题，问到阿踰陀城各方面的情况。我们举出一首诗来：

你喜欢的那一些人们
可都是种地放牛为生?
亲爱的！他们可都依靠
自己的职业幸福繁荣?　　　　（2.94.40）

“职业”这个词梵文原文是 vārttā，其中也包括着“商业贸易”。在第一篇第五章描绘阿踰陀城的时候，讲到城里有手工艺人（1.5.10），有来自各国的商人（1.5.14）。2.28.5 讲到憍萨厘雅靠上千个村子养活自己。在楞伽城却是另一副景象：

他在喝酒的地方看到了，
成堆成堆的肉放在那里；
有鹿的肉和水牛的肉，
还有野猪肉堆在一起。　　　　（5.9.11）

下面几首诗还举出了孔雀肉、公鸡肉、公山羊肉、豪猪肉、鹧鸪肉、杂固喇 (cakora) 肉、水牛肉、山羊肉等等，可见罗刹以食肉为生。这里根本没有从事农业的记载，好像专以掠夺为乐。这两个城市形成了鲜明的对比。这种情况同我们上面对种姓矛盾和民族矛盾的分析是一致的。在分析种姓矛盾时，我们已经谈到佛教耆那教对婆罗门教的斗争。这种斗争表面上是意识形态领域里的斗争，实际上也反映了生产方式的斗争。佛家主张五戒，其中之一就是戒杀。这实际上代表了农民的利益。农民生产离不开牛，禁止杀牛就有利于农民的生产。如果像楞伽城那样，把牛等牲畜大杀特杀、大嚼特嚼，从事农业生产就是不可能的。但游牧民族则是不杀牲就不能生活，这就是矛盾之所在。到了婆罗门教的经书时代，婆罗门《法经》中也有主张五戒的。这并不是婆罗门突发善心，想改邪归正了。这只说明，他们此时也有必要和可能从事一点农业生产，对牛也就随之而刮目相看，不能任意大杀特杀了。这大概也说明，此时人口激增，光靠游牧有点活不下去了。我总有这样一个印象：由以畜牧为主转变为以农业为主，似乎与印度封建社会的起源有紧密联系。这个转变说明了生产力的巨大发展。马克思主义认为，社会发展归根结底取决于生产力的发展。我先在这里提一下，以后再进行探讨。

现在我们稍稍总结一下。上面讲了一大篇，只是想说明，罗摩是原始居民，是冒牌的刹帝利，作为国王他是靠从农民那里收租，从商人那里收税过日子。所以他关心农民的生产和商人的贸易。至于究竟收多少租，古代印度的说法很不一致。按照一般的说法，一个国王要收农民生产的六分之一。这不是奴隶主总头子的剥削方式，而是新兴地主阶级总头子的剥削方式。奴隶主把奴隶看成是有两条腿会说话的牲畜，决不会讲什么几分之几的。他的对立面罗波那是一个婆罗门，是那些以吃肉为主的人们的代表，是外来的雅利安人的代表，是奴隶主的代表。印度此时已是封建社会。封建社会的主要矛盾自始至终是农民与地主之间的矛盾。决不能说到了封建社会发展的某一阶段这矛盾才产生。但在封建社会初建时，没落奴隶主与新兴地主之间的矛盾还比较突出。《罗摩衍那》写的就是这样一种矛盾。而在这个矛盾斗争中，作为婆罗门的蚁垤不是站在婆罗门方面，而是背叛了婆罗门、倒向冒牌的刹帝利新兴的地主阶级总头子国王罗摩。

低级种姓或者冒牌的原来连种姓都没有的人当了国王，恐怕总觉得不那么光彩，内心有愧，想方设法，给自己那寒微的门楣上涂上点光彩，给自己涂点脂抹点粉。这是人之常情。在中国历史上就屡见不鲜。刘邦出身低贱，姓刘的祖宗有点名声的那时还不容易找到，只好捏造他母亲同龙交配，生了刘邦，把他爸爸在生他时的作用一笔抹煞。到了李世民，自己血统有点问题，翻开历史一看，周朝有一个姓李的有名人物，就选定了他当自己的祖宗，封为什么太上玄元皇帝。一下子自己就增了身价，可以欺骗老百姓，巩固统治了。他选的人就是李耳，俗名老子。刘邦和李世民在印度的同事罗摩，也想搞出一套类似的鬼话，承担这个工作的就是蚁垤。我们上面已经谈到罗摩的一个同宗波斯匿王曾经拉拢贿赂婆罗门，以提高社会地位。罗摩有无其人，尚不敢定。在《罗摩衍那》中也找不到有什么贿赂拉拢的痕迹。但是婆罗门与刹帝利的矛盾却是真实的，蚁垤投靠新兴刹帝利国王，不管他叫什么名字，这也是真实的。于是蚁垤就创作了这样一部巨大的《罗摩衍那》（所谓创作，不是一蹴而就，《罗摩衍那》发展演化的过程，上面已经谈过），才完成这个任务。在这一部规模宏大的作品里，蚁垤把当时的社会情况，从宫廷一直到平民，从城市一直到乡村，从闹市一直到森林，从谈情说爱一直到大动刀兵，从正人君子一直到市井小人，从人间矛盾一直到自然风光，描绘得淋漓生动，气象万千。虽然时代不同，环境不同，时间又相隔了两千多年，《罗摩衍那》很有点像列宁赞美托尔斯泰的小说那样，给人留下了不可磨灭的印象。然而如果想找一条贯穿这一部巨著的线索的话，那就是美化刹帝利国王罗摩。蚁垤为他篡改历史，伪造家谱。对他那些捏造的祖先无不歌功颂德。至于对罗摩自己，他把他写成了一个十全十美的完人，一个英雄，一个好国王，一个好儿子，一个好哥哥，一个好丈夫，一个好朋友，遵守一切封建的道德教条，简直就是美德的化身。罗摩获得了所有人民的热爱。当他被流放森林的时候，全城的人民都奔走相送，依恋热爱，有如对亲生父母。当代研究《罗摩衍那》的学者，有的说，这是氏族社会的遗风；又有的人说，这是人民拥护的表现。我看，这都没有搔着痒处。一个封建国王能够得到人民这样的热爱吗？古今中外真正能有这样的事情吗？这只不过是蚁垤涂脂抹粉的一种手法而已。

这还不算。蚁垤还进一步把这样一个十全十美德行无双的完人，写成了一个受苦受难被污辱被损害的英雄。他毫无过错，然而遭到贬逐；他坚贞不屈、坚守封建道德，由一个花天酒地的贵公子一变而为身穿树皮衣采野果为生的野人；在虎狼丛中，魔鬼窟内，历尽艰险，丢掉了老婆，最后得到群猴之助，得妻复国。这种落难公子的情景不知打动了多少善良人民的心。印度人民把他奉为神明，至今不辍，一提起罗摩，人们便肃然起敬，罗摩成为印度文学史上、甚至历史上最著名的人物。

在完成这件工作中，蚁垤使出了浑身的解数。难道他真是对罗摩这样热爱吗？我们千万不要感情用事，应该唯物一点。

婆罗门虽然垄断了祭祀和文权，但是他们自古以来就是以穷著名的。人必须吃饭，光靠神学和哲学是填不饱肚皮的。刹帝利国王“以从众人稻田之中取地分故，即名为刹帝利”(《起世经》卷第十）。稻米是能使人饱的。为了生活，婆罗门蚁垤只好舞笔弄墨，为刹帝利国王服务。中国历史上许多依附皇帝的文人，情况与此相似。

可是，话又说了回来，从历史的发展来看，关心人民的农业和游牧、关心商业发展的新兴地主阶级，总比只知道大吃大喝什么肉都敢吃的没落奴隶主要好一些。从社会发展的总的趋向来说，写《罗摩衍那》的蚁垤算是进步的，这说法恐怕是大家同意的吧。

蚁垤的工作还不止上面说的那一些。他大力提倡的那一套忠孝节义，印度封建道学先生也许会说他是关心世道人心，如果在中国的话，他也许会被供进圣庙，大吃其冷猪肉。然而这些都是无稽之谈。他的目的只是更进一步给刹帝利国王服务，煞费苦心，巩固封建男性家长制，从而巩固封建统治。从反面来说，还有另一个作用。在印度奴隶社会和封建社会，太子杀父王、囚父王，自己登上王位，这种事情屡见不鲜。大声叫喊不怕鬼的正是最怕鬼的人。大力宣传忠孝，正说明不忠不孝的人太多了，不得不尔。从这一点也可以看出，蚁垤为新兴地主阶级的总头子设想得是如何周到了。

企图巩固刹帝利国王的统治的努力，还不是到此为止。蚁垤不但想到现在，而且想到将来。现在我就来谈一谈《罗摩衍那》全书一个十分突出的宣扬的重点—— 一夫一妻制的问题。全书的男主人公是罗摩，女主人公是悉多。他们俩矢志相爱，悉多当然不会像《摩诃婆罗多》中的黑公主那样同时有五个男人，那是一种蛮风的遗留。罗摩虽然贵为天子，也并没有像他父亲十车王那样同时有几个老婆。猴王同魔王都有不只一个老婆，嫔妃还不在内。连当时的大神如湿婆之类都有几个女神同他鬼混。当时的婚姻制度好像处在一个过渡阶段。罗摩同他父亲之间好像就是这一条过渡的线。寡妇嫂子嫁小叔是社会上承认的风习，在猴国里是这样，在魔国里也是这样，连对悉多都有这样的暗示。在《摩诃婆罗多》中的几个著名的插曲里，比如那罗与达摩衍蒂的爱情离合的故事中，也有宣传一夫一妻制的倾向。连如来佛出身的释迦族据说一个人只允许有一个老婆。这些问题我们无法在这里讨论。我现在只讲罗摩与悉多的问题。为什么蚁垤这样竭尽全力来宣扬罗摩只有一个老婆、悉多只有一个男人呢？为什么他甚至通过憍萨厘雅对儿子的哭诉（2.17.23—24）来痛斥一夫多妻制呢？为什么他不但要求妇女忠于男人（这是普遍的自然的要求），而且还要求男人忠于妇女呢？为什么他在2.58.37中竟把忠于一个老婆的男人（ekapatnīvrata）称做“善人”，同学习吠陀、行苦行、施舍土地、祭神祭祖的人相比呢？

我们现在就来分析一下这个问题。封建冬烘先生和资产阶级的社会学家把这个问题搞得混乱不堪。为了把问题说清楚，我们现在先引用恩格斯《家庭、私有制和国家的起源》中的一些论述：“在闪米特人的家长制家庭中，只有家长本人，至多还有他的几个儿子，过着多妻制的生活，其余的人都以一人一妻为满足。现在整个东方还是如此；多妻制是富人和显贵人物的特权，多妻主要是用购买女奴隶的方法取得的；人民大众都是过着一夫一妻制的生活。”（《马克思恩格斯选集》，第四卷，第56页）“它（一夫一妻制家庭——引者）是在野蛮时代的中级阶段和高级阶段交替的时期从对偶家庭中产生的；它的最后胜利乃是文明时代开始的标志之一。它是建立在丈夫的统治之上的，其明显的目的就是生育确凿无疑的出自一定父亲的子女；而确定出生有一定的父亲之所以必要，是因为子女将来要以亲生的继承人的资格继承他们父亲的财产。”（同书第57页）“一夫一妻制是不以自然条件为基础，而以经济条件为基础，即以私有制对原始的自然长成的公有制的胜利为基础的第一个家庭形式。”（同书第60页）“一夫一妻制的产生是由于，大量财富集中于一人之手，并且是男子之手，而且这种财富必须传给这一男子的子女，而不是传给其他任何人的子女。”（同书第71页）上面这些论述把一夫一妻制讲得非常清楚。它的产生与道德教条无关，而是以经济条件为基础的。它主要解决的是财产继承的问题。我们回头再看《罗摩衍那》。蚁垤宣扬那些道德教条是为了巩固刹帝利国王的统治。他之所以大力宣扬一夫一妻制，是为了把这巩固下来的统治一代一代传下去，有点像秦始皇说的那样：“朕为始皇帝，后世以计数，二世三世至千万世，传之无穷。”你看这个叛变了本阶级、投靠刹帝利的婆罗门为他这个新主子真是费尽了力、操尽了心啊！

但是，世界观是无法掩盖的。不管蚁垤在主观愿望方面是怎样想把罗摩写成一个尽善尽美的人，结果却把他写成了一个伪君子，两面派。马克思说：“把某个作者实际上提供的东西和只是他自认为提供的东西区分开来，是十分必要的。”（《马克思恩格斯全集》，34，343）作者的主观意图与通过艺术形象所表现的思想内容有时难免有些矛盾。这种例子在文学史上屡见不鲜。蚁垤也不例外。另一方面作者也可能在无意之中暴露了当时统治者的本来面目。如果允许打一个比方的话，那么罗摩真有点像中国《水浒》里的宋江。

看来《水浒》的作者本来也是想把宋江写成一个英雄、一个完人的。然而结果却写成一个奸谲诡诈的伪君子，一个向反动派投降的叛徒。有什么证据说罗摩是伪君子呢？那证据就多得很。我只简单地举出几个来。由于一场宫廷阴谋，罗摩被流放。他在父亲和吉迦伊面前装成孝子，态度坦荡，毫不在乎。但一到自己母亲跟前，就大骂吉迦伊欺骗了国王（2.21.8）。见了悉多，“他却感到羞愧把头低”（2.23.5）。他又对悉多骂吉迦伊（2.23.21）。他对罗什曼那骂吉迦伊（2.28.4）。到了森林中以后，他还对罗什曼那骂吉迦伊（2.47.14）。他骂吉迦伊：“她怀恨在心干坏事，吉迦伊真卑鄙龌龊”（2.47.18）。他对吉迦伊简直恨得咬牙切齿，然而却装出那样一副驯顺的样子，他是一个地地道道的伪君子。他不但对吉迦伊是这样，对他父亲也不例外，对婆罗多也是如此。他对罗什曼那在背后议论父王（2.47.9—10），议论婆罗多（2.47.11）。到了战胜恶魔胜利复国的时候，他对婆罗多仍不放心，派哈奴曼去观察婆罗多的表情和对他的态度（6.113—116）。可见他是一个城府甚深、丝毫也不坦白的搞阴谋弄权术的家伙。至于他在背后偷偷地射死波林，遭到波林的斥骂（4.17）；悉多被劫走以后，他无理地责骂罗什曼那（3.56），罗什曼那说明了原委他仍然不听（3.57.19等等），这更暴露了他的品质的恶劣。也许蚁垤认为这是一个君王应有的行为，是符合他的道德标准的，然而从当时人民的眼中，从今天我们的眼中，罗摩不是一个典型的两面派吗？

我觉得，《罗摩衍那》中真正的正面人物是罗什曼那。如果再允许打一个比方的话，他有点像《水浒》里的李逵。李逵只听宋江一个人的话，罗什曼那只听罗摩一个人的话。为了罗摩，他连自己的父亲都敢斥骂（2.18.6–8）。他甚至想夺他的宝座，把他杀掉。这种叛逆的精神在当时实在是难能可贵。更难能可贵的是他对命运的批判。《罗摩衍那》中有许多糟粕，最严重的是鼓吹宿命论。这是中外的古籍中最普遍的缺点之一。罗摩就是一个宿命论的崇信者。然而罗什曼那却巍然挺立，敢把命运踩在脚下。让我们听一听他批判命运的豪迈语言：

好像一个高傲的刹帝利
颂扬那个卑鄙的运命，
你现在怎么也居然能够
把可怜无能的命运歌颂？（2.20.7）

那精力衰竭的胆小鬼，
他才受命运的播弄。
那些自尊自重的英雄汉，
完全不把命运来纵容。（2.20.11）

谁要是真正有本领，
用人的行动来压制命运。
这个被命运打击的人，
也决不会忧愁难忍。 （2.20.12）

今天人们就会看到
命运和人的力量，
命运和人这二者
都将清楚地亮相。 （2.20.13）

这样的诗篇还多得很，我们不再引用了。这种人定胜天的思想表达得何等明确，何等虎虎有生气，我们两千年以后的人读了这种掷地作金石声的诗句，还感到巨大的鼓舞。在所有的古代的伟大作品中，这样的篇章简直如凤毛麟角。罗什曼那这个艺术形象将会长久地传下去，长久地鼓舞人心的。

除了罗什曼那以外，蚁垤还塑造了一个唯物主义者阇波厘。他本是一个婆罗门，却发表了一通离经叛道的言论。当他劝罗摩回到阿踰陀去当国王的时候，他竟然说：

谁个是谁个的亲友？
谁个通过什么结成友谊？
一个人孤零零地下生，
他又孤零零地死去。 （2.100.3）

就好像一个走路的人，
住在某一个村庄的边上，
到了第二天他一起来，
就离开他住的那个地方。（2.100.5）

父、母、房屋和财产，
对人来说也就是这样，
那些聪明的人，罗摩！
决不依恋这住的地方。（2.100.6）

人们常举行阿湿吒迦祭，
来祭祀自己的那些先祖，
请看这粮食真倒了楣，
死人哪能吃什么供物？（2.100.13）

知果一个人吃的食物
能钻进另一个人的身体，
那么就给离家的人上供，
他在路上不必吃东西。（2.100.14）

婆罗门本来是靠祭祀为生的，但是这个婆罗门竟敢冒天下之大不韪讽刺祭祀，反对祭祀。这种无神论的思想在全部浩如烟海的印度古代文献中非常稀少，非常可贵。虽然阇波厘这个人物，在《罗摩衍那》中只是昙花一现，他的思想是书中的精华，这一点是毫无可疑的了。

当然，《罗摩衍那》不是光有精华的，封建糟粕也多得很。宣扬一整套的封建道德，鼓吹宿命论，散布中庸之道，轻视妇女，要爱敌人，如此等等，一堆堆的糟粕。我相信，我们今天的读者是会分辨和批判的，我在这里就不再啰嗦了。

最后，我还想顺便再谈一谈上面已经谈过的《摩诃婆罗多》与《罗摩衍那》时代先后的问题。从这两部大史诗对待婆罗门奴隶主和刹帝利国王也就是新兴地主阶级的总头子的态度上来看，《罗摩衍那》总的来看是比较晚一点的。这与《摩诃婆罗多》中王国都城稍稍偏西，而《罗摩衍那》则稍稍偏东这个现象是一致的。这也与两部大史诗文体方面表现出来的差异是一致的。说《罗摩衍那》比较晚一点，也许就是结论。

二 艺术特色的分析

现在我们再来分析一下《罗摩衍那》的艺术特色。对于这个问题过去各国学者写的文章连篇累牍，这里没有叙述的必要。我自己对这个问题也只想择其突出者概括地加以论述和分析。艺术特色什么时候都是为思想内容服务的，二者是密切相联的，在下面进行分析时决不能离开这个观点。

我想从以下几个方面来分析：(一)塑造人物形象；(二)展开矛盾斗争；(三)描绘自然景色；(四)创立艺术风格。

(一)塑造人物形象

《罗摩衍那》中人物很多，猴子和罗刹也不少。后二者其实也都是人的写照。究竟出场了多少人物，我没有精确地统计过。主要人物也有几十个之多。十车王和他的三个老婆、四个儿子，以及两个国师，再加上悉多，猴国的须羯哩婆和哈奴曼，罗刹国的罗波那、维毗舍那等等，当然都是主要人物。吉迦伊的侍女驼背的曼他罗也应该算是主要人物。比较次要的人物有罗波那的妹妹首哩薄那迦、须羯哩婆的哥哥波林、许多猴将、罗波那的弟弟们和儿子们，特别是罗波那的儿子因陀罗胜等等。对于这些人物，蚁垤都刻画得精工细致，塑造得生气勃勃。特别是对男女主人公罗摩和悉多，还有罗什曼那和哈奴曼，蚁垤更是精心雕塑，着意描绘。从外表仪容，到内心世界，诗人有时采用白描的手法，有时使用抒情的笔调，从细小处加以刻画。他又把他们放在矛盾斗争的中心，加以考验：喜、怒、哀、乐，样样俱全；他们的处境有时花团锦簇，光风霁月；有时又骇浪惊涛，月黑风高。从各种角度，从各个方面，透视他们的内心深处。这样写成的人物，就会有血有肉，生意盎然；决不会像某些作者笔下的人物只是干瘪的影子。结果，这四个人物形象，在两千多年漫长的历史上，赢得了无数千万印度人民的爱慕与崇敬。罗摩实际上已经成了神。悉多一直是广大妇女模仿的样板。哈奴曼则成了在印度各地广泛流行的猴子崇拜的原动力。一直到今天，不知道有多少戏曲、诗歌、舞蹈、雕塑、绘画仍然在歌颂这一只猴子。

在蚁垤笔下，所有上面说到的那些主要人物和比较次要的人物的性格，都不是一成不变的，而是在不同程度上有所发展。他总是把这些人物放到矛盾斗争的风口浪尖上去，在斗争中让他们暴露自己的内心世界，从而使他们的性格随着斗争的发展而发展。这种发展不总是向着更高大、更完美的方向，有时甚至相反。拿罗摩来作一个例子。在从第二篇到第六篇中，罗摩作为一个落难公子，虽然也暴露了不少伪君子两面派的面目（这可能是受了作者世界观的限制，他并不认为这是伪君子两面派的行为，这一点我们上面已经谈到过），但总起来看，他遵守了那些封建道德教条，战胜了凶恶的罗刹，找到了自己失去的老婆，复国登上王位，性格是一步一步地向上发展的。虽然为了自己家门的令誉，为了自己的名声，怀疑过悉多不贞；但一经澄清，立刻言归于好，终于得到了一个喜剧性的大团圆。但是，到了第七篇，可能是由于这一篇是后来窜入的，罗摩却完全变了个人，由温情脉脉的丈夫变成了粗暴蛮横的男性家长，由热爱人民敢于同低级种姓结成密友的有道明君变成了杀害低级种姓专门维护自己的统治的封建暴君。这是性格上的一个突变。我认为，从这里可以看出，印度封建主义从一个真老虎向着假老虎、纸老虎转变的过程。

在塑造人物形象方面，蚁垤还有一个特色。他也并不死板板地一本正经来描绘自己书中的人物，而是生动活泼、很富有幽默感。驼背侍女曼他罗是一个很好的例子。这个女子当然是异常丑怪乖张的，但当她为女主人吉迦伊出谋划策获得成功以后，女主人对她大加赞美：

有许多弯腰曲背的驼背，
样子丑怪，性情乖张。

可你却像那风折荷花，
看上去是那样地漂亮。　　　（2.9.30）

你穿上美丽的衣裳，
走起路来像个神仙。
你的面庞无比标致，
简直要向月亮挑战。　　　（2.9.38）

（二）展开矛盾斗争

几乎所有的篇幅比较长的文学作品内容都离不开矛盾。生活中无时无地没有矛盾，反映生活的文学作品也决不能没有矛盾。所谓“无差别境界”，文学中同生活中一样，是决不会出现的。离开矛盾，故事情节就无法展开，只能停留在一个水平上。这样的作品决不能引起读者的兴趣，更谈不到有什么教育意义。我们评论一部作品，有时说它“波澜壮阔”。有矛盾，才能有波澜。没有矛盾，哪里来的什么波澜呢？

但是，像《罗摩衍那》这样着重写矛盾，却是少见的。在这里，矛盾多到无法计算，有的剧烈到你死我活的程度，而又大小相间，层次分明，真堪称是写矛盾的杰作。蚁垤写了人、猴子和罗刹三个国家。在这三个国家里都是矛盾重重。粗略地统计一下，就有罗摩与罗波那的矛盾，罗摩与十车王的矛盾，罗摩与吉迦伊的矛盾，罗摩与须羯哩婆的矛盾，罗摩与悉多的矛盾。接着是十车王与吉迦伊的矛盾，十车王与憍萨厘雅的矛盾，十车王与罗什曼那的矛盾。中间交插着憍萨厘雅与吉迦伊的矛盾，吉迦伊与婆罗多的矛盾，悉多与罗波那的矛盾，悉多与罗什曼那的矛盾。还有罗什曼那与婆罗多的矛盾，须羯哩婆与波林的矛盾，罗波那与维毗舍那的矛盾。这还只是举其大者，小的矛盾就无法计算了。蚁垤虽然只写了三个国家；但是除了人、猴、魔三者之外，还有神仙夹杂其中。人、猴、魔、神的矛盾错综复杂，头绪万端。所有这些矛盾，蚁垤都写得生动活泼，饱满突出，没有一点虚构的痕迹。有时似乎出于想象之外，实际上都在情理之中。既取材于神话，又乞灵于幻想。既有现实主义，又有浪漫主义。调配得当，穿插适中。表之以语言，限之以韵律。结果就形成了这样一部动人心魄的伟大作品。

我在这里举一个小小的例子，说明蚁垤写矛盾的手法。他着眼于宏大，但又不遗漏细小。中国古人说：为人要正直，文章要曲折。这是很有见地的话。蚁垤写猴王须羯哩婆与罗摩相逢，结成了性命之交。猴王为了复国，罗摩为了寻妻，同病相怜，互相援助，按理说似乎不应有什么矛盾了。然而不写矛盾，不是蚁垤的文风。猴王胜利复国以后，耽于淫乐，把他对罗摩许下的诺言忘得一干二净。罗摩只好派罗什曼那骂上门来。猴王才豁然开朗，幡然悔悟，又重新振作起来，派出猴兵猴将，协助罗摩搜寻悉多。我认为，这一点小小的波澜决不是画蛇添足，而是“风乍起，吹皱一池春水”，意境极佳，耐人寻味。

然而，在所有的大小矛盾中，蚁垤从头到尾用尽全力加以描绘的是罗摩与罗波那的矛盾，这是全书最主要的矛盾。在罗波那出现以前的那些情节，比如宫廷阴谋、罗摩遭贬等等，看上去似乎与这个矛盾无关，实则有紧密联系。因为，如果没有那些情节，罗摩安然在阿踰陀登上王位，不流放山林，便决不会同罗波那有什么瓜葛，《罗摩衍那》也根本不会产生了。所以那些情节实际是引出主要矛盾的伏笔。蚁垤让这个主要矛盾合情合理地有节奏地展开，有时写得像疾风暴雨，像听贝多芬的交响乐；有时候又写得情致嫣然，充满了诗情画意，像听莫扎特的小夜曲。这里面既有阳刚之美，也有阴柔之美。就这样刚柔相间，动静相配，一直写到矛盾的最后解决：罗摩亲手把罗波那杀死。蚁垤用魔王的死展示出创作《罗摩衍那》的全部目的性，展示出他的国家观，展示出他对当时的社会以及社会上各种人物的评价，展示出他对各种姓的评价，总之，展示出他的道德观。

究竟什么是他的道德观呢？一言以蔽之，就是正义的战胜了非正义的，善的战胜了恶的。罗刹使用的是铁制的兵器，而猴子使用的则不过是石头、木头和拳头。然而结果却是使用铁兵器被使用石头、木头和拳头的打败。原因就是他认为后者是正义的，是善的，而前者是非正义的，是恶的。但是，正义与非正义，善与恶，都是道德标准。而在阶级社会中，只有阶级的道德，决没有超阶级的抽象的道德。所谓正义与非正义，善与恶，表面上看上去，人人能懂，但它们背后赫然有一个阶级在。敌对阶级的正义与非正义，善与恶，是根本对立的，水火不相容的。蚁垤心目中的正义与善就是符合新兴地主阶级的利益的，非正义与恶就是违反这种利益的。他不但关心新兴地主阶级眼前的利益，而且关心他们长远的利益，也就是关心他们的继承问题。继承问题是《罗摩衍那》全书的一个核心问题。书中人、猴、魔三个国家的矛盾斗争，都是为了继承。书中着重宣扬的一夫一妻制，也是为了继承。罗波那之必须败，罗摩之必须胜，悉多之必须破镜重圆，她之必须守贞，都是为了新兴地主阶级的阶级统治能够延续下去。这就是问题的关键。

到了第七篇（虽然这一篇不是出于蚁垤之手，但却继承而且发扬了他的道德观），罗摩竟冷酷无情地遗弃了悉多。这在作者看来也是正义的、善的。因为这更能保证继承权真正落到罗摩的儿子手中，不像中国民间传说的那样清朝的乾隆老爷子竟是汉人陈阁老的儿子。总之，《罗摩衍那》全书最主要的矛盾之所以展开，之所以得到解决，其中贯穿着一个核心思想，就是保证继承权能够落实。

（三）描绘自然景色

在世界各国文学史上，可以看到一个共同的现象：对自然美的敏感性与描绘，总是由浅入深，由单纯到繁复，描绘技巧也总是从朴素到雕琢。试拿中国古代的《诗经》与《楚辞》同六朝的骈文和诗歌，唐代以后的散文和诗歌相比，就可以清楚地看到这种发展的过程。

在印度也一样。在《梨俱吠陀》里，对自然风光的描绘不算太多。描绘生动感人的就更少。如果举例的话，只有对朝霞女神的几首颂歌差强人意。但也是以淳朴简明胜，雕绘藻饰是谈不到的。到了《摩诃婆罗多》，在这方面是进了一步。但基本上还停留在淳朴的阶段，没能给人以深刻的印象。一直到《罗摩衍那》，情况才真正有了转变，在描绘自然景色方面，它开辟了一个崭新的天地。

印度地处热带与亚热带，草木繁茂，四季如春。森林中野草、野果以及植物根茎供苦行者以生活之资，杂花生树，群莺乱飞，这种花香鸟语给人的耳目以视听之娱。因此，在整个印度文学史上，对自然风光描绘赞颂的作品占了相当大的比例。环顾世界各国文学，只有中国六朝时代的文学可以与之媲美。但是真正对自然美十分敏感并且以饱满的激情加以描绘的自《罗摩衍那》始。《新梵文文学史》的作者已经注意到了这一点。他说："我们在《罗摩衍那》里看到一种对自然美的敏感性的光辉灿烂的发展，这种敏感性我们在吠陀文学中已经有所发现。"（同书，第190页）这是很有见地的话。

《罗摩衍那》里有许多场面都是在大自然中展开的。《森林篇》和《猴国篇》，顾名思义，就知道是离不开大森林，离不开大自然的。其他各篇也不时牵涉到大自然。我们可以说，整个《罗摩衍那》从头到尾都与大自然有紧密联系。书中描绘和赞颂自然美的诗篇很多。我们这里所谓自然美不包括城市之美、宫阙之美。如果包括的话，那就更多了。

蚁垤描绘自然美，不是泛泛地简略地顺便地描绘赞颂一番，而是深刻地长篇大论地有时甚至用专篇来描绘赞颂。以后印度有大量专门描绘自然美的诗篇，蚁垤可以说是开了先河。在《罗摩衍那》里，蚁垤是按照季节来欣赏自然美，歌颂自然美的。一提到季节，我们往往认为一年分为春、夏、秋、冬，是天经地义的。事实并非如此。季节的划分总是以每个国家在地球上所处的自然环境的不同为根据的。比如在印度，分法就与中国有些不同。有的人分为两季：旱季和雨季或干季和湿季。更多的是分为六季：

夏季、雨季、秋季、霜季、寒季、春季。印度古代大诗人迦梨陀娑的名著《时令之环》就是这样划分的，所以也译做《六季杂咏》。但是也有分为四季的。唐玄奘的《大唐西域记》里写道：“或为四时，春夏秋冬也。”在《罗摩衍那》里，好像是分为四季的。在这里，雨季和夏季是在一章里描绘的。我们在下面就按照这个划分引用一些诗篇，让读者看一看蚁垤的描绘自然美的手法：

春季：
你看呀！罗什曼那！
那繁花满树的景象。
大树洒下阵阵花雨，
好像云彩下雨一样。　　（4.1.7）

在那美丽的林中平坦处，
林中生的树木多种多样。
微风乍起，吹动了树木，
把繁花吹落到了大地上。　　（4.1.8）

夏季（雨季）：
爬上这一层层的云梯，
登上那高邈的天空，
用俱吒伽阿朱那花环，
给太阳来装饰整容。　　（4.27.4）

黄昏的霞光染红了云彩，
边缘上镶着一缕浓黄，
好像一片片可爱的云布，
把那天空的创伤来裹上。　　（4.27.5）

秋季：
他们观看着各种的树，
树枝头给繁花压弯；
还有那溢满清水的河，
河里的水流向大海中间。　　（4.13.5）

他们观看着许多池塘，
涨满了水，就在路旁；
点缀着带蓓蕾的荷花，
活像那吠琉璃一样。　　（4.13.7）

冬季：
林中地上落满了严霜，
浓绿已经有点凋落，
这土地看上去就显示出，
那里炎阳已经变得温和。　　（3.13.20）

森林里没有花的树群，
看上去像是熟睡一般；

寒霜的雾气把它笼罩，
又陷入了清露的阴暗。　　　　　（3.13.21）

蚁垤不但擅长和喜爱描绘印度土地上春夏秋冬四季的景色，而且他还擅长和喜爱描绘夜景。热带的人经常露宿，他们有机会欣赏我们这些住惯高楼大厦的人们难得欣赏、难以想象的夜景。请看蚁垤是怎么描写的吧：

所有的树木一动不动，
所有的鸟兽都宿了窝，
在四面八方，罗摩呀！
都成了那黑暗的王国。　　　　　（1.33.15）

黄昏已慢慢地消逝，
天空里好像布满眼睛。
从树般的星座和星群，
辉耀闪烁，散发光明。　　　　　（1.33.16）

明月已经升了起来，
清光扫除世界的阴影。
它用自己的光辉，王子！
抚慰着群生的心灵。　　　　　（1.33.17）

蚁垤描绘自然景色，还有一个特点，这就是，不是为描绘而描绘，而是情景交融，景为情服务，自然界的现象与人类社会的矛盾斗争交织在一起，前者对后者起着陪衬、烘托的作用。美妙绝伦大好春光，对于一个快乐的人来说，自然处处怡情悦目；然而对于一个失掉爱人的罗摩来说，却只能使他的愁思更加浓烈，更加难忍。春季如此，秋季和冬季更不用说了。在蚁垤手里，自然风光是一种衬托主人公心灵流露的手段。自然风光的描绘在《罗摩衍那》里是相当多的，但主要集中在《猴国篇》。这是什么原因呢？一方面因为此时主人公都活动在大自然中，另一方面，更重要的一个方面，是因为悉多此时已被劫走，罗摩忧心忡忡。为了加强对他这种愁思的描绘，蚁垤几乎把所有的季节都描绘遍了，目的只在于把他放到各种自然环境中，让他充分流露对悉多的怀念，从而提高他的形象，博得人们更多的同情心，以达到我们在上面思想内容分析中提到的那种目的。

最后我还想在这里附带讲一个似小而实大的问题。《罗摩衍那》里有一些诗篇涉及一些著名的山岳和河流。比如恒河就是其中之一。印度人民自古以来住在恒河两岸，喝恒河里的水，吃恒河水浇灌出来的粮食。他们对这条河产生了深厚的感情，称之为圣河，这是很自然的事情。这有点像中国的黄河。“黄河之水天上来”。印度人民认为，恒河之水也是天上来的。《罗摩衍那》第一篇里那恒河下凡的故事，写得笔酣墨饱，兴会淋漓，感情充沛，色彩绚丽。这一方面表达了人民对圣河的感情，另一方面又反过来影响人民这种真挚的感情。《罗摩衍那》为什么能在这样漫长的时间这样受到印度人民的热爱，我想，这也是原因之一。

(四)创立艺术风格

从整个印度文学史来看,《罗摩衍那》还有一个突出的特点,就是它开创了一种新的艺术风格。我们上面已经谈到,印度人民把《摩诃婆罗多》叫做"历史传说",而把《罗摩衍那》叫做"最初的诗"。两部大史诗内容都讲的是王国的兴衰、上层人物的冲突斗争、英雄美人的爱情离合等等,使用的诗律基本上都是输洛迦体。为什么一部被算作是诗,而另一部则不是呢?印度人民的这种区分有没有道理呢? 要想答复这个问题,仅仅从思想内容着眼是不够的。只有同时从艺术风格方面着眼才能得到满意的答复。

要明确说明艺术风格的特色,三言两语不行。既然说是诗,首先要有诗意,这是内容方面的东西,是为主。但是,如果只有诗意,而没有表达这种诗意的手段,换句话说,没有适应内容的形式,那也是不行的。艺术风格是属于形式方面的东西,是为辅。主辅相结合,才能成为诗。二者必须浑然天成,相得益彰,才能算是好诗。《罗摩衍那》里的许多诗篇做到了这一点。我们说《罗摩衍那》开创了新的艺术风格,也就是说,它在印度文学史上在风格方面有所创新。

讲到风格,就要简略地讲一讲印度古代的文艺理论。古代印度把文学理论叫作"庄严论"。"庄严"意思就是"修饰"。可见古代印度,在不忽视内容的情况下,着重注意的是修辞藻饰。著名的檀丁著的《诗镜》可以作为代表。在这部书里面对修辞格式特别重视。与意义有关的格式多达三十五种，纯粹是语言形式的格式也有八种。这自然就让我们想到中国六朝时代的文学理论和实践。在全部中国文学史上，六朝时代是最注重修辞格式的。有人称之为形式主义文学，是有一些道理的。我认为，这主要表现在两个方面，一是注重翰藻，一是讲究音律。肖统《〈文选〉序》中说："事出于沉思，义归乎翰藻。"这讲的是注重翰藻（辞藻）。沈约讲四声、八病。四声讲的当然是音律。沈约《宋书·谢灵运传论》中说："夫五色相宣，八音协畅，由乎玄黄律吕，各适物宜。"这里主要讲的也是音律。写文章一定要音韵协畅，辞藻绚丽。这是当时文学风格方面的主要趋势。于是文人们拼命在形式上用功夫。刘勰《文心雕龙·定势篇》说："自近代辞人，率好诡巧。"他批评的就是这种趋势。在《物色篇》里他又说："自近代以来，文贵形似。窥情风景之上，钻貌草木之中。吟咏所发，志惟深远；体物为妙，功在密附。" 这里讲的是文人喜爱描绘山水草木等自然景物，一时成为风气。

从印度文学的发展趋势来看，从《梨俱吠陀》一直到古典文学，很有点像中国文学自《诗经》一直到六朝的发展，《罗摩衍那》正处在这个发展潮流的中间。《诗镜》里的文学理论约略相当于六朝沈约等的理论。《罗摩衍那》还没有达到《诗镜》的要求。但是，同《摩诃婆罗多》比起来，它已经有向《诗镜》里提出的那种理论发展的倾向了。《摩诃婆罗多》里的输洛迦体简明朴素，意义也明了易懂。在《罗摩衍那》里虽然大多数的输洛迦也是简明朴素的，可是在这里或那里已经出现了一些诗篇，同简明朴素的诗篇迥乎不同；读起来简直不像是出于同一个时代、同一个人的手笔，这些诗篇语言雕琢，意义隐晦，辞藻繁缛，风格华丽。我们举几个例子。

kiṅkiṇījalasaṃkāśāsta hemavipulāmbujāḥ |
bhāvagrāhā yaśaastīraḥ suptā nadya ivābabhuḥ ||
她们就像是熟睡的小河，
成串铃铛是河里的金莲，
那爱欲就是河里的鳄鱼，
她们的美貌形成了河岸。　　　　(5.7.48)

这首诗描绘的罗波那寝宫中夜半宫女熟睡的情景，是从哈奴曼眼中看出来的。它究竟是什么意思呢？看似无理，实又有理，细思仍然无理，在可懂与不可懂之间。刘勰说："率好诡巧。"这首诗总算够"诡巧"的了，大有今天西欧流行的未来派或什么派的味道。我简直想把它叫做两千年前的未来派。这是意义隐晦方面的例子。再举一个形式方面"诡巧"的例子。第五篇第四章是描绘哈奴曼眼中看到的狂欢的楞迦城，整篇都不用输洛迦体，整篇都是变体。我把第一首诗写在下面：

tataḥ sa madhyaṃgatamaṃ śumantaṃ
jyotsnāvitānaṃ maha dudvamantam |
dadarśa dhīmāndivi bhānumantaṃ
goṣṭhe vṛṣaṃ muttamiva bhramantam ||
聪明的猴子看到了

升到中天的月亮，
喷吐出巨大精力，
散发着缕缕清光。
那月亮在天空中，
闪光耀灿烂辉煌，
像一只怀春的公牛，
在牛圈里徘徊一样。 （5.4.1）

不懂梵文的人一眼也就能看出，这首分四行写的诗每行最后都有 -mantam 这两个音节。这就是古典文学时代的梵文诗人最喜欢搞的文字游戏。整个这第四章全是用这个格式写成的。第二首诗每行最后的两个音节是 -yantam，第三首诗是 -rasthā，第四首诗是 -rasthaḥ，第五首诗是 -śṛṅgaḥ(o)，第六首诗是 -doṣaḥ, 其余可以类推。当然，也还有别的类型的文字游戏。我们也举一个例子：

ūrū karikarārau karau pallavakomalau
两条大腿样子像象鼻，
两只手柔嫩得像蓓蕾。 （7.26.11）

这令人很容易想到欧洲十九世纪末到二十世纪初期的唯美主义文学或者所谓“纯诗”。西方的唯美主义者也喜欢在字的声音上耍些花样，比如不同的字，用同一个辅音作字头，只改变元音，以达到某一种效果。法国所谓象征派的诗人最擅长此道。

就是在中国唐代，间或也有诗人在声音上耍花样，比如“风劲角弓鸣，将军猎渭城”。前五个字的读音让人想到弓弦的震动声。但这些只能算作例外，并不能算是一种风气，或者形成一个派别。

在《罗摩衍那》里，上面举的那几个例子决非例外，虽然也还并不普遍。一般的规律是：一遇到描绘崇山、茂林、城市、宫阙，这样的诗体就容易出现。有时候意境清新，辞藻繁缛，耳目为之一新。但有时候，树名、鸟名、兽名，连篇累牍，冗长单调，令人厌恶。这情况有点像中国的旧小说，一遇到上述情景，立刻就来上一个“有诗为证”，下面出现一首蹩脚的诗。不然就是一篇似骈文非骈文的东西，陈词烂调，腐朽可厌。《罗摩衍那》还没到这种程度。有一些叙情写景的诗篇，写得生动活泼，很有些感染力。我们是否可以这样说，在《罗摩衍那》里，朴素之诗为主，藻绘之诗渐多，正处在从《摩诃婆罗多》等文学作品向古典梵文文学过渡的阶段上，名之为“最初的诗”，是再恰当不过的。

我们在上面分析了《罗摩衍那》的思想内容和艺术特色，现在再总起来说几句。从思想内容来看，它代表的是新兴地主阶级的利益。同《摩诃婆罗多》比起来是前进了一步的。从艺术特色来看，它是“最初的诗”，它有所创新。在印度文学文体的发展方面，它承前启后，继往开来，地位是异常重要的，影响是异常大的。简略地说，这就是我对这一部伟大的史诗《罗摩衍那》的看法。

但是，我们在这里还必须回答一个问题：为什么在两千多年前封建初期产生的文学作品到了今天仍然为印度国内外广大群众所喜爱呢？而且看样子这种喜爱还会继续加深、扩大呢？这个问题，实际上在一百年以前马克思已经给予了答复。他在《〈政治经济学批判〉导言》中指出："关于艺术，大家知道，它的一定的繁盛时期决不是同社会的一般发展成比例的，因而也决不是同仿佛是社会组织的骨胳的物质基础的一般发展成比例的。"（《马克思恩格斯选集》，第二卷，第112–113页）他又指出："在艺术本身的领域内，某些有重大意义的艺术形式只有在艺术发展的不发达阶段上才是可能的。"（同上，第二卷，第113页）这些话完全适用于《罗摩衍那》。它正是在生产力水平还比较低、社会发展水平还比较低的阶段上写出来的。马克思又指出："困难不在于理解希腊艺术和史诗同一定社会发展形式结合在一起。困难的是，它们何以仍然能够给我们以艺术享受，而且就某方面说还是一种规范和高不可及的范本。"马克思自己对于这个问题作出了答复："一个成人不能再变成儿童，否则就变得稚气了，但是，儿童的天真不使他感到愉快吗？他自己不该努力在一个更高的阶梯上把自己的真实再现出来吗？在每一个时代，它的固有的性格不是在儿童的天性中纯真地复活吗？为什么历史上的人类童年时代，在它发展得最完美的地方，不该作为永不复返的阶段而显示出永久的魅力呢？"（同上，第二卷，第114页）《罗摩衍那》这样一部在人类童年创作出来的充满了神话的史诗确实具有"永久的魅力"。马克思的这个理论已经在《罗摩衍那》上得到了完全的证实。理由他已经说得再明确、再清楚不过，我在这里就不再啰嗦了。

《罗摩衍那》有关的问题

一　小引

《罗摩衍那》与《摩诃婆罗多》并称印度古代两大史诗，在印度文学史上和世界文学史上，占有着崇高的地位，产生了巨大的影响。特别是对印度文学以及东南亚一些国家的文学，《罗摩衍那》的影响更是持久、广泛而深入。在过去两千多年中，它被称为“最初的诗”（Ādikāvya），作者蚁垤被称为“最初的诗人”（Ādikāvi），成为印度古典文学的伟大典范，创作取材的丰富源泉。有的人模拟，有的人改编，有的人缩写，有的人袭用，简直是错综复杂，令人眼花缭乱。随着社会的向前发展，各时代的统治阶级都想利用《罗摩衍那》的威名，来宣传自己的政治观点和宗教信仰，借以达到为本阶级制造舆论、谋求私利的目的。十二世纪的迦尔诃那（Kalhaṇa）写的《王河》（*Rājataraṅginī*）里讲到，克什米尔的一个国王被诅咒变成了蛇，只有他在一天之内让人朗诵全部《罗摩衍那》，他才能恢复人形。可见《罗摩衍那》，已经成了这些最高统治者的护身圣书了。许多杰出的古典诗人，如迦梨陀娑（Kalidāsa）、薄婆菩提（Bhavabhūti）等等，也都取材于《罗摩衍那》。据精校本的编校者统计，《罗摩衍那》共有二千多种手写本，有五十多种梵文注释，可见梵文原本的《罗摩衍那》影响之深广。虽然这只是一个侧面，然而也可以因小见大了。

近代地方文学语言兴起以后，《罗摩衍那》又多次地被翻译，被改作。十二世纪，出现了泰米尔文译本；十五世纪，出现了孟加拉文的《罗摩衍那》；十六世纪下半叶，有名的杜尔西·达斯（Tuhsī Dās）写了《罗摩事迹之湖》（*Rām-carit-mānas*），这不是翻译，而是创作。这一部书产生了极其巨大的影响，是印地文学的古典名著。从此以后，地方文学语言的翻译和改写，就风起云涌，直到今天，流风未息。几乎所有的印度语言都介绍了《罗摩衍那》。

但是，《罗摩衍那》的影响却远不止这些，它实际上早已超出了纯文学的界限，进入音乐、舞蹈、绘画、雕刻等各个领域，深入广大人民群众生活之中。在印度，《罗摩衍那》是家喻户晓、妇孺皆知的。妇女崇拜悉多，认为她是贤妻良母的典型。很多人敬礼罗摩，他几乎成了一个神。每当想表示问候祝福的时候，口中就连呼“罗摩，罗摩！”至于那一位神猴哈奴曼，更是受到狂热的崇拜。在印度人民中广泛流行的猴子崇拜，与《罗摩衍那》有密切联系。到了今天，人类的进化，离开那个幻想丰富、绚丽多采的神话时代，已经非常非常地遥远了，但《罗摩衍那》的故事，还照旧能搅动人们的心灵，刺激人们的幻想。在今天印度许多地方的节日集会上，人们还是满怀喜悦地欣赏表现《罗摩衍那》某一个情节的戏剧，唱这类的歌。有的甚至利用最新的科学设备大声播送梵文原文的《罗摩衍那》。《罗摩衍那》《童年篇》第二章第三十五颂说：

只要在这大地上，
青山常在水常流，

《罗摩衍那》这传奇，
流传人间永不休。

第七篇《后篇》第三十九章第十八颂说：

但有世界永远在，
我的故事将长存。

我们今天难道不应该说，这些朴素的预言都已经完全实现了吗？

《罗摩衍那》的影响还不仅仅限于印度国内。从比较早的时候起，它就传出国去，被译成了许多外国语言，也有不少文学作品是根据里面的故事改编或改写的。很早就出现了古爪哇文的译本。莫卧儿王朝的阿克拔大帝（1542—1605）命令牟拉·阿卜杜尔·卡迪尔·巴达优尼(Mulla Abdul Kadir Badayuni) 将《罗摩衍那》译为波斯文，这个译本至今尚未发现。阿克拔（1542—1605）、贾汉吉（1605—1627）和沙·贾汉（1627—1658）的宫廷诗人牟拉·马西（Mulla Masih）的另一译本，已于1899年在勒克瑙出版。在我国新疆发现的古代语言残卷中，有古和阗文的《罗摩衍那》。在焉耆语（吐火罗A）里有《罗摩衍那》的故事。藏文多罗那它著的《印度佛教史》中也提到《罗摩衍那》。

梵文原本的《罗摩衍那》也传到了欧洲。1843—1867年，意大利学者高瑞西乌（Gorresio）就编校出版了梵文《罗摩衍那》，根据的是孟加拉本。至于翻译，1843 年出版了德文译本，不是全译。1847–1858 年，出版了意大利文译本。1854–1858 年，出版了法文译本。1870–1874 年，出版了英文译本。1892–1894 年，出版了英文散文译本。在以后的年代里，还出版了一些不同的英文译本，全译和节译都有。德国诗人吕克特（Johann Michael Friedrich Rückert 1788–1866）还根据《罗摩衍那》的一部分，写成了诗，在当时曾广泛流传。到了今天，据说俄文和日文也都有了《罗摩衍那》的译本。最近又听说，美国有一个专门的学会，集中人力来翻译和研究《罗摩衍那》。至于有关《罗摩衍那》的论文，那就真如汗牛充栋，难以统计。总之，在印度和世界各国，《罗摩衍那》影响是广泛深入的，它提供了高超的艺术享受，引起了广大人民内心的喜悦与惊诧。马克思对那些在人类社会童年产生出来的文学艺术作品，做过深刻精辟的分析，说明了它们为什么直到今天还为广大人民群众所喜爱。他虽然没有直接提到《罗摩衍那》，但是他的论断，在《罗摩衍那》这一部在人类社会童年创造出来的史诗上，可以说已经得到完全的验证了。

我正在翻译《罗摩衍那》。对这样一部规模庞大的史诗要想根据历史唯物主义的原则做出实事求是的评价，分清精华与槽粕，达到批判继承的目的，是一件十分艰巨的工作。在过去几年翻译过程中，我读了大量的书籍，思考了一些问题，逐渐对与《罗摩衍那》有关的一些问题形成了自己的一些看法。有些看法同过去的迥乎不同。但是我并不是故意标新立异，也并不是毫无根据地异想天开，而是在我目前的水平上经过一番深思熟虑提出来的。这些可能都是极为幼稚的。但是，古人说："愚者千虑，必有一得"，我现在就把这些看法写了出来，以期求得读者的教正。希望读者读我的《罗摩衍那》汉译本时参照我的这些看法。我相信，不管是赞成还是反对我的看法，对活跃学术空气、贯彻双百方针，都会有好处的。

下面我就对与《罗摩衍那》有关的问题做一些叙述与分析。

二　性质和特点

什么叫做"史诗"呢？

在世界文学史上，最著名的史诗，在西方有古代希腊的《奥德赛》和《伊利亚特》，在东方则有古代印度的《摩诃婆罗多》和《罗摩衍那》。虽然相距万里，时间也不完全相同；但在这四部都被称作史诗的巨著中间，却有一些共同的特点，在内容和形式两方面，这特点都有所表现。我们在这里仅就《罗摩衍那》来进行一些分析。

《罗摩衍那》精校本校刊者之一印度学者威迪耶（P. L.Vaidya）把印度两部大史诗和《古事记》都称做"伶工文学"（Bardic literature）[1]。这当然并不是他的发明创造，在他以前就有人这样做过了。所谓"伶工文学"，其特点就是，这些作品都包含着许多短歌、短的叙事诗和叫做赞颂诗（Gāthā Nārāśaṃsī）的赞歌，都由到处游行的伶工歌唱，代代口耳相传。到了后来，这些东西就发展成为史诗、《古事记》和最早的诗。这些作品最初措辞并不固定，重点是放在内容上，而不在辞藻上，唱起来容易懂，听起来容易记。歌词可长可短，完全取决于当时听众的反应。到了一定的发展阶段上，也就是这些诗被看成是“善书”的时候，这些诗就用文字记载了下来。随着地区的不同，使用的记载手段、字母等也不同，长短和内容也就逐渐有所不同，不同地区的不同的伶工家族写成的定本也随之而异了。这就是几乎所有的这一类作品传到今天的本子所以千差万别的根本原因。

《罗摩衍那》同《摩诃婆罗多》一样，最初也是由伶工歌唱的叙事诗和抒情短诗所组成的。《摩诃婆罗多》的作者名叫毗耶娑（Vyāsa），意思是“扩大者”，也许表示他把原有的诗加以整理扩大。据传说，毗耶娑有五个弟子，每人都有自己的本子（Saṃhitā）。但是传下来的只有一个本子，这就是毗商波耶那本（Vaiśampāyana's Saśhitā），据说是由罗牟诃沙那苏陀（Lomaharṣaṇa Sūta）和他的弟子们口耳相传流传下来的。

我在这里顺便说一句，古代希腊的荷马相传也是一个游行歌唱的伶工，《奥德赛》和《伊利亚特》就是由像荷马这样的伶工唱的歌发展扩大而成的。

《罗摩衍那》写成和流传的情况也差不多，虽然《摩诃婆罗多》被称为历史传说（Itihāsa），而《罗摩衍那》被称为诗。《罗摩衍那》的作者蚁垤据说只有两个弟子罗婆（Lava）和俱舍（Kuśa）。他把《罗摩衍那》教给他俩，他俩就到罗摩朝廷上去唱。后人就编造了一个故事，说罗婆和俱舍本是罗摩的儿子，这个故事还写进了晚出的《罗摩衍那》的第一篇《童年篇》和最后一篇第七篇《后篇》中。无论怎样，《罗摩衍那》在流传过程中，歌唱的伶工随时随地都会插入一些新的诗歌，也可能删掉一些。

时间不同，地域不同，长短上就随之而异。等到写了出来，就形成了不同的传本。最早的印刷本出现以后，可能对《罗摩衍那》的内容、语言等起了固定的作用。现在出的所谓精校本，固定的作用可能就更大一些，伶工文学的特点也因之逐渐消逝了。

三　所谓“原始的”《罗摩衍那》

几乎所有的西方研究梵文的学者，都多少患有一点“原始”狂。他们研究古代的什么书，都处心积虑想找出所谓“原始的”什么什么。他们要探索出“原始”《摩诃婆罗多》，他们要探索出“原始”《五卷书》，甚至连佛经，比如《妙法莲花经》、《大事》之类，也要努力去追溯“原始”《妙法莲花经》、“原始”《大事》之类，如此等等，不一而足。对于《罗摩衍那》当然也不会例外。

有没有一个“原始的”《罗摩衍那》呢？从理论上来看，当然是应该有的。宇宙间万事万物都只是一个发展演变的过程，都有一个开始，也就是“原始的”什么什么。像《罗摩衍那》这样的作品，尽管被很多学者称做“伶工文学”，原来只是口耳相传，没有什么写定本；在传承过程中，你加上一句，我加上一句，你删掉些什么，我删掉些什么，时间悠久，变化万千；但是，长江大河，始于滥觞，《罗摩衍那》也必然会有一个开端的。这一点是毫无疑义的。然而，这个“原始的”《罗摩衍那》究竟是什么样子，什么是“真正的”、“绝对的”、“原始的”《罗摩衍那》，那恐怕只有天晓得了。

我们现在能够做的只是把《罗摩衍那》的各种本子，加以比较，从内容和艺术风格方面，把原文仔细剖析，从而探索出《罗摩衍那》发展演变的过程，然后用历史唯物主义来说明，为什么有这些发展演变。这就是我们目前应该做、能够做的工作。为“原始”而“原始”，不是我们的任务。

至于《罗摩衍那》的演变，我们在上面已经提到一些。现在再比较集中地谈一谈这个问题。

我们在上面已经指出，第二篇至第六篇是原有的，第一篇和第七篇是后出的。《罗摩衍那》的这两大组成部分之间的差别是非常显著的。我们现在再举出几个例子来。在第二篇至第六篇里，最受崇拜的大神是因陀罗，这一点同吠陀是一致的。如果在这几篇里出现了崇拜毗湿奴的章句，那肯定是后来窜入的。因为只有在第一篇和第七篇，毗湿奴才是最受崇拜的大神。对神猴哈奴曼的处理，也有类似的情况。在第二篇至第六篇里，哈奴曼虽然也是神通广大，英武无敌；但他毕竟只是一个神猴。到了第一篇和第七篇，哈奴曼却大大地被神化，编了家谱，成了大神，这时几乎只看到神性，猴性完全被忽略了。神猴崇拜在印度广泛深入，与《罗摩衍那》第七篇的影响是分不开的。反过来也容易说明，为什么这个第七篇在印度人民心目中有这样崇高的地位。

这一点是有些讽刺意味的。西方的梵文学者，后来也有受了西方影响的印度梵文学者，他们的原则是越古越好，《罗摩衍那》第二篇至第六篇比第一篇和第七篇要好，因为它们古。他们幻想中的“原始”《罗摩衍那》比第二篇至第六篇更好，因为它更古。但是老百姓却偏偏喜欢那不古也不真的篇章，这真叫做没有办法。

至于第二篇至第六篇这五篇被公认是比较古的诗篇，原来究竟是什么样子，学者间的看法也不一致。上面提到过的印度梵文学者威迪耶（精校本《战斗篇》导言第XXIX页）主张，“原始的”《罗摩衍那》只有三篇：《阿踰陀篇》、《森林篇》和《战斗篇》。后来《阿踰陀篇》分裂为《童年篇》和《阿踰陀篇》；《森林篇》分裂为《森林篇》、《猴国篇》和《美妙篇》。《战斗篇》原封未动。这种看法能不能成立，我们在这里不去探讨。一方面，我们并不完全否定国外学者在这方面的努力。但另一方面，我们也决不认为这种研究方法就是唯一正确的方法，这对于我们用马列主义的观点正确评价《罗摩衍那》，分析其精华与糟粕，达到借鉴的目的，帮助并不大。因此，我们无须把全部精力或大部分精力用到这方面的探讨上。我们在这里提到这些问题，只是想让中国读者知道，世界之大，学说之多，我们不能只从一个角度去看问题，如此而已。

根据中国佛经译文，我们甚至也可以提出一点有关《罗摩衍那》发展演变的设想。三国吴康僧会译的《六度集经》第五卷第四十六个故事讲到一个国王，“声动遐迩，靡不叹懿”。他的舅舅是另一国王，兴兵来夺他的国家，他怕百姓受苦，自动让国，与元妃逃往山林中。有一条龙把元妃劫走。路上碰到一只巨鸟，张翼塞径。龙发出震电，把鸟打倒，逃还大海。国王失妃，四出寻觅，碰到一个大猕猴。猕猴也同他一样，被舅舅驱逐失国。两个就结成了朋友。猕猴终于帮助国王，斩龙救妃，复国为王。这不就是同我们罗摩的故事几乎是一模一样的故事吗？所不同者只是，在这里是舅舅抢夺王位，是一条龙把王妃劫走这两点而已。但是，这里却没有提出罗摩的名字以及他的父亲和他的兄弟的名字。补足这一点的是另外一个故事。元魏吉迦夜共昙曜译的《杂宝藏经》第一卷第一个故事，叫做《十奢王缘》，在这里提到十奢王（十车王），提到罗摩，提到罗漫（罗什曼那），提到婆罗陀（婆罗多），提到灭怨恶（设覩卢祇那）等等，并且提到国王的几个夫人。婆罗陀的母亲是第三夫人。她要挟国王废罗摩而立婆罗陀。结果罗摩被流放十二年，终于复国为王。这里最突出的一点就是根本没有王妃（悉多），没有猴子，也没有罗刹或龙。如果我们把这两个故事合在一起，就同《罗摩衍那》完全一致，连那些细节都无不吻合。因此，如果我们假设，上面这两个故事原来都是独立的、完整的，后来，在发展演变的某一个阶段上，两个故事合二而一，成为今天我们所熟知的罗摩的故事，不是完全合情合理吗？

我在这里还想提出另一个假设。唐玄奘译的《阿毗达磨大毗婆沙论》第四十六卷里说："如《逻摩衍拏书》有一万二千颂，唯明二事：一明逻伐拿（逻波那）将私多（悉多）去；二明逻摩将私多还。"根据这个记载，当时的《罗摩衍那》只有一万二千颂，而今天通行的本子则约二万四千颂，是当时本子的一倍。怎样来解释这个现象呢？我们是否可以假设：一、从唐朝到现在一千多年的时间内，《罗摩衍那》的长度增长了一倍；或者二、《罗摩衍那》有两个本子，一长一短呢？这个问题只是在这里提一提，如何解决，有待于进一步的探讨与研究。

四　成书的时代

同上面讲到的与《摩诃婆罗多》的关系有联系的、许多梵文学者热烈争论的另一个问题，就是《罗摩衍那》的成书时代的问题。

如果仅仅这样提出问题：成书的时代，这个提法本身就是不科学的，不精确的。什么叫“成书的时代”呢？是指《罗摩衍那》最初萌芽时那些诗篇的形成的时代呢，还是指以后逐渐膨胀起来的像玄奘记载的那一万二千颂的形成时代呢，还是指像今天这样有二万多颂的《罗摩衍那》的形成的时代呢？我们不能笼统提成书的时代，而应该具体地分析整个《罗摩衍那》从小到大逐渐演变扩大的过程，并尽可能地把每个发展阶段时间的上限和下限大体确定下来。如果这样去理解成书的时代，那就是实事求是的，那就是科学的了。

但是，尽管东西各国的梵文学者在这一方面已经费了很大的力量，进行了辛勤的探索，到现在仍然处在探索阶段，离开得到任何具体的结论还有极长极长的距离。为了让大家大体上了解一个轮廓，我在这里引用德国梵文学者温特尼茨（M. Winternitz）的一个看法。他的看法大体上是这样的：

一、《罗摩衍那》的较晚的那些部分，特别是第一篇和第七篇，同第二篇至第六篇之间的时间差距很大。

二、　当《摩诃婆罗多》还没有达到现在这个形式的时候，《罗摩衍那》已经是一部著名作品了。

三、《罗摩衍那》很可能在公元后二世纪后半期已经有了现在这样的规模和形式。

四、 但是《摩诃婆罗多》最老的核心要比《罗摩衍那》为早。

五、 在吠陀中完全没有罗摩史诗的痕迹，只有罗摩传说的模糊的痕迹。

六、 古代佛典没有《罗摩衍那》的记述，只有关于罗摩的传说。

七、《罗摩衍那》中没有明显的佛教的痕迹，但是在罗摩性格的描绘中有佛教影响。

八、《罗摩衍那》中绝无希腊影响，真正的《罗摩衍那》不知道有希腊人。

九、《罗摩衍那》可能是在公元前四或三世纪由蚁垤利用传奇材料著成的。[4]

以上这些看法，除了关于全书规模和佛教痕迹我在上面已经有所论列外，其余的我们既无法肯定，也无法否定，而且我们研究《罗摩衍那》的重点也决不会放到这样的问题上，我只是在这里顺便引用一下，让大家知道有此一说，如此而已。上面谈到的印度梵文学者苏克坦卡尔的看法，有与温特尼茨共同之处，值得我们思考。我还想在这里顺便再引用一个看法：德国梵文学者吉弗尔（W.Kirfel）指出[5]，《童年篇》的作者知道现在这种形式的《风古事记》（*Vāyu Purāṇ*），《童年篇》的成书时代不可能早于公元后四世纪。这种看法得到一些人的大声喝彩。我在这里也不赞一词，只是引用一下，聊备一说。

我觉得，在这里，我们倒是应该搞清楚产生《罗摩衍那》的那个社会的性质。这对于我们分析理解这一部大史诗有极密切的关系。

这就牵涉到印度历史的分期问题。这是一个大问题，虽然展开了一些讨论，但总起来看是很不够的。封建主义和资产阶级的历史学家根本不懂什么科学的历史分期。他们不懂得生产力和生产关系的矛盾、经济基础和上层建筑的矛盾，是推动历史发展的动力，是确定历史分期的客观标准。他们大都以王朝为划分历史分期的标准，像中国过去的二十四史一样。否则就笼统地划分为古代史、中世纪史、近代史和现代史。只是到了最近几十年，才有印度、苏联等国的学者开始尝试根据历史唯物主义来划分印度历史时期。印度学者高善必[6]把印度封建制的产生分为两个阶段，一个叫做“从上面来的封建制”，一个叫做“从下面来的封建制”。前者的意思是指一个有皇帝或强有力的国王的国家，他们向下属征收贡物，这些下属还自行统治，在自己的领土内为所欲为，他们只是向最高领导缴纳贡物。后者的意思是指下一个阶段，在农村中，在国家与农民之间，出现了一个地主阶级，他们逐渐对地方居民用武装行使权力，这个阶级要服兵役，因此声称与国家权力有直接联系，不需要其他阶层的中介。高善必还把印度的从下面来的封建制同英国的封建制做了比较，发现它们之间有同有异。我们认为，确定社会性质，只能根据我在上面指出的那些原则，看这个社会的主要矛盾是什么，剥削方式是什么。如果主要矛盾是农民与地主之间的矛盾，剥削方式是地租，那就是封建社会，不管英国的封建制如何如何。

苏联学者根据历史唯物主义来研究印度历史分期问题，应该说是有成绩的。但是他们之间的意见也十分分歧。就拿印度历史上封建制起源的问题来说吧，有的人说是在公元前二、三世纪，有的人竟推迟到公元后六、七世纪。[7]学术上有不同意见，这本是很自然的事情。但是，有着后一种看法的学者，他们的理论根据据说是欧洲历史的发展。欧洲的封建社会是在公元后五、六世纪开始的，是在蛮族入侵之后。白匈奴是在公元后五世纪入侵印度，印度封建社会的开始就只能在六、七世纪。回想苏联学者对中国封建主义开始的问题发表的某一些议论，他们说中国到了两汉三国时期还是奴隶社会，结合我们今天大家公认的春秋时期是中国社会从奴隶制到封建制过渡的时期，我们不会哑然失笑吗？我看，苏联学者（不是所有的）对印度封建制开始时期的意见，同对中国历史发展的意见如出一辙，这是值得我们深思的。

那么，印度封建社会究竟起源于什么时候呢？这是一个大问题，也是国际上有争论的一个问题。我现在在这里做一些初步的探讨。我想先指出一个事实。研究印度历史的学者，不管抱的是什么观点，几乎都一致承认，公元前五、六世纪在印度历史上是一个激烈变动的时期。外来的雅利安人已经定居在恒河阎牟那河之间所谓“中国”的地方。新开垦的土地突增，铁犁广泛使用，这是生产工具方面的一次大革命。农业的重要性因之大增，畜牧业则相对减少。人口激增。商品生产扩大，商人的地位提高。大城市一个接一个出现，规模比较大的国家建立起来了。这些新兴的国家互相攻伐，整个局面是翻腾震荡。反映到上层建筑意识形态方面，则是异说蜂出，百家争鸣。佛教和耆那教两个对后世有影响的宗教都产生于此时。所有这一切都同中国的春秋时期（公元前 770 – 前 476）十分相似。而春秋时期正是现在学者们一般公认是中国奴隶社会向封建社会过渡的时期。因此，我认为，印度在公元前五、六世纪在经济基础和上层建筑方面的激烈的变动，也说明生产方式开始改变，社会性质开始改变，具体地说就是，印度奴隶社会开始向封建社会过渡。[8]

怎样来证明这个看法呢？方面当然是很多的。生产力和生产关系，经济基础和上层建筑，所有这些方面都可以证明。如果我们能做到这一步，那当然是无可非议的。但是，中国唐代伟大诗人杜甫有两句诗："射人先射马，擒贼先擒王。"如果我们能够抓住"马"和"王"，那么问题即可迎刃而解，岂不是事半功倍的办法吗？

在这里，我觉得，"马"和"王"就是土地私有制存在与否和何时何地产生的问题。因为有了土地私有制，才能产生出农民和地主，而农民和地主的矛盾正是封建社会的主要矛盾。

恩格斯指出："一切文明民族都是从土地公有制开始的。在已经经历了一定的原始阶段的一切民族那里，这种公有制在农业的发展进程中变成生产的桎梏。它被废除，被否定，经过了或短或长的中间阶段之后转变为私有制。"[9]他又指出："私有财产在历史上的出现，决不是掠夺和暴力的结果。相反地，在一切文明民族的古代的自发的公社中，私有财产已经存在了，虽然只限于某几种物品。早在这种公社的内部，最初是在同外地人进行交换时，它就发展成商品的形式。公社的产品愈是采取商品的形式，就是说，产品中为自己消费的部分愈小，为交换目的而生产的部分愈大，在公社内部，原始的自发的分工被交换排挤得愈多，公社各个社员的财产状况就愈加不平等，旧的土地公有制就被埋葬得愈深，公社也就愈加迅速地瓦解为小农的乡村。”[10]恩格斯在这里讲的是“一切文明民族”，中国和印度当然包括在内。他讲到商品生产破坏土地公有制的必然性，这也应当适用于中国和印度，尽管这两个国家各有自己的特点。恩格斯在《自然辩证法》中又指出：“剩余的可用土地用尽了，公有制也就衰落了。”[11]这同样也适用于中国和印度。

当然，恩格斯在这里并没有讲到封建社会起源于土地私有制。在欧洲，这样提法也许是不恰当的。但是，根据中国历史发展的情况，我们有理由把这二者联系起来。在奴隶社会中，中国也是土地公有制，“井田制”就是当时主导的土地所有制形式。劳动形式是“千耦其耘”和“十千维耦”的集体劳动。生产工具的变革，牛耕的推广，使耕地面积急剧增加，私田大量出现。私有土地的出现，带来了封建的依附关系。分散的、个体的、以一家一户为生产单位的农业经济就形成了我国封建经济的重要特点之一。[12]我在这里还想根据上面引用的恩格斯的说法再加一点，这就是，商品生产的发展也促进了土地公有制的解体。

中国历史发展的情况就是这样。中印两国在社会发展方面有许多共同和类似之处。我现在就来探讨一下印度历史上土地私有制的起源和发展的问题，从而论证印度封建社会起源的时间和地点。

印度古代有没有土地私有制呢？这在印度国内外一直是一个争论不休的问题。[13]马克思和恩格斯在早年曾主张印度古代没有土地私有制。1853年6月2日马克思致恩格斯信中说：“贝尔尼埃完全正确地看到，东方（他指的是土耳其、波斯、印度斯坦）一切现象的基础是不存在土地私有制。这甚至是了解东方天国的一把真正的钥匙。”[14]同年6月6日恩格斯致马克思信中说：“不存在土地私有制，的确是了解整个东方的一把钥匙。”[15]但是，马克思在几天后致恩格斯的信中（1853年6月14日）就做了纠正或补充：“至于所有制问题，这在研究印度的英国作者中是一个引起激烈争论的问题。在克里什纳以南的同外界隔绝的山区，似乎确实存在土地私有制。”[18]在他们后期的著作中，他们没有再提起这个问题。上面提到的都是他们早期的看法。在1879—1880年间马克思所作的《科瓦列夫斯基〈公社土地占有制，其解体的原因、进程和结果〉一书摘要》中，他承认古代印度有土地私有制。

在印度本国，对于土地所有制二千年来一直有不同的看法。那一大堆法论都各有各的说法。归纳起来，不外两种：一种承认有土地私有制，一种否认有土地私有制，认为国王才是土地的所有者，同中国古代的“普天之下，莫非王土”相类似。英国殖民主义者侵入印度以后，他们采用了后一个看法。这是必然的，因为他们就以原来的“王”自居，他们从原来的“王”那里把所有的土地都继承下来了。一直到今天，对于这个问题，还是争而不决。少数几个力图用历史唯物主义观点来研究印度历史而且已经取得了成绩的历史学家，对于这个问题也是犹犹豫豫，说出了一些自相矛盾的意见。比如高善必，他是不承认印度古代有土地私有制的。但是在他所著的《印度史研究导论》中，有时候也承认有土地私有的现象。例如在第145页上，他举出了佛经中赫赫有名的居士给孤独长者（Anāthapiṇḍika），他为了从逝多（Jeta）王子手中买一座花园奉献给释迦牟尼，不惜用金币把整个园子的土地都盖满，用这样多的金币来购买那座花园。高善必不能不承认，这个例子说明，在印度古代土地是可以私有的。在第 215 页上，他讲到，城市和乡村中有钱有势的人物(paura-jānapada)用自己的钱来开垦荒地。他又讲到，《利论》3.9 提到出卖小块土地的事情。但是，他却说，这里根本不存在有地主制度的问题，“土地私有的概念是微弱的”。不管多么“微弱”，难道土地私有的概念不反映土地确实可以私有吗？除了高善必以外，还有《顺世外道》（*Lokāyata*）的作者查多帕底雅耶（D. Chattopadhyaya），情况也同高善必差不多。我在这里不再详细论述了。

我们究竟应该怎样来证明印度古代确实存在着土地私有制呢？传统的做法是到那一大堆法论中去搜寻证据，加以比较，然后做出结论。但是，根据我自己的看法，那些法论是不完全靠得住的。里面的许多条文都是教条化了的东西，或者是主观想象出来的东西。同当时的真实情况不相符合，或者甚至南辕北辙。因此，我们现在决不能依靠法论，而应当到别的地方去找材料。材料最丰富的无过于佛经。我们现在就看一看佛经能够告诉我们一些什么。

我们先看汉译的佛经。

我们从一段神话[17]谈起。佛教相信，世间有无数的劫。每至劫尽，天地毁灭。毁灭之后，又再重生，连大梵天也不例外。天地初成时，众生都是化生，以欢喜为食，身光自照，神足飞空。没有男女尊卑上下的区别。后来地中涌出自然地味，犹如醍醐，味香如蜜。众生一吃，身体变粗。光明失去，不能飞空。互相评头论足，都说自己比别人漂亮。此时地味枯竭，又生地皮，状如薄饼，色味香洁。众生仍然互相评论。结果地皮消失，地肤出现。味道仍然香甜，但却粗厚起来了。后来又生出了自然粳米，无有糠桧，不用调和，备众美味。众生一吃，其身粗丑，有男女形。于是有了不净行，非盖房子不行了。最初生的自然粳米，朝收暮熟，暮收朝熟，连茎秆都没有。但是众生天天收取，感到疲劳。于是开始收取二日粮、三日粮、五日粮，总之是愈取愈多。此时粳米就变了样子，生了糠桧，长了枯秆，一收之后，即不再生。众生懊恼，“共封田宅，以分疆畔”。逐渐“自藏己米，盗他田谷”。被人捉住，棍杖加身。此时争讼增多，没有办法，他们互相商量说道：“我等今者宁可立一平等主，善护人民，赏善罚恶。我等众人各共减割以供给之。”[18]这情况一直持续到这部佛经写成的时刻。

从表面上来看，这完全是篇神话。但是，它就没有反映一点真实情况吗？我觉得，它反映的情况是值得我们认真加以分析研究的。所谓“共封田宅，以分疆畔”，难道指的不是土地私有制的开始吗？所谓“平等主”，难道指的不是酋长或国王吗？因此，这一段看似神话的东西，实际上隐隐约约地反映了人类社会从原始公社公田制进步到土地私有制，出现了国家、出现了国王的进程。对我们来说，最重要的一点是，它提到了土地私有制。如果认为“共封田宅，以分疆畔”这两句话还不够清楚的话，那么我们就再从别的佛经里引用一段与这两句话相当的译文“我等今时宜应普以一切地界均布分擘，各为齐限。‘此是汝地界，此是我地界’。”[19]这里明确不过地提出了把公田化为私田的情况。所谓印度古代没有土地私有制的说法是站不住脚的。

现在我们再来看汉译佛经中一些有关田地的论述。我先把原文引在下面：

1.《长阿含经》卷第十四，《梵动经》：

（沙门瞿昙）不畜田宅，种殖五谷。[20]

2.《长阿含经》卷第十七，《露遮经》：

犹如有人舍己禾稼，锄他田苗。[21]

3.《佛般泥洹经》卷上：

生者多忧，忧父母、兄弟、妻子、亲属、奴婢、知识、畜生、田宅。[22]

4.《大楼炭经》卷第六：

当共分地，作畔界。[23]

5.《起世经》卷第十：

我等诸人，各有田畔。[24]

6.《起世因本经》卷第十：

我等今者宜应分疆，结作界畔。[25]

7.《中阿含经》卷第七，《分别圣谛经》：

若有爱妻子、奴婢、给使、眷属、田地、屋宅、店肆、出息、财物。[26]

8.《中阿含经》卷第八，《未曾有法经》：

我闻世尊一时在父白净王家，昼监田作。[27]

9.《中阿含经》卷第十九，《迦缔那经》：

我离受田业、店肆，断受田业、店肆，我于受田业、店肆净除其心。[28]

10.《中阿含经》卷第二十，《支离弥梨经》：

“犹若如牛，入他田中。[29]

11.《中阿含经》卷第二十五，《念经》：

牧牛儿放牛野泽，牛入他田。[30]

12.《中阿含经》卷第二十九，《瞻波经》：

犹如居士有良稻田，或有麦田。[31]

13.《中阿含经》卷第三十九，《婆罗婆堂经》：

于是众生等造作田种，竖立标牓。[32]

14.《中阿含经》卷第五十一，《阿湿贝经》：

尔时迦罗赖中有二比丘，一名阿湿贝，二名弗那婆修，旧土地主、寺主、宗主。[33]

15.《中阿含经》卷第五十九，《鞞诃提经》：

若村输租，阿难！法应受者，我村输租，为法布施。[34]

16.《增一阿含经》卷第二十七：

女人有五力轻慢夫主。云何为五？一者色力，二者亲族之力，三者田业之力，四者儿力，五者自守力。[35]

17.《增一阿含经》卷第二十七：

我亦无男女、田业及财宝。[36]

上面只是随便举出来的一些例子，这类的例子还多得很，不一一列举了。我们从这些例子里可以看到，田宅、田业、田地同妻子、奴婢、畜生等相提并论，不是私有的东西，又是什么呢？除了第 8 和第 15 中提到的可能是王田外，所有其余的例子都看不出任何公有制的痕迹。这一点是很值得我们注意的。我觉得，这些材料是能反映真实情况的。佛经同法论不一样，它不是讲教条，而是讲活生生的事实。当然，这些材料也不可能完全都是释迦牟尼生时的情况。最早的佛经写作时间可能晚于释迦牟尼一二百年，但其中反映的情况至少有一部分释迦牟尼生时已经存在。我们要重视佛经中的这些材料，其价值远远超过那一堆法论。

至于收取地租和分配、使用这些地租的情况，佛经也提供了一些资料。《中阿含经》卷第十五，《三十喻经》说："犹如王及大臣有诸国邑，四种租税：一分供王及给王后、宫中婇女。二分供给太子、群臣。三分供国一切民人。四分供给沙门、梵志。"[37]所谓"王及大臣"都是大地主头子。他们从农民那里搜刮了地租，供他们自己和嫔妃、仆从们挥霍。至于究竟搜刮多少，法论的说法也不一致，大体上说是收获粮食的六分之一。唐朝玄奘所著的《大唐西域记》卷第二中对印度的赋税也有记载："王田之内，大分为四：一充国用，祭祀粢盛；二以封建辅佐宰臣；三赏聪叡硕学高才；四树福田，给诸异道。所以赋敛轻薄，傜税俭省，各安世业，俱佃口分。假种王田，六税其一。"这同《中阿含经》的说法，几乎完全是一致的，二者可以互相印证。

汉译佛经，除了提到私有田地外，还常常提到"梵封"

或者“梵分”。这个词儿很可能是从巴利文译过来的，原文是 brahmadeyya。梵文中没有相当的字。梵文 agrahāra，屡见于《摩诃婆罗多》中，意思是“赠给婆罗门的田地或村庄”，与“梵封”或“梵分”不完全一样。我现在先把有关的地方引在下面：

1.《长阿含经》卷第六，《转轮圣王修行经》：

当立太子，领四天下。别封一邑与下发师，命下须发，服法衣，出京修道。[38]

2.《长阿含经》卷第七，《弊宿经》:

此村丰乐，民人众多，树木繁茂。波斯匿王别封此村与婆罗门弊宿，以为梵分。[39]

3.《长阿含经》卷第七，《弊宿经》：

我所封村人有作贼者。[40]

4.《长阿含经》卷第十三，《阿摩昼经》：

其村丰乐，人民炽盛。波斯匿王即封此村与沸伽罗娑罗婆罗门， 以为梵分。”[41]

5.《长阿含经》卷第十三 ,《阿魔昼经》：

我受他封，若礼拜者，则失封邑。[42]

6.《长阿含经》卷第十五，《种德经》：

其城人民众多，炽盛丰乐。波斯匿王即封此城与种德婆罗门，以为梵分。[43]

7.《长阿含经》卷第十五 ,《究罗檀头经》：

其村丰乐，人民炽盛。园观洁池，树木清凉。波斯匿王即封此村与究罗檀头婆罗门，以为梵分。[44]

8.《长阿含经》卷第十六,《三明经》:

（佛）诣伊车能伽罗俱萨罗婆罗门村。[45]

9.《长阿含经》卷第十七,《露遮经》:

其村丰乐，人民炽盛。波斯匿王即封此村与婆罗门，以为梵分。[46]

10.《中阿含经》卷第十六,《蜱肆经》:

尔时斯惒提中有王名蜱肆。极大丰乐，资财无量。畜牧产业， 不可称计。封户食邑，种种具足。[47]

11.《中阿含经》卷第二十三,《知法经》:

犹人不富，自称说富；亦无国封，说有国封。[48]

12.《中阿含经》卷第三十三,《释问经》:

极大富乐，资财无量。畜牧产业，不可称计。[49]

13.《中阿含经》卷第四十一,《梵摩经》:

尔时弥萨罗有梵志，名曰梵摩。极大富乐，资财无量。畜牧产业，不可称计。封户食邑，种种具足。[50]

上面也只是随便举出来的一些例子，这类的例子也还多得很，不一一列举了。我们从这些例子里可以看到，第一, 乡村和城市（6）都可以做为“梵分”封赐臣下；第二，“梵分”是可以丢掉的（5）; 第三，受“梵分”的人几乎都是婆罗门；第四，封赐“梵分”的国王提到名的只有波斯匿王（梵文是 Prasenajit, 巴利文是 Pasenadi）, 他是憍萨罗国王。关于这一点，我们必须注意：这只是一个偶然的事情。这并不说明，只有憍萨罗国才实行“梵分”。

“梵分”究竟是什么性质呢？这同土地所有制一样，自古以来就是有争论的。有的人说，“梵分”并没有把土地所有权赐给接受者，接受者得到的只是免缴地租的权利，也就是得到本来应该由国王得到的那一份收益。有的人说，情况不是这样子。有的国王在封赠土地的时候，明确声明，把土地连同八个“享受”(梵文 bhoga) 一并赐给臣下。这八个“享受”是：一、在隐蔽处（比如地下）发现之无主的金银财宝；二、在田地上贮存的东西；三、水；四、石头和矿藏；五、与土地和矿藏相联系的特权；六、将来的收益；七、已经耕种的东西；八、将来可能开垦的荒地。现在的印度法庭认为，这八个“享受”表明把土地所有权赠给了土地接受者。如果没有提这八个“享受”，那么接受者得到的只是国王应得的那一份赋税。[51] 从我们上面的引文中，我们看不出是否有这八个“享受”，因而也就无从论证接受“梵分”者是否就把这个“梵分”看做是自己的私有土地。估计这两种情况都会有的，换句话说，也就是，有一些“梵分”是私有的土地。

我们在上面引用了一些汉译佛经中的材料。据有些学者的意见，这些佛经的一部分是从巴利文译过来的。这些巴利文原本现在都保存了下来。如果有兴趣的话，根据巴利文原本也可以达到同样的目的。我们现在再从一部没有汉文译文的巴利文经典《本生经》中，选择一些有关的材料。这一部巴利文《本生经》，卷帙浩繁，内容丰富，共有五百多个故事，涉及人民生活的许多方面，对于释迦牟尼逝世后一二百年的印度社会的实际情况有极其生动细致的描绘。西欧和印度的一些学者已经利用《本生经》的材料，写出了一些分析当时印度社会的书籍，例如德国学者斐克（R.Fick）的《佛陀时代印度东北部社会组织》（*Die sociale Gliederung im nordöstlichen Indien zu Buddhas Zeit mit besonderer Rücksichtigung der Kastenfrage vornehml ich auf Grund der Jātaka dargcstellt*, Kiel 1897 年）和卢本（*W. Ruben*）的《古代印度社会中奴隶的处境》（*Die Lage der Sklaven in der altindischen Gesellschaft*,柏林1957年）等等，都有助于我们了解古代印度的社会情况。但是，因为这一部书规模巨大，限于篇幅，我们只能从中选取几个例子：

第 389 个故事　在摩揭陀国王舍城东面有一个婆罗门村，叫做娑林底耶（Sālindiya）。菩萨生于村中一个婆罗门农民家中。长大以后，他在村东北摩揭陀国一个县里定居，耕种田地一千迦哩娑（Karīsa）[52]。他常带着自己的人到田地里去干活。

这里讲的婆罗门村，汉译佛经中常常提到。“带着自己的人”，巴利原文是 manussehi saddhiṃ，意思不大清楚，可能指的是自己的儿子、奴隶或者分成农等等。反正土地是属于自己的，他自己看样子也参加劳动。

第 484 个故事　在摩揭陀国有一个婆罗门村，叫做娑林底耶。村中有一个婆罗门，种着一千迦哩娑的田地。他在地里种上了稻子。稻子熟了，他把田地分给自己的人看管，给一个人五十迦哩娑，给另一个人六十迦哩娑，一共分出去了五百迦哩娑。剩下的五百迦哩娑他雇了一个人来看管。这个人就盖了一座棚子，日夜住在里面，看管稻田。

这里讲到的仍然是那一个娑林底耶婆罗门村，看样子确有此村。这个婆罗门占有的田地也是一千迦哩娑。这可能是一个典型化了的数字，说明占有土地之广。这里面也讲到“自己的人”，指的也是自己的儿子、奴隶或分成农等等。

第540个故事 这个故事不见于本生故事中，而是楔子。内容是：有一个大商人，有钱财一亿八千万。他只生了一个儿子。这个儿子后来当了和尚，同时家境也穷了起来。种他的地的人，同他一起做生意的人，都席卷了手头有的东西，逃跑了。家里的奴隶也席卷了金子和其他首饰，逃跑了。老夫妇只好沿门托钵行乞。

我们暂时先引用上面三个故事。我们并没有引用故事的全部内容，只引用了其中有关的部分。故事情节虽然简单，但都能说明问题。它们明确地说明了，婆罗门中有大地主；大地主的商人住在城里，在城外有自己的田地。这里一丝一毫也看不到土地公有制的痕迹，这些土地都是私有的，同汉译佛经中所反映的情况完全一致。我并不是说，印度古代没有土地公有制；我只是想证明，说印度古代没有土地私有制，是与事实相违的。印度古代既有“王田”，有村社土地公有制，也有私人占有的土地，就是说，也有地主。

那么，这些地主究竟是些什么人呢？作为封建社会主要矛盾的一个方面的地主阶级是怎样形成的呢？《摩诃婆罗多》、《罗摩衍那》和其他一些古典梵文作品有时提到一类人，梵文叫做 paura-jānapada。从字面上来看，paura 意思是“城市里的人”，jānapada 意思是“乡村里的人”。但是，实际上这两个字的涵义并不这样宽泛。paura 指的是商人、僧侣（婆罗门）和武士（刹帝利）中住在城里的那一部分人。国王依靠刹帝利为自己收取租税，允许他们携带武器。商人和僧侣同武士联合起来，形成了城市中有钱有势的集团。 jānapada 是指住在乡村里的有钱有势的头面人物。政府中的大臣必须从他们中间挑选[53]。总之，所谓 Paura-jānapada 不是一般的老百姓，而是特权阶层。汉译佛经中讲到的那些获得“梵分”或“梵封”的人，可能就出于这个阶层。他们中间有的就成了地主。巴利文《本生经》中讲到的大商人和婆罗门，显然也出于这个阶层。他们也成了地主。他们中间有的人还使用自己的财力到城外荒地上去垦荒。然后再雇用分成农（ardhasītika）为他们耕种。这些人被描写为 svavīryopajīvinaḥ，意思是“依靠自己的力量来生活的人”，换句话说，就是出卖自己的劳动力。另外，这些人还被称做 śudrakarṣaka, 意思是“首陀罗耕种者”，这说明了他们的种姓来源。总之，这些人就形成了封建社会的主要矛盾的另一个方面。地主是靠剥削这些人“剩余”农产品来养活自己的。一个是剥削者，一个是被剥削者。Paura-jānapada 和 śudrakarṣaka 的矛盾是当时印度社会的主要矛盾。

在《罗摩衍那》里，paura-jānapada 也是重要的人物。在第二篇《阿踰陀篇》里面，十车王想立罗摩为太子，继承王位，他就请“住在城里的人”（nagaravāstavya）和“住在乡村里的人"（jānapada）来商量（2.1.35）。“住在城里的人”，在《罗摩衍那》里有不同的说法：purālaya（2.1.37），paura（2.3.32），paurajana（2.6.10），pauravāsin（2.6.19），nāgara（2.32.16）

等等。2.2.31 paurajānapada 连用，后边又加上了一个字 janaḥ（人）。总之，在决定国家大事的时候，paura-jānapada 总被邀请来参加讨论，可见其地位之重要。这些人开垦了荒地，或者通过其他方式占有了土地，就变成了地主。当罗摩、悉多和罗什曼那自愿流放时，住在城里的人就七嘴八舌在街上议论：

让我们丢掉自己的花园，
丢掉自己的田地和住房；
跟随着那个虔诚的罗摩，
同他一起把患难和安乐分享。（2.30.16）

住在城里而有田地，不是地主又是什么呢？

但是，为什么有的外国旅行家认为情况不是这样子呢？公元前四世纪末，希腊亚历山大留在西亚当国王的大将塞留古（Seleukos）派了一个使臣名叫麦伽塞因斯（Megasthenes）到印度孔雀王朝月护（Candragupta）大王的朝廷上来。麦伽塞因斯在波吒厘子城（Pāṭaliputra，今波特拿）呆了一些年，亲眼看到了印度社会的实际情况。他的去留年代都无法确定。他写的游记也已佚失，只留下了一些断简残篇。他说，在当时印度谁也不能占有土地，农民除了向国王缴纳地租外，还要缴产品的四分之一[54]。我们应该怎样理解这段话呢？我想再借用中国的例子来解释一下。中国古代有土地私有制，这已经是大家公认的事实。但是，《诗经》上却有两句众所周知的诗："溥（普）天之下，莫非王土。"如果我们死板地相信这两句诗，那就会被引入歧途，看不到事实的真象。印度是不是也有类似的情况呢？麦伽塞因斯所说不许任何人占有土地，可能只是一种理论，只是国王方面的主观的愿望，事实上却是行不通的。我现在在这里先提出这样一个假设，以后有机会再进行深入的探讨。

上面我从印度古代有土地私有制说到当时的社会性质，从经济基础方面说明了，印度从公元前五、六世纪开始，也就是从释迦牟尼和大雄的时代开始，已经进入从奴隶社会向封建社会过渡的时期。公元前三世纪的阿育王是印度历史上第一个创建了一个大帝国的国王。据许多历史学家的意见（比如英国历史学家斯密士〔V.A. Smith〕，《阿育王》〔*Aśoka*〕，牛津大学，1920 年，第 96 页），阿育王的国家主要收入是地租。他征服了羯陵迦（Kaliṅga）之后，不是把俘虏转成奴隶，而是让他们在王田中干活。可见到了阿育王时代，印度已经完全形成封建社会。从上面引用的那些例子可以看出，封建社会的萌芽可能首先出现于北印度摩揭陀国。这地方有大片的原始森林。一直到唐代玄奘到印度去的时候，原始森林依然存在。换句话说，焚烧森林，开垦荒地，在这里是比较容易的。paura-jānapada 变成地主也就比较容易。有了地主，同时也就有了地主的对立面：农奴，当时叫做“首陀罗耕种者”。封建社会的生产方式从此就产生出来了。

我在下面再从上层建筑，特别是道德论方面论证一下当时的社会性质。我在这里想着重引用《罗摩衍那》里的材料。我先把《罗摩衍那》里有关道德教条的一些诗章择其最典型者写在下面，

(一)父子关系(父子有亲,父为子纲)

人们都应该看到,
父亲是自己的本源;
如果这个神仙不存在,
你怎么能来到人间? (2.16.15)

孝顺自己的父亲,
照父亲的话办事,
再也不会有任何,
比这高的道德品质。 (2.16.48)

父亲的名字叫蓬(puṃ),
儿子从地狱里救他,
或者儿子保护(trā)父亲,
这儿子就叫普特拉(putra)。 (2.99.12)

即使月亮失去自己的光辉,
即使白雪都融化在雪山,
即使大海把堤岸来冲决,
我也不会背弃给父亲的诺言。(2.104.18)

类似这样的诗章还多得很,这里不再引用。还有一些诗句,比如“我的父亲就是真理”(2.19.7);“父亲是永恒的达磨”

（2.21.10）；“为了孝父，可以把母杀”（2.18.29）等等，也还多得很，这里也不再引用。至于对普特拉的解释，那同中国古代的“妻者，齐也”，是一路货色，属于所谓群众词源学之例，我们不去追究。

（二）君臣关系（君臣有义，君为臣纲）

在一个没有国王的国家里，
一把种子也不会发芽；
没有国王，儿子违抗父亲，
妻子也不听丈夫的话。　　　　（2.61.9）

没有国王，就没有钱财，
没有国王，妻不安于室，
没有国王，哪里有其理？
还有其他不愉快的事。　　　　（2.61.10）

紧接着下面几首诗，从2.61.11到2.61.15，都是一个调子，没有国王，就不会盖花园神庙，就没有祭祀，优伶就不歌舞，讲故事的人就不讲故事，情人就不到山林里去游逛。总之，没有国王，仿佛就要天塌地陷，简直是不得了。

就像是一条没有水的河，
又像是一片没有草的草原，
也像是一群没有牧人的牛，

没有国王的国家就是这般。　　（2.61.20）

（三）夫妇关系（夫妇有别，夫为妻纲）

女子的第一条路是丈夫，
第二条路是自己的儿子，
第三条路是那一些亲属，
国王呀！第四条不为人知。　　（2.55.18）

皇后呀！那一些女子们，
不管丈夫是好人还是坏蛋，
只要她们把达磨来遵守，
丈夫就是现世的活神仙。　　（2.56.5）

不管住在城中还是山林，
不管丈夫是罪人还是歹徒，
妇女们只要把丈夫来热爱，
她们的世界就非常幸福。　　（2.109.23）

即使丈夫邪恶淫佚，
即使他没有什么钱财，
品质高贵的妇女们，
都把他当最高神灵看待。　　（2.109.24）

类似这样的诗章，简直俯拾即是。有一些同中国古代的三从四德如出一辙，比如十车王长后憍萨厘雅对婆罗多说：

国王十车王已经逝世，
今天你是我们唯一主子。　　（2.81.9）

整个《罗摩衍那》，如果说有一个主题思想的话，那就是悉多对罗摩的无限的爱情、顺从与忠诚。有了这样一个主题思想，再引用其他诗章，就似乎完全没有必要了。

（四）兄弟关系（长幼有序）

不管是患难，还是安乐，
纯洁者！这都是你的道路，
世界上好人的达磨就是，
弟弟要听从哥哥的吩咐。　　（2.35.6）

哎呀！罗什曼那呀！
你哥哥永远说话和气；
你将服事这神仙般的人，
你已经达到你的目的。　　（2.35.22）

哥哥是我的父亲和亲属，
我是那个聪明人的奴隶，
罗摩做事总是不知疲倦，

请赶快报告他我的信息。　　（2.66.26）

对知法的贵人来说，
长兄就是他的父亲；
我要拥抱他的双脚，
他现在是我的保护人。　　（2.26.27）

儿子们怎么能杀死父亲？
不管遇到什么样的不幸！
兄弟怎么能杀死兄弟？
罗什曼那！兄弟他是自己的性命。　　（2.91.6）

如果再在《罗摩衍那》里找一个主题思想的话，那就是罗什曼那和婆罗多对罗摩所尽的悌道。全书渲染这方面的诗章，也是多得不可胜数。这种通过艺术加工所表现的兄弟之情，在漫长的印度历史上，不知道打动了多少人的心。我在这里也就不再征引这方面的诗章了。

（五）朋友关系（朋友有信）

于是他们这两个朋友，
围绕着火向右转行，
须羯哩婆和罗摩，
就这样结成了友情。　　（4.5.16）

你得到了王国和名声，
家族的光荣与日俱增，
剩下的事是争取朋友，
你现在就应该去进行。　　　　（4.28.9）

谁要是替朋友办事，
可是竟错过了时间；
即使他获得巨大财富，
也不是为自己朋友去干。　　　（4.28.13）

朋友是容易交的，
保持友谊却很难，
小事也能破坏友谊，
因为人的心易变。　　（4.31.7）

蚁垤在《罗摩衍那》里着意描绘了罗摩与须羯哩婆之间、罗摩与俱诃之间的真挚的友谊，这也同样撩拨了千百万人的心弦。上面引用的这几首诗不过只是全豹之一斑、神龙之一爪而已。

《罗摩衍那》里面的道德教条当然不限于以上这一些，这些只不过是有些典型意义罢了。这些道德教条说明了一些什么问题呢？恩格斯说："一切已往的道德论归根到底都是当时的社会经济状况的产物。而社会直到现在还是在阶级对立中运动的，所以道德始终是阶级的道德。"（《反杜林论》第一编，九）

列宁也指出："我们摈弃从超人类和超阶级的概念中引来的这一切道德。"(《青年团的任务》)所有《罗摩衍那》里的这些道德教条都有其一定的阶级内容，这是毫无疑义的。

但是，这些教条代表了哪个阶级的利益呢？是奴隶主阶级，还是封建主阶级？我们在这里遇到了一些困难。从一般历史发展规律来看，封建制从奴隶制承袭下来的东西，比资本主义从封建制承袭下来的东西要多得多。恩格斯还讲到："这三种道德论（按指封建贵族、资产阶级和无产阶级——引者）代表同一历史发展的三个不同阶段，所以有共同的历史背景，正因为这样，就必然具有许多共同之处。"（同上）奴隶主和封建主都是剥削阶级，他们的道德教条都必然代表剥削阶级的利益，因而就必然有许多共同之处。要想仔细区分哪些是维护奴隶主阶级的统治的道德教条，哪些是维护封建主阶级的统治的道德教条，就非常困难了。我们现在面对着上面引用的《罗摩衍那》里的这些道德教条，就碰到了这样的困难。

有比较才能鉴别。我现在就先把中国从奴隶制时期到封建时期道德论的发展来分析一下，然后再同印度的相比较。在中国，从已经建成奴隶制的殷商时代起，一些宗教的、伦理的思想已经产生，比如上帝（天）的观念等等。

"礼"字和"德"字也已出现，"孝"的思想开始萌芽。从那以后，在中国几千年的政治和思想史上，"孝"字始终占着很重要的地位。到了西周，由于生产力的发展，奴隶制达到最高点转趋衰弱。周朝的统治者不但继承了殷商的许多道德教条，而且加以发展。春秋时期，社会矛盾激化，封建的生产方式正在萌芽，在这社会大动荡中，许多人对历来的上帝（天）也产生了动摇，甚至抱怨诅咒。德、礼和孝的思想也都动摇了。有的人不孝父母，甚至弑父篡位。所有这一切当然都是经济基础方面的矛盾在上层建筑意识形态上的反映。生在这个时期的孔丘（公元前551—前479），是没落奴隶主贵族的代表。他处心积虑要“克己复礼”，也就是恢复奴隶制。他提出了一系列的道德教条，中心思想是“仁”，而“孝”、“悌”又是“仁”之本。他提出了一套比较完整的君君、臣臣、父父、子子的伦理规范，目的是维系奴隶主贵族的统治和男性家长制家庭。孟轲（约公元前389—前304）进一步发挥和扩大了仁义的涵义，目的也同孔丘一样，是想复辟奴隶制。到了汉朝的董仲舒（公元前179—前104）提出了天人合一的思想，企图把神权和君权合一起来。他说什么：“君臣、父子、夫妇之义，皆取之阴阳之道。”“是故仁义制度之数，尽取之天。”“王道之三纲，可求于天。”他又把仁义礼智信所谓五常同五行比附。他强调提出了“天不变，道亦不变”的形而上学观点。董仲舒在这里想维护的是封建制，他的君是封建地主的总头子。孔丘和孟轲想维护的是奴隶制，他们的君是奴隶主阶级的总头子。实际上他们是风马牛不相及的，甚至是水火不相容的。但是，从字面上看起来，他们都主张君臣父子夫妇那一套。都大讲什么仁义。他们之间的区别究竟在什么地方呢？首先，显而易见的一点就是，这些道德教条、伦理思想，越来越复杂，越来越趋于系统化，从孔丘、孟轲到董仲舒，《白虎通》尤为明显。以前只是一些个别的概念，到了汉朝，仿佛都给排了队，编了号。什么三纲，什么五常（有两种解释），又是什么三从，什么四德。从那以后，一直到半封建半殖民地社会，这一群三四五，说在嘴上，记在心里，深入人心，老幼皆知，真仿佛是万古不变的道德教条了。

写到这里，我们就可以拿来同《罗摩衍那》里面的道德教条比一比了。《罗摩衍那》确实没有犯三字病、四字病、五字病。但是，这些病的内容，它几乎全都有的，只是还没有排上队，编上号而已。我在上面列举《罗摩衍那》中的道德教条的时候，是有意地把它们五字化，按中国五常的顺序排列下来的。你看不是恰恰合适吗？这就说明，从中印两国道德教条发展史的规律来看，《罗摩衍那》中的伦理思想已经超过了奴隶制，它代表的是封建道德。

我还想从另一个角度来分析一下这个问题。我想分析几个伦理概念。首先是孝。我在上面已经谈到，殷商时代孝的思想已经萌芽。到了春秋时代，这思想淡薄了，甚至动摇了。蔡国太子般弑父景侯自立。楚国太子商臣用武力逼父亲成王自杀。在动手之前，他的老师潘崇公然劝诱他杀死父亲。到了孔丘又大力提倡孝道，他那核心思想仁里面就包含着孝，而且是“仁之本”。他还说什么：“三年无改于父之道，可谓孝矣。”意思就是让儿子决不能超过老子，让人类停步不前，甚至倒退。孔丘为什么这样大声疾呼提倡孝呢？当然是为他那“克己复礼”的政治纲领服务。同时大概也因为当时社会上有不孝的风气，才惊动了这位“圣人”。到了封建制建成以后，在中国几千年的历史上，几乎所有封建帝王都强调一个“孝”字，有的甚至扯出“以孝治天下”的破旗。但是弑父自立的帝王也并不是没有，隋炀帝杨广就是最著名的一个。

“孝”在印度怎样呢？奥义书记载，钵罗陀哩昙那（Pratardana）说，对一个神秘主义者来说，弑父弑母都不算犯罪。与孔丘同时的释迦牟尼竟然对弑父自立的未生怨王加以安慰，还送他一张天国的入门券。被释迦牟尼恶毒咒骂攻击的所谓“外道六师”之一阿浮陀翅舍金披罗（Ajita Kesakambala），在对待未生怨王的问题上，却同佛祖是一帮，他也劝慰未生怨王，说什么杀了老子不算犯罪。当时和以后的很长时间内，大概弑父篡位已经成了风气，国王个个都提心吊胆，防备自己的儿子。连那部有名的《利论》里也不得不专列一章，讲授老子防备儿子的种种措施。可见人心真有点“不古”了。在《罗摩衍那》里，我们看到的却是另一幅图景。在这里，十车王的四个儿子，除了那个思想有点“反动”的罗什曼那以外，个个都是孝子。罗摩当然更是孝子的典型，拿到中国来，至少也可以得到圣贤们的称赞，说不定被列为二十五孝。从孝的概念的发展来看，《罗摩衍那》已经超过了那个混乱动摇的阶段，也就是超过了释迦牟尼的时代。

再谈一谈“贞”。这个概念在中国起源颇晚。《易经》说：“女子贞不字”，意思是不嫁曰贞。后来逐渐转变为不失节曰贞。一直到孔丘时代，并不怎样提倡贞节。中国的这一位“圣人”并没有想到立贞节牌坊。传说孔丘三世出妻，就是三辈子休老婆，他大概认为女人嫁两个汉子也是无所谓的。这一点真让他后来的那些道貌岸然的徒子徒孙们啼笑皆非，十分尴尬。孟轲虽然提出了“男女授受不亲”，但当时并没有多少人关心男女之大防。到了汉朝，刘向作《列女传》(不是《烈女传》)，在七目之中，贞顺只居其一。在所谓正史的二十四史中，也可以看出同样的现象。司马迁的《史记》和班固的《汉书》连《列女传》都没有。一直到范晔的《后汉书》才开始有《列女传》，其中有孝女曹娥、蔡邕的女儿蔡琰等，可见并不强调贞节。魏徵的《隋书》、李延寿的《北史》、刘昫的《唐书》，都有《列女传》，内容同《后汉书》差不多。到了脱脱等纂修的《宋史》，《列女传》的内容开始有了显著的改变，这里面有许多节妇、烈妇。同书中还有《道学传》，这是以前任何史书所没有的。节妇、烈妇与道学共处，难道是偶然的巧合吗？决不是。大力提倡贞节的正是宋朝的那些道学先生。共处的现象不过透露了他们间的密切联系而已。宋朝可以说是中国长期的封建统治由盛转衰的时期。这时候衷心维护封建道德的那一些道学腐儒对贞节特别敏感。想残酷地牺牲妇女以便巩固封建统治，是他们的一种虚弱的表现，垂死的挣扎。明清的道学家更迂腐得可笑，有的人居然画出什么男女分居图，连一个家庭的男女都要讲什么授受不亲，简直到了神经失常的地步。清朝的古文大家方苞是全心全意维护封建道德的人，集子里充满了节妇孝女的传。但是，他对这个问题的观察却是正确的。他写道："盖自周以前，妇人不以改嫁为非，男子亦不以再嫁者为耻。""尝考正史及天下郡县志，妇人守节死义者，秦周前，可指计。自汉及唐亦寥寥焉。北宋以降，则悉数之不可更仆矣。盖夫妇之义至程子然后大明。"(《方望溪先生全集·岩镇曹氏女妇贞烈传序》)这里所谓"程子"，就是指的那一位程颐，他首先提出"饿死事极小，失节事极大"

的谬论。这两句话长期支配中国道学家的心，不知道有多少妇女做了它的牺牲品。

现在我们再来同印度比较一下。中国同印度情况不同，不能完全生搬硬套。但从整个社会发展来看，两国有许多相同或相似之处。在伦理思想的发展方面，也必然有一些有规律性的东西，也就是两国共同的东西。我觉得贞就是其中之一。《罗摩衍那》是大力提倡“贞”字的。第二篇至第六篇中，蚁垤已经加心加意描写悉多在罗刹王宫中的贞操。在消灭了魔王、罗摩夫妇相会时，还把火神拉了出来，让悉多投火自明，终于被火神托出，从而在大庭广众间证明了她的贞洁，然后是破镜重圆。到了第一篇和第七篇这公认是晚出的两篇，作者对贞的要求更进了一步。悉多虽然证明了自己是贞洁的，但仍然不行。罗摩还是把已经怀了孕的悉多遗弃了，残酷到不近人情的程度，终于落得了一个大悲剧。由此可见，《罗摩衍那》关于贞节的要求决不是奴隶社会的东西。

把上面关于孝与贞，也就是父子关系和夫妇关系的伦理教条合起来看一看，我觉得，我们可以下这样一个结论：《罗摩衍那》的道德论是封建社会的道德论。它的目的是为了维护和巩固封建统治，维护和巩固封建的男性家长制家庭。这同我们上面从分析中国道德教条和《罗摩衍那》里的道德教条，加以比较鉴别而得到的结论是完全相同的。《罗摩衍那》的道德论已经超过了奴隶制，它代表的是封建道德。当然，如果我们只根据道德论的发展就来确定社会性质，那未免有点武断片面。但是，我们除了道德论以外还有政治经济方面的资料，其中的一部分已经在上面加以分析研究，这里不一一叙述了。至于《罗摩衍那》

大力宣扬的、与贞的概念有些联系的一夫一妻制，也留待下面再谈，这里也不谈了。

我还想顺便谈一个问题，就是中国神和印度神的道德水平的比较研究。从《罗摩衍那》里以及印度其他书里可以看到，印度古代那些威灵显赫的大神，道德品质却是非常成问题的。那位天老爷因陀罗“乱搞男女关系”，被仙人诅咒，失掉了睾丸，后来从公羊身上取下睾丸，对付着装在自己身上。然而却照样当他的天老爷，好像人同神都没有提出抗议。其他一些神，如湿婆之类，也有一些风流韵事。那些所谓美丽非凡的天女，实际上成了天上的妓女。这一点同希腊有些相似，古代希腊那位天老爷宙斯也常沾惹些闲花野草，也曾惹起老伴的暴怒。反过来看一看中国古代的神，却个个道貌岸然，除了啃些冷猪头之类的祭品之外，没有什么规外行动。我们知道，古代的神不过是人间统治者的在天上的影子，奸淫嗜杀，一点也不奇怪。古代的印度人和希腊人，包括我们《罗摩衍那》作者在内，那样去描绘神，也是一点也不奇怪的。但是，难道中国的神就不是人间统治者的反映吗？或者，难道中国奴隶社会和封建社会的统治者就不奸淫嗜杀吗？为什么中国古代的神竟这样规规矩矩俨然像一个正人君子呢？这个问题我目前还得不到满意的回答，写在这里，供我们进一步研究与探讨。

五　与中国的关系

关于这个问题，上面已经涉及一些。现在再集中地深入地谈一谈。

首先，我要指出，中印两国人民的文化交流已经有了两千多年的历史。我们翻译了数量大得惊人的印度书籍，主要是佛经。我们用汉文、藏文、蒙文以及其他古代语言翻译了大量的佛经。宗教是人民的鸦片烟。佛教也不例外。但佛经里面却不全是鸦片烟，里面有大量印度古代人民创作的优秀的文学作品，比如童话、神话、寓言等等。里面有没有《罗摩衍那》呢？没有的。这原因也很简单。佛教和尚翻译佛经，是为了宣扬宗教，获取功德。印度教的《罗摩衍那》，他们相信是不会带给他们任何功德的。翻译了这部史诗，既不能成佛，也不能涅槃。因此，我们一直到今天还没有《罗摩衍那》的全译本。可是，在另一方面，中国译的佛经里面却在有些地方提到《罗摩衍那》的名字。它既然流行于印度人民中间，佛经想对它视而不见，也是不可能的。陈真谛译《婆薮槃豆法师传》说："法师托迹为狂痴人，往罽宾国。恒在大集中听法，而威仪乖失，言笑舛异。有时于集中论毗婆沙义，乃问《罗摩延传》，众人轻之。"马鸣菩萨造、后秦鸠摩罗什译的《大庄严论经》卷第五说："时聚落中多诸婆罗门，有亲近者为聚落主说《罗摩延书》，又《婆罗他书》，说阵战死者，命终生天。"唐玄奘译的《大毗婆沙》卷第四十六说到《逻摩衍拏书》，上面已经引过，这里不再重复了。还有一些佛经提到罗摩的名字，比如北凉昙无谶译的《佛所行赞》中就有一些地方提到罗摩，少数可能指的是另一个罗摩，但肯定有些地方指的就是十车王的儿子我们这个罗摩。

至于提到《罗摩衍那》里面的主要故事的佛经，我们上面在"四 所谓'原始的'《罗摩衍那》那一节里已经讲到，这里也不再重复。还有不少佛经，里面提到的不是罗摩的主要故事，而是一些类似插曲的故事。这种例子简直就多得出奇，无法一一列举。在这些故事里，出现最多的是讲十车王放逐儿子的前因、射死修道人儿子的故事。我在这里举几个例子。吴康僧会译的《六度集经》卷第五里的《睒道士本生》讲的就是这个故事。元魏吉迦夜共昙曜译的《杂宝藏经》二《王子以肉济父母缘》里有一个本生故事，主人公是睒摩迦，就是《六度集经》里的睒道士。不过在这里他已经成了释迦牟尼的前身了。符秦僧伽跋澄等译的《僧伽罗刹所集经》里睒施也是睒道士。失译的《佛说菩萨睒子经》，西晋圣坚译的《佛说睒子经》，乞伏秦圣坚译的《睒子经》，姚秦圣坚译的《睒子经》，都是同一个内容。玄奘《大唐西域记》卷第二也讲到这个故事。在汉译大藏经中，睒道士的故事还有一些，我们不一一列举了。

我在上面仅仅举了睒道士本生一个例子，汉译佛经里竟然有这样多不同的异本。《罗摩衍那》里还有许多别的插曲，在汉译佛典里都可以找到异本。《大唐西域记》也有不少《罗摩衍那》中的故事，比如鹿角仙人的故事等等。一个个去探讨研究，是没有必要的。最后，我还想举一个有趣的例子。刘宋求那跋陀罗译的《楞伽阿跋多罗宝经》，元魏菩提留支译的《入楞伽经》和唐实叉难陀译的《大乘入楞伽经》，是一部佛经的不同译本。在佛经里面，这一部经是颇有一点名气的。内容讲的是，释迦牟尼到楞伽城去拜访罗波那。这一位吃人不眨眼的十首魔王竟向佛顶礼膜拜，并且提出了一系列的问题。佛一一加以解答。罗波那对于这种解答感到满意，终于归依了三宝。这个故事看似离奇，实有意义，对于我们研究佛教史有不少启发。我将在别的地方再谈这个问题。

佛经里的这些故事同《罗摩衍那》有什么关系呢？这些故事不是抄自《罗摩衍那》,《罗摩衍那》里的故事也不是抄自佛典。它们有一个共同的来源，这就是印度古代的人民群众。这些故事多半是印度人民创造出来的。不但见于佛典，见于《罗摩衍那》，而且也见于其他书籍，比如《五卷书》之类。佛教和印度教，以及其他宗教，为了宣传自己的教义，都乞灵于人民群众创作的寓言、童话、小故事等等，投其所好，加以改装，以达到迷惑群众的目的，从而扩大自己的宗教势力。佛教那卷帙浩繁的《佛本生经》是一个典型的例子。[56]

最后，我还想谈一谈哈奴曼与孙悟空的关系，二者都是神通广大的猴子。他们之间是什么样的关系呢？过去有两种看法：一种认为二者各不相涉，是独立地在中国和印度产生的；一种认为哈奴曼就是孙悟空的原型，这个人物形象最初产生于印度，传至中国，经过改造与发展，就成了孙悟空。我过去是，现在仍然是主张第二种说法的。整个《西游记》的中心故事就是到印度去取经，佛教色彩极浓，里面许多斗法的故事，比如孙悟空与杨二郎的斗法，简直就像是从佛经里面抄来似的。连猪八戒这个人物形象都可以在佛典里找到它的副本。为什么单单这个孙悟空就不能是从印度借来的呢？有人说，孙悟空的前身是无支祁。这真使我有点大惑不解。除了无支祁的样子像猿猴之外，二者毫无共同之处。孙悟空能腾云驾雾，变化多端，好像没有听说无支祁有这种本领。如果无支祁是孙悟空的前身的话，那么所有中国故事里的猴子或长的样子类似猴子的东西，都可能是他的前身。这个道理能讲得通吗，鲁迅指出："宋元以来，此说（指无支祁传说——引者）流传不绝，且广被民间，致劳学者弹纠，而实则仅出于李公佐假设之作而已。惟后来渐误禹为僧伽或泗洲大圣，明吴承恩演《西游记》，又移其神变奋迅之状于孙悟空，于是禹伏无支祁故事遂以堙昧也。"[57]我看，孙悟空这个人物形象基本上是从印度《罗摩衍那》中借来的，又与无支祁传说混合，沾染上一些无支祁的色彩。这样看恐怕比较接近于事实。也许有人会说，《罗摩衍那》没有汉文译本，无从借起。这是一种误会。比较文学史已经用无数的事例证明了，一个国家的人民口头创作，不必等到写成定本，有了翻译，才能向外国传播。人民口头创作，也口头传播，国界在这里是难以起到阻拦作用的。故事的流传是不管什么海关的。

《梨俱吠陀》几首哲学赞歌新解

用生殖崇拜的观点来解释世界各民族的最古典籍，中外学者大有人在。外国的不说了。在中国，周予同、卫聚贤、闻一多、郭沫若等等都有或详或略的论述。赵国华即将出版的新著《生殖崇拜文化论》，集此说之大成。我在阅读之余，受到启发，也想试用这个观点来解释几首《梨俱吠陀》中的所谓“哲学赞歌”。这几首赞歌都与宇宙形成和人类诞生有关。在古代一些国家，特别是在印度，对男性生殖器崇拜的现象，黑格尔早就注意到了。他写道：

> 特别是在印度，用崇拜生殖器的形式去崇拜生殖力的风气产生了一些具有这种形状和意义的建筑物，一些像塔一样的上细下粗的石坊。在起源时这些建筑物有独立的目的，本身就是崇拜的对象，后来才在里面开辟房间，安置神像，希腊的可随身携带的交通神的小神龛还保存着这种风尚。但在印度开始是中空的生殖器形石坊，后来才分出外壳和核心，变成了塔。[1]

但是，一百多年以来，印度和印度以外研究《梨俱吠陀》的学者，使用上述观点的却如凤毛麟角。个别学者也意识到一些《梨俱吠陀》赞歌，特别是所谓哲学赞歌中有男女交媾的暗示。只要他们肯放弃一点陈腐的观点，再向前走上一步，就能够采骊得珠，揭露事实的本来面目。可是这一步他们怎么也不肯走，只像蜻蜓点水一样，刚要碰到真理，立刻飞开，写出来的又是满篇陈词滥调了。我现在要断然走完这一步。我的观点是旧观点，但是应用到印度古代最神圣的圣经宝典《梨俱吠陀》上，却是崭新的做法。如果我的结论能成立的话——我自己当然相信它是绝对正确的——对研究印度古代哲学和文学，将会注入一些新的观点，这是完全可以肯定的。

为了叙述方便起见，我先把要讨论的几首赞歌全文译为汉文。[2]

一 《无有歌》(《梨俱吠陀》10，129)

1 那时，既无无，也无有；既无天空，也无其上的天界。何物在来回转换？在何处？在谁的庇护下？何物是深不可测的水？

2 那时，既无死，也无永生；无昼与夜的迹象。风不吹拂，独一之彼自行呼吸。在它之外，没有任何别的东西。

3 泰初，黑暗掩于黑暗之中；所有这一些都是无法识别的洪水。3 为虚空所包围的有生命力者，独一之彼由于它那炽热的欲望之力而出生。

4 泰初，爱欲临于其上，它是识 4 的第一种子。智者索于内心，经过深思熟虑，使有之连锁在无中被发现。

5 他们的绳尺横贯其中。那么，有在上者吗，又有在下者吗？那里有含种子者，那里有延伸的力量。下面是欲望，上面是满足。[5]

6 谁实知之？谁实明之？他们何来？造化何来？诸神在这个（世界）被创造后才来的。谁实知之，它自何处发展而来？

7 此造化何从而来，是他造作的或者不是——他是此（世界）的在最高天的监视者，只有他知道，除非他也不知道。

二 生主歌（《梨俱吠陀》10，121）

1 泰初之时，他变为金胎。他生为造化的独一之主。他巩固了大地和这个天界。——我们当祭之神是谁？

2 他赋予生命和力量，他的命令一切神都遵行，他的投影为永生和死亡——我们当祭之神是谁？

3 那个用自己的威力成为所有呼吸的和打瞌睡的东西的，成为生物的独一之王，那个总领这些二足动物和四足动物的——我们当祭之神是谁？

4 依其威力而雪山存，依其（威力），正如他们所说的，而大海连同 Rasā[6] 存，依其（威力）而方位存，它们是他的双臂——我们当祭之神是谁？

5 巨大之天与地为彼所巩固，太阳为彼所支撑，以及在太空横贯空间的苍穹——我们当祭之神是谁？

6 两军由彼之赞助而获得奥援，内心颤栗望着他；初升太阳为彼所支撑而放光芒——我们当祭之神是谁？

7 潮水腾涌时，以一切为胎子，创造出火来，他从其中出，这众神的独一无二的生命之源——我们当祭之神是谁？

8　他以其弘伟之力甚至能透视众水，众水接受了Dakṣa[7]，制造了祭祀，他是众神之上的独一真神。——我们当祭之神是谁？

9　唯愿他不伤害我们，他是大地的创造者，抑或他根据有效的法规创造了天，他创造了闪光的大水。——我们当祭之神是谁？

10　生主，除你之外，没有任何神抱持一切创造物。我们怀着什么愿望祭祀你，愿这愿望实现！我们愿意成为财富所有者！

三　造一切者之歌（《梨俱吠陀》10，82）

1　眼识之父——因为他识解深邃——把天地制造成酥油。东方边界一旦巩固，天地就延伸开来。

2　造一切者有特殊识解，有特殊力量；他是创造者，条理者，他是最高现象。他们的愿望在那里得到了满足，人们说，那里是在七仙人[8]以外的唯一存在者。

3　他是我们之父，创造者，条理者，他了解一切种类和一切创造物，他是众神的命名者，其他创造物都到他这里来，询问他。

4　往时之仙人奉献给他共同的财富，像大批的祈祷者一样，他们制成了这一些世界，在没被照亮和被太阳照亮的空界被放置之后。

5　在天之外，在地之外，在群神、阿修罗之外，那被水作为初胎所受持的、众神也计算在内的东西是什么呢？

6　水受持此物作为初胎，众神在其中汇合。在未生者的肚脐中隐藏着独一之彼，所有的创造物都依托于他。

7　你们将找不到他，他创造了这些（创造物）。另一物厕身你们之间。为迷雾所笼罩，胡言乱语，剥夺生命的歌唱者徘徊游荡。

这几首所谓“哲学赞歌”，内容很丰富深刻，也颇杂乱无章。谈的是在初民意识中宇宙万有的创造问题，当然也包括人类自身的创造问题。所有的古代民族，大概都有这样的诗歌。《梨俱吠陀》讲有无，讲从无到有，有点像中国的“无极而太极”的想法。但是，这些赞歌在哲学内容的掩盖下，实际上讲的却是另一套东西，它讲的是生殖崇拜。初民逐渐认识到，人们性交能生孩子，于是就把宇宙的形成也与性交联系在一起。这几首赞歌隐隐约约地、或明或暗地象征着人的性交活动，里面讲到水，讲到热，讲到爱欲（Kāma），讲到种子（精子），讲到男上女下，讲到金胎，讲到潮水，等等。如果实事求是地加以解释，无一不与性交活动有关。

这一点连过去的学者也注意到了。我只举两个例子。日本学者高楠顺次郎、木村泰贤曾这样写道：

若由吾人眼光观之，作本赞歌者之脑中，始终以为由Sperma发展为人类之次序而组织为哲学的考察者，即所谓“彼之一”，亦将母胎中之精子扩大于宇宙方面者。故赞歌云在无光之波动界中无息而自呼吸，即此意也。[9]

Sperma 指男人精液。德国学者 K.F.Geldner 也在这些赞歌中看出了性交和生殖活动。在上引书《梨俱吠陀》的德译本中，他多次指出这个问题，比如在 10, 129, 3 的注中，他指出“水”指“羊水”；在同一首赞歌第五颂中，他在注中指出，男性部分当然在上面，而女性部分则在下面，等等。可惜他们都是浅尝辄止，在已经走上正道的情况下，突然止步，再写下去，就又是那一套什么“原始事物”、“原神”、“原水”等等在可解与不可解之间的唯心主义的东西了。

我在这里不想就这样的问题进行论证。我只想从这几首哲学赞歌中选出两个我认为有关键意义的问题来，加以探讨，提出我的全新的看法，以求教于志同道合者。这两个问题一个是“独一之彼”，一个是金胎与金卵。

（一）独一之彼

这个词儿见于上面译文《梨俱吠陀》10, 82, 2·6; 10, 129, 2·3。此外还散见于《梨俱吠陀》中：

1, 164, 6：“那么，那个形象是未生者的独一之彼是什么呢，他把六个世界空间分割开来？”

1, 164, 46：“能言善辩者用多种方式称呼独一之彼。”

3, 54, 8：“独一之彼统治所有能动的、不能动的、走的、飞的、多种多样的，多种多样诞生的。”

8,58,2："独一之彼把自己扩展成为整个世界。"

以上"独一之彼"原文为中性ekam。有两处是阳性ekah的：

3,56,2："独一之彼背负六重负担，没有走路。"

1,164,10："独一之彼扛着三个母亲、三个父亲；仍然直挺挺地站在那里。"

这些赞歌究竟是什么意思？印度注释家和欧美的研究家，有多种多样的解释，这是完全可以想象得到的。我在这里不讨论这些问题，我只想指出一点：有一些学者引用"独一之彼"的梵文原文时，往往引作tad ekam，高楠顺次郎和木村泰贤就是这样。实际上，原文并非完全如此。在《梨俱吠陀》中，一般只有ekam或ekah，前面并没有tad这个字。只有一处例外，即10，129，2，在这里tad ekam连用。在10，82，6中，出现了tam id这个词儿，Geldner注说：它指的就是ekam。这个联系非常重要，下面还要谈到。

ekam和tad ekam究竟是什么东西呢？从我上面的译诗和引文中可以看到，它是一个非常重要的词儿。不弄清楚它的涵义，所有的有关的地方都是一盘死棋。把它解释清楚，则全盘皆活，并且有了新的意义。这是一个关键的词儿，我们必须努力解开这一个谜。

我们先看一看，过去的学者是怎样解释的。这种解释车载斗量，多得不可胜计。一一列举，毫无意义。我在这里只拿我上面引用过的高楠顺次郎、木村泰贤和 K. F. Geldner 做个例子来说明一下，其余一概从略。

高楠顺次郎和木村泰贤写道：

> 诗人先想象万有生起以前之状况……其中虽不知为何物而可以发展为万物之一个种子（Ābhu，即大原）已存在矣。……盖以为虽无通例人格的存在，但认为有生生活动之力而可视为未开展之实在。呼之之名虽不能定，而仍用意味甚深之“独一之彼”、“彼之一”（Tad ekam）之名呼之者，盖于不可得而名之中，欲强立其名，乃取此最能表现之之语也。尤以“彼”（Tat）字，至后梵书，奥义书中，直用为大原理之意，（如 Tat tvam asi，etad vai tat）而“彼事”、“彼相”（Tattvam），即用为真理之意。[10]

这里说得已经很清楚，用不着再作解释。我上面提到的《梨俱吠陀》10, 82, 6 中的 tam（tad），代表的就是 ekam。《梨俱吠陀》中在大多数情况下只有 ekam，以后为 tat 所取代，看到 tat，就等于看到 tad ekam，tat 变成了一个非常神圣而又神秘的字眼儿了。两位日本学者把与 tad ekam 有关的现象画成了一个图表：[11]

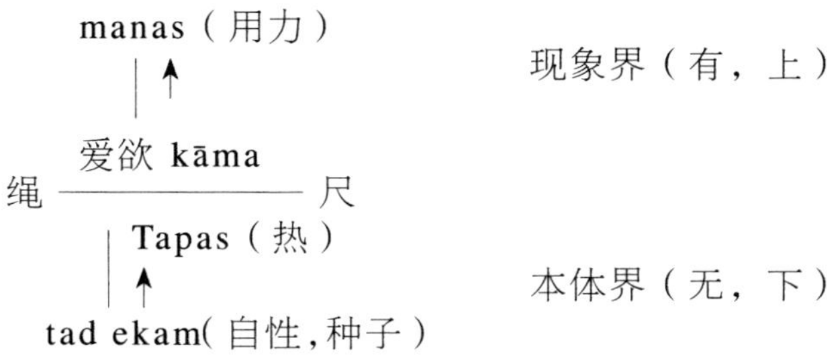

这个表也是很清楚的，用不着再作解释。

K.F.Geldner 另有一番解释。他认为，泰初只有 manas（现识），这个 manas 想有一个独立的“自我”（ātman），于是内在生热，变成了固体。在开始时，世界不真实，只有巨大的空虚，但是其中隐藏着一点真实的东西，这就是世界之胎，就是“独一之彼”。它最初完全是精神的东西，以后在逐步发展中，由于自我创造，它就从精神的东西变成非精神的东西，媒介是世界精液。Geldner 认为，《梨俱吠陀》10，129，1 中的“有”就是“独一之彼”，manas 实际上也就是“独一之彼”。这样一来；就形成了下列的公式：manas = sat（有）= tad ekam。在 manas 中出现了一种热望，出现了爱欲，要创造，要生殖，于是产生了精液，世界精液。精液射出后，独一之彼自我受孕。sat. 1，l，l，6，7 中的生主（Prajāpati）也是如此。它后来又分裂为阴阳两部分。[12]

Geldner 这一番话说得闪闪烁烁，神秘莫测，令人似懂非懂。但是拨散这些迷雾，内容还是相当清楚的：这里讲世界创造和人类自身的创造，整个氛围是一个性交活动的氛围。这让我一下子就想到了中国古代的八卦。根据赵国华的研究，八卦、河图、洛书等等，都与生殖崇拜有关。《梨俱吠陀》中的 asat（无）

和 sat（有），约略相当于中国的无极而太极。sat 分为阴阳两部分，又有点像中国的太极生两仪，讲的都是初民对宇宙形成以及人类产生的幻想，无不与生殖挂上钩。

综观两位日本学者和一位德国学者对《梨俱吠陀》几首哲学赞歌的解释，可以看出，尽管他们的措辞不尽相同，但是讲的都是“神话”，都不是普通人能听懂的话。真理不可能就是这个样子。他们之间有一个巨大的分歧：两位日本学者把 manas 放在发展顺序的最后，而德国学者则把它放在发展的顶端。如果现在我们在这里评判谁是谁非，那就等于辩论在一个针尖上能站多少天使一样滑稽可笑了。因此，我不再评论。

有一点我还想指出来。我在上面提到了独一之彼自我受孕，sat. 11, l, 6, 7 中生主也自我受孕。二者恐怕是一个东西。上面翻译的《梨俱吠陀》10, 121：《生主歌》，一开头就讲到“金胎”，下面又讲到“潮水”（羊水）、“胎子”等等，也是一个性交活动的氛围。生主与独一之彼情况几乎完全一样，这更增加了二者是一个东西的可能性。

我觉得，我现在能够回答大家都关注的一个问题了：独一之彼究竟指的是什么东西？通过我的叙述，大家都可以看到，整个哲学赞歌是笼罩在性交活动的氛围中。衡量一下独一之彼在其中发挥的作用和所占的地位，它究竟是什么东西？简直可以呼之欲出了，简而言之，我的回答是一个简单的公式：

独一之彼 = 生主 =Linga= 男根

也许有人认为，我这真是往圣物上泼脏水，非圣无法，简直是胡闹。但是，且慢发火！中国最神圣的“神”字，在甲骨文中作中，就是男根的形象，一条阴茎，两个睾丸。我们的初民就是这样想的，现在想美化也是徒劳的。稍稍对原始生殖崇拜文化有所了解的人，都不会觉得这有什么奇怪之处。这反而对那些企图用唯物主义观点研究印度古代哲学史的学者提出了新的要求，他们的研究必须改弦更张，再也不能像以前那样满篇"神话"了。

有一个问题还必须在这里解决一下。Linga 是湿婆（śiva）的象征。但是众所周知，湿婆在印度教三大神中是破坏之神。按理说，他不应该有这样的象征。只有大梵天创造之神才能有。这怎样解释呢？原来印度教三大神的出现是比较晚的事情。《梨俱吠陀》中根本没有大梵天这样一个神。湿婆在《梨俱吠陀》中叫 Rudra。在《梨俱吠陀》10, 92, 9，《一切神之歌》中出现了 śiva 这个字，意思是"善良的"。后来，在某一个时期，湿婆变成了大神，最初三大神分工时，他还不是破坏之神。吴竺律炎共支谦合译的《摩登伽经》，《明往缘品》第二：

> 又汝法中，自在天者，造于世界，头以为天，足成为地，目为日月，腹为虚空，发为草木，流泪成河，众骨为山，大小便利，尽成于海。[13]

这一部经约译于公元 224 年以后。自在天就是湿婆，他在这里"造于世界"，他是创造之神，而还不是破坏之神。后魏菩提流支译《提婆菩萨释楞伽经中外道小乘涅槃论》：

> 摩醯首罗一体三分，所谓梵天、那罗延、摩醯首罗。地是依处，地主是摩醯首罗天。于三界中，所有一切命非命物，皆是摩醯首罗天生。[14]

摩醯首罗就是湿婆。他原是创造大神，他有 Linga（男根）作为象征，是顺理成章的。

（二）金胎与金卵

上面的《生主歌》的译文中，第一颂就出现了“金胎”这个词儿，第七颂中出现了“胎子”，第八颂中出现了“众水”，第九颂中出现了“大水”。讲的都是妇女生孩子的事情，生殖崇拜之迹，昭然可见。《造一切者之歌》第五颂中出现了“被水作为初胎所受持”、第六颂中出现了“水受持此物作为初胎”等等字样，也同样表示出生殖崇拜的迹象。

后来，金胎（garbha）变成了金卵（aṇḍa，音译安荼）。金胎指的是子宫，金卵则是子宫的象征，二者其实是一码事。这些问题我在这里都不再详细讨论。我只想指出一点来，金胎金卵说在印度后来发展成为一派宇宙起源的理论，这个理论传到中国来，产生了广泛的影响。后魏菩提流支译《提婆菩萨释楞伽经中外道小乘涅槃论》讲到外道安荼论师，他们主张：

> 本无日月星辰，虚空及地，唯有大水。时大安荼生如鸡子，周匝金色，时熟破为二段，一段在上作天，一段在下作地，彼二中间生梵天，名一切众生祖公，作一切有命无命物。[15]

这样的安荼论传到了中国，从后汉三国时起，影响了中国的天文学说。饶宗颐有详细的考证：《安荼论（aṇḍa）与吴晋间之宇宙观》。[16] 请读者参考，我不再征引。最近赵国华写成了一部奇书《生殖崇拜文化论》。里面详征博引，讨论了鸟卵与生殖崇拜的问题。我也请读者去参考，不再征引。我只是觉得，饶文没有讲到生殖崇拜，赵书没有注意到安荼论对中国的影响，似乎有点遗憾，所以就写了这一篇短文。

注释：

1 《美学》，第三卷，上册，朱光潜译，商务印书馆 1979 年版，第 40 页。

2 梵文原本我根据的是 Tilak Maharashtra University Vaidic Samshodhan Mandal 的 *Rgvedasamhitā*，同时参阅了 K. F. Geldner 的德译本，*Harvard Oriental Series*，vol. 33—35：*Der Rig-veda*。

3 Geldner，上引书，vol. 35，第 360 页，注 3b。认为指的是羊水。

4 原文是 manas。

5 这里显然指的是男女交配。

6 Rasā，意思是一条神话中的河名，或者地狱。

7 Dakṣa，神名，有时即指生主。

8 大概指北斗七星。

9 《印度哲学宗教史》，高观庐译，商务印书馆 1935 年版。

10 上引书，第 152 页。

11 上引书，第 153 页。

12 上引书，第 359 页。

13 《大正大藏经》，21，402 下。

14 同上书，32，157 下。

15 同上书，32，158 中。

16 《选堂集林·史林》上，第 311—328 页，中华书局香港分局 1982 年版。

《舞台》中译本序*

在所有的印度近代作家中，最为中国读者所熟知的我想不外是两个人：一个是大名鼎鼎的泰戈尔，一个就是普列姆昌德。两个人都是伟大的爱国主义者，伟大的作家。

关于泰戈尔，我们从五四运动后不久，就开始翻译他的作品，什么《飞鸟集》、《新月集》、《吉檀迦利》等等诗歌，还有短篇小说、长篇小说、戏剧等等。这些作品都受到中国读者的热烈欢迎，对中国新文学的发展产生了一定的影响。泰戈尔亲身到中国来过两次，毕生从事促进中印友好的工作，应该说，他对构筑和继续巩固中印友谊的金桥这件有历史意义的工作贡献了很大的力量。

至于普列姆昌德，他没有到中国来过，也没有文章专门谈中印友谊。但是他同样促进了中国人民对印度人民的了解，因而在无形中也就加强了两国人民的友谊。

为什么这样说呢？泰戈尔出身于一个大贵族家庭，受的是高等教育。他描写的人物几乎都是出身于印度上流社会，即使是描绘一些下层人物，也不过是站在同情的立场上关心他们而已。这样的上流社会我们中国读者是愿意了解的，也是有必要去了解的。

但是仅仅是这些，还是不够的、不全面的。我们中国人民

---

*《舞台》，[印度] 普列姆昌德著，庄重译，广东人民出版社 1980 年 11 月出版。

也愿意了解一下印度普通老百姓的生活，看看他们做些什么；钻入他们的心灵，了解一下他们想些什么，比如说农村里贫苦的农民，城市里辛苦谋生的小职员，等等。这些普通老百姓的心同中国一般的劳动人民的心挨得更近。通过了解这些人，更容易了解印度社会的真实情况。这个任务由普列姆昌德完成了。在《戈丹》里面贫苦农民何利·拉姆的形象深深地印在中国读者的心中，引起了我们的共鸣与同情。这难道不就是加强了中印两国人民的互相了解从而促进了我们的友谊吗？

像《戈丹》中何利·拉姆的形象，在中国已经翻译出版的普列姆昌德的作品中，还可以遇到不少。比如短篇小说《一把小麦》中的低贱种姓出身的农民香克，短篇小说《卡萨克》中的低贱种姓出身的“巴西”卡萨克等等许许多多受侮辱和受损害的下层人民，都活生生地活在中国读者的心中。现在在这一部长篇小说《舞台》里，我们又遇到了一个舍生维护正义的盲丐苏尔达斯，他也是一个印度下层人民的典型。他是多么贫苦，遭遇到了多少挫折，然而他的骨头又是多么硬，勇气又是多么大。他简直就变成了正义的化身。从此，我们中国读者的心中又多了一个活生生的印度人物的形象，我们对独立前在外国殖民者统治下的印度人民更加了解，更加同情了。

我们上面已经谈到，泰戈尔和普列姆昌德描写的对象很不相同。但是泰戈尔和普列姆昌德实际上是互相补充，相辅相成的。因为缺少一个，印度社会的图景就是一个不全面的图景，只有两者结合起来或者配合起来，才能形成一个全面的图景。我们中国读者所希望知道的不正是一个完全的印度社会的图景吗？几千年来，我们两国人民就互相往来，近几十年来，这种往来更加频繁。但是无论频繁到什么程度，也不可能让中国人都到印度去而让印度人都到中国来。这将是永远办不到的事情。唯一的解决办法就是倚靠文学作品或艺术作品。而据我的看法，最有效的还是文学作品。其他如地理、历史等等的书籍，哪一本也代替不了文学作品。

就为了这一个原因，尽管我们已经翻译了不少的普列姆昌德的作品，我们仍然热烈欢迎他这部长篇小说《舞台》的翻译出版。在作者普列姆昌德诞生一百周年的时候，就让他这一部长篇小说蕴含着印度人民的心灵，带着印度人民对中国人民的友情，在中国大地上找到千千万万的读者吧！中印两国人民的友谊之花将会越开越艳丽。

1980 年 4 月 15 日

印度俗语文学*

俗语，梵文是 Prākṛta，是对梵语雅语而言。雅语是一种单一的语言，而俗语则随时代和地域而异，是一组五花八门的语言或方言。文学上的俗语可以分为两种：一、在梵语作品主要是戏剧作品中的俗语成分；二、完全用俗语写成的文学作品。

在古代印度戏剧中，高级种姓、男主人公、国王、婆罗门、贵族等说梵语；而根据文艺理论著作的规定，尼姑、王后、大臣之女、妓女也可以说梵语。但在流传下来的剧本中，女子只说俗语。丑角虽然是男人，而且是婆罗门，但也只准说俗语。

用俗语写作文学作品，历史悠久。这些作品大体上有四类：抒情诗，戏剧，史诗和用诗或散文叙述的故事。

在印度文学史上，用俗语写抒情诗比用梵语写的为早。从公元前二世纪至公元二世纪，还没有用梵语写的宫廷诗，用俗语写抒情诗反而受到大力鼓励。最早的一部俗语抒情诗是哈拉的《七百咏》，是使用被称为最优秀的俗语摩诃罗湿特里写成。其中最古老的诗篇可能产生于公元二世纪。耆那教僧侣金月（1088－1172）的《语法》中还保留了一些俗语的诗歌。

古代印度有少数剧本完全用俗语写成。现在流传下来的只有一个剧本，即王顶的《樟脑球》，写成于九至十世纪。

俗语史诗中最为著名的是《罗波那伏诛记》或《架桥记》，

---

* 本文是为《中国大百科全书·外国文学》卷撰写的词条。——编者注

传说出于迦梨陀娑之手，但不可靠。

《伟大的故事》，作者德富原用俗语写成，十一世纪后失传，现存三个梵文改写本：（1）月天的《故事海》；（2）安主的《大故事花簇》；（3）觉主的《大故事诗摄》。

广义的俗语还应该包括阿婆布朗舍在内。从印度语言发展史来看，阿婆布朗舍是从古代俗语向近代印度语过渡的语言。耆那教徒特别喜欢用阿婆布朗舍写作宣扬耆那教的诗歌。金月在他的著名的《语法》一书中保留了一些阿婆布朗舍的诗歌。

参考书目：

M. Winternitz, *Gesch ichte der indischen Literatur*, Leipzig 1920.

印度巴利语文学*

巴利语是流行于印度、斯里兰卡等国的一种书面语言，是佛教小乘上座部使用的经典语言。在佛教小乘和大乘所有的部派中，只有上座部保存了一套完整的经典。这一套经典，包括律、经、论三大部分，卷帙繁多。但是，绝大部分都是带神话色彩的佛祖释迦牟尼的言行和佛教教义，够得上叫作文学作品的为数不多。

《律部》主要条例是和尚和尼姑的清规戒律；其中夹杂着一些小故事，有的故事内容新奇，叙述生动，颇有一些文学意味。《经部》绝大部分是说教，记载了佛陀弟子所述佛陀的言论和事迹。这一部共包括五大部分：《长部》、《中部》、《杂部》、《增一部》和《小部》，大多数不能算是文学作品；但是在这些经典中包含着许多寓言、童话和小故事，它们都来自民间，是第一流的文学作品。从文学的角度来看，最值得重视的是《小部》，其中有许多独立的经典，都有很高的文学价值，比如《法句经》、《无问自说》、《经集》、《上座僧伽陀》、《上座尼伽陀》、《本生经》等等。《法句经》有汉文译本，都是诗体，与巴利文大体相同。这个译本是三国时代吴国维祇难等翻译的，有些小诗，颇有情趣："所行非常，谓兴衰法。夫生辄死，此灭为乐。譬如陶家，埏埴作器，一切要坏，人命亦然。如河驶流，往而

---

* 本文是为《中国大百科全书·外国文学》卷撰写的词条。——编者注

不返；人命如是，逝者不还。”《经集》中有一些文学作品。《上座僧伽陀》和《上座尼伽陀》，作者有名有姓，但不一定可靠。尼姑诗中，有的诉说自己本是妓女；有的诉说三次嫁人，都被遗弃，不得已而出家；有的诉说自己整天推磨，挨丈夫的骂。这些诗篇真是如怨如慕，如泣如诉。《本生经》文学价值最高。《论部》所收各经，几乎都是讨论烦琐哲学教条的，没有文学意味。

巴利文三藏以外有一些书，颇有文学价值和历史价值。比如《大史》、《岛史》，其中最著名的是《弥邻陀问经》，汉文译本叫作《那先比丘经》，不一定是从巴利文直接译过来的。这一部佛经叙述佛教和尚那先同国王弥兰谈话的内容。那先回答国王提出的问题，有很多富于文学意味的非常生动的比喻，这部经书被公认是一部优秀的文学作品。

巴利文三藏由斯里兰卡传至泰国、缅甸，没有固定的字母，僧伽陀字母、天城体、缅甸字母、泰文字母都使用。近百年来又使用拉丁字母。汉文只有少数几本根据日文译本转译的经典。

《印度古代文学史》前言

本书是集体协作的产物，主要是北京大学与中国社会科学院之间的协作。不这样也是不可能的。我们现在研究印度文学的基础，较之解放前或五六十年代，当然要好多了。但是总起来看，仍然是比较薄弱的。我们写作时，尽量阅读原作，至少是原作的翻译，这是写一部有创见的文学史必不可少的步骤。但是，有许多印度语种目前在中国还是空白，我们不得不利用其他语言的资料。这对本书的质量当然会有影响。然而话又说了回来，能直接阅读这样多的原文而写出的印度文学史，在我国这还是第一部，我们也可以稍感自慰了。

我们原来打算写的是《印度文学史》。几年来我们都是向着这个方向努力的。然而最终到了要集稿的时候，我们才发现，近代和现代部分缺的稿子还多。于是临时果断决定，先出《印度古代文学史》，时间下限是十九世纪中叶。近代和现代的印度文学，我们已经有了一部分稿子，其余所缺者，我们将陆续补上。我们仍然希望，最终能写出一部比较完整的《印度文学史》。

参加编写的人员，有中国社会科学院外国文学研究所的黄宝生同志，亚太所的张锡麟同志；北京大学东语系的刘安武、李宗华、季羡林等同志。每个人负担的任务不完全相同。编写者的名字都写在有关章节的后面，这里不再赘述。

编完本书，我松了一口气，觉得肩上的担子又轻了一点。但是偏偏还有一点感慨。中国地处东方，同印度做了几千年的邻居。文学方面，同其他方面一样，相互影响，至深且巨。按理说，印度文学应该受到中国各方面的重视。可是多少年来，有一股欧洲中心论的邪气洋溢在中国社会中，总认为印度文学以及其他东方国家的文学不行，月亮是欧美的圆。这是非常有害的。我们搞印度文学的人，一方面要努力学习，一方面又要同社会上这一股歪风抗争，任务是艰巨的。现在《印度古代文学史》出版了，我们在感谢北京大学出版社肯出这样一本书之余，但愿中国的外国文学专家和一般的读者们能摒除偏见，平等地对待东西各国的文学，跂予望之。

1990 年 9 月 26 日

纪念泰戈尔诞生一百周年

印度近代伟大的作家罗宾德拉纳特·泰戈尔诞生于1861年5月7日，到现在整整一百年了。世界和平理事会把他列入今年纪念的世界文化名人中，号召全世界普遍纪念。印度，以及世界上许多国家都准备举行纪念会，并且出版泰戈尔的作品，发表同他有关的学术论文，展出他的绘画，欣赏他的歌曲，让大家认识这一位作家。

泰戈尔的才能是多方面的，他是诗人，小说家，戏剧家和散文家，又是教育家、画家和音乐家。通过他一生的辛勤劳动，他给印度人民留下了极其丰富的文学艺术遗产。他从少年时代起就开始写作。十九世纪八十年代、九十年代，他常常到乡下去住，管理祖上遗留下来的田产，接触到了一些劳动人民，他自己说，他很喜欢这些淳朴的人民，同情他们的处境。在这期间，他写了不少的作品，小说和诗歌都有。这些作品里面的主题思想是反对封建主义。正如在别的国家一样，封建主义的表现形式是多种多样的。泰戈尔通过文学作品所攻击的主要是封建婚姻制度和种姓制度。就印度而言，这两种制度也确实有代表意义。

在他在这期间所写的短篇小说里，主人公几乎都是由于封建婚姻制度而受苦受难的年轻的女孩子。在《河边的台阶》里，他把台阶人格化了，用它作第一人称来描写八岁就守了寡的女子苦森的不幸遭遇和她对于一个年轻的苦行僧的不幸的爱情。《还债》讲的是一个贫父嫁女的故事。父亲一定要把女儿嫁给一个破落贵族，自己没有钱制办妆奁，于是就负了债。女儿嫁过去以后，受尽了婆家的虐待。父亲去看女儿，连面都见不到。最后女儿终于被折磨死，而父亲的债还是没有还完。《弃绝》的主人公是一个低级种姓的女孩子，她冒充婆罗门同自己的情人结了婚。这件事终于给她公公发现了，她被赶出家庭。《摩诃摩耶》是一篇很动人的故事。一个年轻的女子被迫同一个垂死的婆罗门在火葬场上结了婚。婚后第二天她就成了寡妇，她又被迫自焚殉葬。人们把她捆起来，搁在火葬堆上。只是由于一阵突然袭来的狂风暴雨，她没有被烧死，可是脸上已经烧上了伤疤。她逃到自己的情人家里去，同他住在一起，只是有一个条件，就是不许他揭开她的面幕。后来，在一个月明之夜，他终于看到了她的脸庞。她一怒而去，再也没有回来。《太阳和乌云》描写年轻的女子吉莉芭拉同年轻男子沙西布山的爱情。两个人本来就相亲相爱，可是由于种种原因，一直到吉莉芭拉成了寡妇，沙西布山从监狱里被释放出来，他们俩才重新相会。《赎罪》的女主人公是宾苔巴希妮，她嫁给一个洋奴买办兼骗子手。她随丈夫从城市迁到乡村里去住，侍奉婆婆，毫无怨言，但仍然不能得她的欢心。后来丈夫偷了岳父的钱，跑到英国去留学，回来的时候，带回一个英国老婆。

不必再多举例子了，以上这几个例子已经足以说明泰戈尔通过文学作品反对封建婚姻的情况了。

泰戈尔是以诗人著称的。当他还是小孩子的时候就开始写诗。1881 年，诗集《黄昏之歌》出版，受到了热烈的欢迎。不久又出版《晨歌》，文名大振。这些诗描写的多半是个人的感受，接触到社会现实的不多。十九世纪九十年代，他写了著名的《故事诗》。取材大体上有四个来源：佛教故事、印度教故事、锡克教故事和马拉塔及拉贾斯坦的英雄故事。这些故事都是长期流行在民间，很有感人力量的。但是他却并不是为了讲故事而写故事诗，他只是借古喻今，利用这些现成的故事来抒发自己的感情。他在这里面歌颂了反对宗教偏见、反对焚身殉葬陋俗的宗教改革家；歌颂了漠视种姓制度的婆罗门；歌颂了为国捐躯的将军；歌颂了同外族统治者顽强斗争、视死如归的男女英雄们。这些诗长期以来就流行在印度民间，而且选入中小学课本中，对激发印度人民的爱国热情，起了一定的作用。

在1905年到1908年印度民族独立运动的高潮中，泰戈尔投身到这个运动中来，写了不少热情洋溢的诗歌，一直到今天，还为广大印度人民所传诵。

以后，在比较长的时期内，泰戈尔过着半退隐的生活。在这期间，他写了不少神秘气息宗教气息比较浓厚的诗歌。在这里，诗人用生动的笔法把孟加拉的自然风光描绘到纸上来。这里有静夜、清晓；有七月淫雨的阴沉，四月晴天的芬芳；有争妍斗艳的繁花，花丛中展翅的蝴蝶；有天空的闲云、潺潺的流水；有微笑的繁星、淅沥的夜雨；有夏天的飞鸟，秋天的黄叶。总之，展现在我们眼前的是一幅花团锦簇五色斑斓的图画。

二十世纪初叶，他写了几部长篇小说，主题思想基本上是同短篇小说和诗歌是一致的。1902年写成的《沉船》是一部反封建主义的小说。主人公是两对情人：哈梅西和汉娜丽妮，纳里纳克夏和卡玛娜。如果没有封建婚姻制度从中作怪的话，他们本来是可以顺利地结成眷属的。就因为这种制度的存在，所以才酿成沉船的悲剧。悲剧发生后，故事的发展很富于传奇的色彩，出现了很多现实生活中不容易发生的偶合的事件。最后，经过了种种的波折，有情人终于成了眷属，作者给了这个故事一个喜剧的结局。但这丝毫也没有减低对那罪恶的社会制度的控诉。

1907 年到 1909 年，他写成了另一部优秀的长篇小说《戈拉》。在这一部书里，他塑造了一个热爱自己的祖国的知识分子的形象，他是一个虔诚的印度教徒，遵守种姓制度严格到可笑的程度。他对祖国必然会获得自由抱有坚定的信心。他说："我的祖国不管受到什么创伤，不论伤得多么厉害，都有治疗的办法——而且治疗的办法就操在我自己手里。"对于一个生长在殖民地半殖民地的知识分子来说，没有奴颜婢膝的媚骨，相信办法就操在自己手里，这是一个十分宝贵的品质。泰戈尔也没有忘记塑造一个反面人物，戈拉的对立面，这就是买办洋奴哈伦。他除了皮肤颜色以外，完全英国化了。他认为印度民族是没有出息的，他把英国书上污辱印度人的句子背得烂熟，以高等印度人自居。泰戈尔在他鼻子上涂上了白粉，在书中给了他一个地位，让他催人作呕。一般人都认为，这是一部批判现实主义的作品，它一直到今天还为印度国内外读者所欢迎。

至于泰戈尔的戏剧，情况同小说和诗歌稍稍有所不同。一方面，他写了不少的具有现实意义的作品。在另一方面。他还写了一些象征剧，像《红夹竹桃》、《暗室之王》等等，这里面也出现劳动人民，甚至工人；但是这些剧本究竟何所指，实在无从确定。反而是那些混合剧本与抒情诗的短剧，像《齐德拉》、《修道士》等等，倒能给人以清新的感觉。

在形式方面，贯穿在泰戈尔所有的作品里的是鲜明的民族形式和民族风格。这是和他的爱国思想分不开的。泰戈尔一向主张民族间要交流文化，互相学习。在他的作品里，我们也确实可以找到一些西方文学的影响。但是，在他的作品形式方面占主要地位的是印度的民族传统。这种传统包括两个方面：印度古典梵文文学和孟加拉民族文学。他的诗歌融会了这两方面的影响，吸取了两者的精华，又加以发扬，形成了独特的风格。他从很早的时候起，就尝试着用孟加拉人民的口语来写诗，这是以前从来没有过的创举。音乐性很强的生动流利的孟加拉口语赋予他的诗歌以清新健康的气息和新颖的节奏。他在这方面的成功影响了不少同时代的印度诗人，他们也改用人民的口语写诗了。他的诗歌之所以一直到今天还为孟加拉人民广泛传诵，原因也就在这里。在短篇小说方面，他也接受了孟加拉民间讲故事人的一些优秀的技巧，因而创造出一种把抒情诗与故事结合起来的清新朴素的风格。结构简单，语言精炼；着墨不多，但感染力却不小。他的戏剧也受到了古典梵文剧本和孟加拉民间戏剧一些影响，保留了混合歌舞与抒情诗的特色。

总起来说，在印度近代文学史上，泰戈尔是一位杰出的作家。他热爱自己的祖国，希望她能得到独立自由，他对劳动人民和低级种姓的人民是同情的。但是，另一方面，我们也不能忘记，他的思想中不可避免地会有一些消极性的东西，而这些东西也不可避免地会反映到他的作品中去。

最后，我们还必须说一说他同中国的关系。1881年，他才二十岁的时候，就曾写文章痛斥英国殖民主义者从印度运鸦片到中国去毒害中国人民的罪恶行为，他把这样的英国人称作“强盗”。中国同印度在历史上有过几千年的文化交流的关系，我们两国人民互相学习，因而丰富了彼此的文化。在最近一百多年以来，两国人民都在西方殖民主义的剥削与压榨下忍受痛苦。我们对彼此命运的关心，是完全可以理解的。泰戈尔非常欣赏中国的文化，他给予中国文化以很高的评价。通过翻译，他读了很多中国文学家和哲学家的著作。1924年，他曾到中国来访问，从中国回国以后，就大力提倡研究中国语言文学。

我们中国人民同样是爱印度人民的。我们尊重印度人民创造出来的文化，我们也珍视我们的传统友谊。我们从1915年起就开始介绍泰戈尔的作品。1949年中华人民共和国成立以后，这种介绍工作又得到了进一步的发展。通过泰戈尔的作品，我们中国人民了解了印度人民生活的情况，了解了几十年前印度民族主义者活动的情况，欣赏了印度，特别是孟加拉大自然的绮丽绚烂的风光。我们今年举行纪念会，纪念泰戈尔诞生一百周年，又出版了十卷《泰戈尔作品集》，目的也就在于促进两国文化的交流，加强两国人民的友谊。瞻望中印两国人民友谊的前途，我们充满了信心。

1961年4月16日写毕

泰戈尔短篇小说的艺术风格

我现在来谈一下我对泰戈尔的短篇小说艺术风格的一些体会。

在艺术风格方面，泰戈尔的短篇小说有许多特点。这些特点表现在什么地方呢？我觉得，这首先就表现在单纯的结构上。在他的许多短篇小说里，故事情节的开展仿佛是行云流水，舒卷自如，浑然天成，一点也看不出匠心经营的痕迹；但是给人的印象却是均衡匀称，完美无缺。拿我们所熟悉的短篇小说来同他的一比，立刻就可以看出其间的差别。就说法国的莫泊桑吧。他的短篇小说在艺术风格方面也有独到之处。但是，在结构方面，特别是在开头和结尾处，总给人一个惨淡经营的印象。舞笔弄墨的朋友都知道，文章的开头和结尾最难写好。在中国古代，曾有许多关于文章开头和结尾的佳话和轶事流传过，原因就在这里。泰戈尔处理这个问题，有他独特的手法。我先举几个例子。《河边的台阶》是这样开头的："你要是想听过去的旧事，你就坐在我这个台阶上。你听，那微波起伏的流水正在低声诉说哩。"《愚蠢的拉姆卡纳伊》的开头是："只有那些愤世嫉俗、喜欢小题大做的人才会说什么古鲁巧龙临死的时候，他的妻子正在自己屋里和人斗牌。"《吉莉芭拉》是这样开头的："吉莉芭拉——在她衣裳的折痕里，在她颈项的转侧、双手的移动里，在她忽疾忽徐的步履韵律里，在她叮当的脚镯和清朗的欢笑里，在她的声音和瞥视里，仿佛都涌流着漫溢在她周围的旺盛的青春。”这些开头手法都不一样，但都各极其妙。仿佛阳朔的群山，拔地而起，却一点也不勉强。至于结尾呢，那就别有一番风味。比如，《是活着，还是死了？》的结尾是：“这一夜整整下了一夜的雨，到天亮也没有停，到中午还在下。康塔宾尼的自杀，证实了她先前并没有死。”《还债》的结尾是：“这回，拉依巴哈杜尔要二万卢比的嫁妆，并提出条件：先付钱，后举行婚礼。”这些结尾都是干净利落，猝然而止，言尽而意未穷，很耐人寻味。这样的头尾，加上中间的单纯的布局，在平淡中给人深刻的印象。

第二个特点就是形象化的语言。一般说起来，在早期的小说里，泰戈尔笔下的句子几乎都是平铺直叙的，没有过分雕饰。但是，在简单淳朴的句子堆里，说不定在什么地方会出现几句风格迥然不同的句子，在整段整篇里，显得非常别致。比如，在《太阳和乌云》里有这样的句子：“生活中的大事情抬起它们有力的头颅的时候，小事情也坚决地伸出它们饥饿的根须，要求在世事中占一个地位。”《美丽的邻居》里有这样的句子：“真事就像一块磐石，堵在那儿，情感没法流露出来；想象可以为自己打出一条路。”《我们给您加冕》里有：“而当这些少女轻启朱唇讥笑他的时候，正像是红丝绒的刀鞘露出了雪白的刀锋，这个倒霉的家伙这才发现自己的错误，赶忙道歉。”在《履行了的诺言》里我们读到：“但他那辆未来的自行车的轮子依然只是在烟雾迷蒙的远方依稀可辨的一点点影子，而他准备献给未来的新娘的那串花环甚至连这一点点影子都还看不见。”在《四个人》里，我们读到这样的句子：“那一天终于到来。叛逆的粗糙的硬壳，在晨光照耀下悄悄地裂成四片，自我牺牲的花朵钻了出来，向着天空扬起带露的面靥。”例子不要再举了。这些句子都是十分形象化的、诗一般的句子。读了以后，给人以生动活泼的印象，如果满篇全是这样的句子，当然会让人感到厌烦；浓得化不开，使人吃不消。但是，在许多平淡无奇的散文句子中，偶而夹上一两句，就会打破文章的平板与单调，使人耳目为之一新。如果允许我打一个比喻的话，那就像是一池平平静静的春水，风乍起，吹上了几条皱纹。水面的平静虽然被破坏了，却增添了一些美、一些生气。

第三个特点是比拟的手法。这一点同第二个特点有点相似，但又不完全相同。我先举两个例子，然后再加以说明。《法官》里有这样一段：“被一片朦胧的深绿树叶笼罩着的远远的海岸像仙境那样美丽，可是一上了岸，它便不再那末迷人了。从她那与世隔绝的孀居生活看来，社交世界似乎是一所充满欢乐的神奇的花园。”在《姊姊》里，我们读到：“这种她以前所未曾意识到的爱，忽然以轻柔的乐声惊醒了她。她仿佛溯溪而上，遨游了一大段路，两岸到处都是金碧辉煌的楼阁和郁郁苍苍的丛林；但是在已经幻灭了的幸福的希望中间，她找不到一个立足之处。”第一段是描写一个十五岁就守了寡的少女的心情。她年轻，不懂什么世故；但是对外面的世界却抱着一些幻想。这种心情描写起来是会费一些笔墨的。泰戈尔用遥远的海岸这样一个比拟，又简单，又具体，给人的印象还生动深刻。第二段描写一个同丈夫同居十六年一旦分离的妇女想念丈夫的心情。这种心情也是很细致很复杂的，描写起来，也要花费不少笔墨的。泰戈尔也用形象化的语言，来一个比拟，就干净利落地完成了这个任务。这种精炼的艺术手法是值得我们注意的。

第四个特点是情景交融的描绘。在描写风景的时候，泰戈尔不像许多小说家那样长篇大论，他只寥寥几笔，就能画出一幅栩栩如生的图画。在这一方面，泰戈尔是有独到之处的。但是，这还不够。他笔下的风景往往不是孤立地存在着的，而是与故事的情节，与主人公的心情完全相适应的。用一句中国现成的话来说，就是“情景交融”。比如，在《弃绝》的开始有这样一段描绘：“这是帕尔贡季初的一个月圆之夜，早春到处吹送着满含芒果花香的微风。一只杜鹃藏在水塔边一棵老荔枝树的密叶中，它不倦的柔婉的鸣声，传进了慕克吉家一间无眠的卧室里。”这是多么美妙的月夜呀。屋里的一对夫妇也正在相亲相爱，沉醉于幸福里。到了结尾的时候，女的正给自己的公公赶出家门，男的愁绪满怀。这时候外面的风景怎样呢？“在月圆之后的第五夜——那一夜是黑暗的。没有鸟叫。水塔旁边的荔枝树，看去像颜色不那么深的背景上的一道墨痕。南风像一个梦游者似的在黑暗中盲目地飘荡。天上的星星，想用不眨眼的警醒的眼光穿透黑暗，来窥测深奥的秘密。”自然风光与人们的情绪互相呼应。《太阳和乌云》里面有许多描写自然风景的地方，都可以根据上面提出来的这个看法去看。开头第一段关于阳光和云影的描绘并不是为描写自然风景而描写，它也是同故事中的情节密不可分的。这样的例子在其他小说里也可以找到一些。这样做有什么好处呢？我觉得，这样做可以把人类的幸福与灾难、内心的快乐与悲哀同大自然的流转变幻结合在一起，使二者互相烘托互相弥补，可以增添艺术感染力。有一些作者喜欢连篇累牍地描写风景，这风景又同故事的情节没有多大关系，结果就是浪费笔墨，降低艺术感染力。大家都知道，在中国近代文学史上，鲁迅是不喜欢长篇大论描写自然风景的。在必要的时候，他也只是寥寥数笔，就画出一幅自然图画。但是笔笔都打中要害，有时候也同故事情节相衬托，给人以难忘的印象。在《故乡》里，主人公走进家门口的时候，“瓦楞上许多枯草的断茎当风抖着”，只是寥寥十几个字，我二十多年前读过，到了今天还一点没有忘。其感染力之大也就可以想见了。

最后一个特点就是抒情的笔调。虽然我并不认为泰戈尔的抒情诗是他最好的作品，但是，我不否认他抒情的才能。他不但在文学艺术创作方面到处流露出这种才能，这种抒情的气息当然也洋溢在他的短篇小说中。有一些短篇小说，像《河边的台阶》、《素芭》等，本身就像是一首抒情诗。在其他短篇小说中，也到处可以找到抒情的诗一般的句子。这种例子太多了，我只能举出几个来。在《法官》里，我们读到：“她觉得蓝天随着她内心的涟漪在颤动，整个宇宙正围着一个芬芳的核心展开了花瓣。”在《四个人》里，我们读到：“师父不再唱下去。像熟透了的黄金色的果子在空气中散发着香甜的气味，歌曲的余韵荡漾在笼罩海面、漂浮天际的黄昏的静穆里。”此外，还有整段的文章都像是抒情诗，我们读了以后，宛如身临其境，听到故事中人物的歌声，嗅到芬芳的花香。当我们读到“他的心情就像一阵晚风，在心爱的花丛中嬉戏，轻轻地把她摇到这边，又摇到那边，想使她活泼起来”的时候，不跟读一首抒情诗一样吗？

以上谈了五个特点。因为我考虑得还不够周到，这些特点可能还不能完全概括泰戈尔短篇小说的艺术风格。然而，把这五个特点综合起来，总可以得到一个完整的印象。我说“综合起来”，这是很重要的，因为，如果分拆开来，我们就很难说，哪一个特点是泰戈尔所独有。只有综合起来，才构成泰戈尔的独特的艺术风格。

泰戈尔这种艺术风格形成的原因是什么呢？原因是多方面的。有主观的原因，有客观的原因；有国内的影响，也有国外的影响；有今的影响，也有古的影响。但是，其中起决定作用的还是民族传统的影响，这里面包括古典梵文文学和孟加拉民间文学。在形象化的语言和抒情的笔调方面，古典梵文文学的影响是比较显著的。在结构方面，孟加拉民间文学的影响比较突出。泰戈尔的许多短篇小说很富于传奇故事的色彩，这也是同民间文学的影响分不开的。总之，泰戈尔之所以能形成这样的独特的艺术风格，有他自己的独创，也有继承和发扬。无论如何，这种艺术风格是值得我们注意和借鉴的。

艺术形式当然离不开内容；但是我在这里专门谈的是艺术风格。至于这种风格同内容的关系，是在本文范围以外的，我就不谈了。

1961 年 5 月

泰戈尔《诗选》序*

要想准确地理解和评价泰戈尔的诗歌，同理解和评价他的其他作品一样，必须从他的时代背景、他的生平和世界观出发。泰戈尔是世界上最多产的、方面最广的作家之一。文学、音乐、绘画、作曲，他都精通，而且都有独创性，在印度国内外有广泛深入的影响。所有这些方面都同他的时代背景、他的生平和世界观有密切的联系。诗歌也不例外。

泰戈尔生于1861年，死于1941年。这漫长的八十年正是世界上多事之秋。前一半是资本主义向帝国主义阶段发展过渡的时期。接着来的是帝国主义国家间不可调和的矛盾爆发成为第一次世界大战。结尾时是第二次世界大战的爆发和蔓延。从印度一国的历史上来看，这八十年也是阶级矛盾和民族矛盾日趋尖锐的时期，是印度民族资产阶级产生以至形成的时期。泰戈尔生于印度在十九世纪中叶印度民族起义爆发后的第四年，而死在印度独立前的第六年。他的一生可以说是与大英帝国的统治相始终。所有这一切都必然在他的思想和作品上打上烙印，产生影响。

泰戈尔出生于孟加拉的一个地主家庭，属于婆罗门种姓。他的家庭是当时孟加拉知识中心之一。他父亲是一位哲学家，深受十九世纪印度启蒙运动思想家罗摩·摩罕·罗易的影响，

---

* 泰戈尔《诗选》，石真、谢冰心译，人民文学出版社1984年出版。

热心于宗教和社会改革运动。他的兄弟姊妹和侄子都是一些爱好艺术的诗人或画家。他的一位哥哥曾经试办过一些民族企业，企图同外国资本对抗。所以，总起来我们可以说，泰戈尔家族在思想上和经济上都与印度当时新兴的民族资产阶级有着千丝万缕的联系。

泰戈尔生在当时英印帝国政治和经济中心的加尔各答。家庭比较富有。1878 年赴英留学，1880 年回国。他厌恶学校教育，印英教育都受了一些，但都不充分，他主要是靠家庭传统和自学成家。1884 年下乡管理过祖传的田产。他经常住在一只船上，到处漫游。他在这里同农民，主要是佃户有些接触，对他们有一些同情。他因而想改造农村，幻想有一个“更合理地分配财富的社会”。1901 年，他在圣谛尼克坦创办了一所学校，目的是实现他的改造农村的理想，1921 年这所学校成为有名的国际大学。二十世纪初，他参加了反英的人民运动，用诗笔做武器，同殖民主义者搏斗。他既反对极端派的暴力，也反对稳健派的妥协。但是，随着运动的发展和深入，就逐渐与群众格格不入起来。他反对群众烧英国货、骂英国人的所谓“直接行动”。他认为这是破坏。他主张多做“建设性的”工作，比如消灭愚昧与贫困等等。群众不同意他的看法，他就愤而退出运动，去过退避的生活。1913 年他获得诺贝尔文学奖金。1915 年他认识了甘地，从那以后，印度现代史上的这两位巨人就结成了亲密的友谊，尽管两人的观点在许多问题上都是针锋相对的，他们之间的友谊却始终如一。1919 年发生了阿姆利则惨案，泰戈尔勃然大怒，拍案而起，从退避生活中挺身出来，公开宣告放弃英国政府赐给他的“爵士”称号。从那时一直到他逝世，始终全神贯注地关心世界和印度的大事。他曾访问过世界许多国家：中国、日本、美国、英国、苏联、德国、法国、瑞士、加拿大等等。他同世界许多名人，如法国大作家罗曼·罗兰等结成朋友。他曾热情洋溢地赞美当时世界上唯一的社会主义国家苏联。他也曾横眉冷对西班牙的佛朗哥和日本军国主义分子。他的爱憎是非常分明的。尽管有时有一些保留；人类进步事业他是支持的，对各国人民他是同情的，他的一生可以说是大节不亏的一生。

泰戈尔的思想和世界观的形成是比较复杂的。印度传统的哲学思想和西方资产阶级的哲学思想都对他产生了影响。但是我觉得，其中的基调还是印度古代从《梨俱吠陀》一直到奥义书和吠檀多的类似泛神论的思想，是一种客观唯心主义。这种思想主张宇宙万有，同源一体，这个一体就叫做“梵”。印度古代哲学史上有一句话：Tattvamasi，意思是“你就是它”，“它”指的就是“梵”，换句话说，也就是梵我一体。这里面包括着我与非我的关系，人与自然的关系。泰戈尔是把重点放在“人”的方面。他主张人需要神，神也需要人。两者互相依存，而人是主体。孟加拉女诗人黛维夫人说：泰戈尔对于人性有无限的信心，他有根深蒂固的乐观主义，他要求承认人是人。[1] 泰戈尔说过：“对人失掉信心是犯罪。”[2] 在这样的思想基础上，西方资产阶级的人道主义就很容易被他所接受。西方的自由、博爱、平等的思想也容易在他的思想中引起共鸣。既然梵我统一，人与自然统一，所以泰戈尔认为宇宙最根本的原则是和谐与协调。他之所以大力宣扬“爱”，宣扬“互信互助”，都是从这一点出发的。黛维夫人说泰戈尔反对一切形式的暴力，[3]在泰戈尔思想中也有一些朴素辩证法的观点。他承认自然、社会和人的思维都不是一成不变的，而是时时流转变化。这样，又要和谐，又要流转不息，那就只能产生一种情况，用他的术语来说，就是“韵律”。在泰戈尔的思想中，“韵律”占有极其崇高的地位，“韵律”是打开宇宙万有奥秘的一把金钥匙。我觉得，他之所以竭力主张和谐和韵律，就因为他的生活中、思想中有时候缺少和谐和韵律，同许多人一样，他的理想与现实也时时产生矛盾。他的生活和思想中有许多矛盾，有时候如清风朗月，有时又如骇浪惊涛。他在1924年写给罗曼·罗兰的信中说：“自己天性中也有一种经常发生的内战。”这种“内战”表现在许多方面：对工人、对农民、对妇女、对暴力、对社会主义、对群众运动，等等，都有种种矛盾的看法。我觉得这同民族资产阶级的两面性是有一定的联系的。

就是在他热心提倡的所谓东方的“精神文明”中，他也有矛盾。中国二十年代的那一批“玄学鬼”曾处心积虑想利用泰戈尔这一方面为自己荒谬的主张张目。但这是徒然的。泰戈尔还有另一个方面，他喜欢科学。他曾对黛维夫人说过：“我非常喜欢科学，而你却喜欢罗曼司。这些喃喃细语的被阳光照射的树叶子，它们每一摇动都在吸收阳光，同时制造出许多化学成分。通过大自然的数不清的脉管，经常不断地有一个什么样的奇迹在进行着啊——人们简直要吃惊得目瞪口呆了。”[4]

了解了泰戈尔的时代背景、他的生平和世界观，才能了解他的文学作品。泰戈尔从十四岁就开始写诗，长诗《野花》在杂志上发表。1882年第一部诗集《黄昏之歌》出版，文名大震。以后又写戏剧和小说，1900年写了《故事诗》。在十九世纪结束以前二十多年的时间内，他写了近六十篇短篇小说，几部诗集，还有其他一些作品。这是他创作最旺盛的时代。到了二十世纪初叶退出反英运动以后，他仍然继续从事文学创作活动。1912年写了《吉檀迦利》，1913年写了《新月集》和《园丁集》，1916年写了《飞鸟集》。从1919年起，他积极地参加政治活动。1921年到1941年又写了大量的诗歌。他一生写了近两千首诗歌，出版了五十部诗集，写了长篇和中篇小说十二部，短篇小说一百余篇，剧本二十余种，还有许多论文学、哲学和政治的文章、回忆录、游记、书简等。此外他还谱了无数的歌曲，画了将近二千幅画。

综观他一生诗歌的创作，大体上可以分为三个阶段。这三个阶段是同当时的时代背景和他的生活分不开的。第一个阶段自十九世纪七十年代起至二十世纪初他退出群众反英运动止。第二个阶段基本上是他退出反英运动过着退避生活，一直到他再加入反英运动。这个时期，他也并不是完全退避，他仍然参加社会活动，周游世界，只是不积极参加印度国内的政治活动而已。第三阶段从1919年后直至他逝世。

现在我们就把他的诗歌创作按照这三个阶段来谈一谈。

第一阶段可以他的《故事诗》为代表。在这里面，诗人从古代一些宗教比如佛教和印度教的传说中，从古代丰富的故事宝库中，选取了一些故事，写成了诗。对这些故事的理解当然是诗人自己的，与原来的含义可能完全不同。这一些诗的情节都是在某一方面动人心魄的，诗的技巧也是十分高超的。约略言之，诗人在这些诗里歌颂了民族英雄，特别是锡克族的英雄，宣扬了爱国主义，提倡了印度民族的大团结。比如《被俘的英雄》是歌颂反对莫卧儿的锡克族英雄农民般达的。《戈宾德·辛格》是歌颂锡克教祖师戈宾德·辛格的。泰戈尔也歌颂了人道主义，比如《轻微的损害》，这首诗讲到王后把穷人的茅屋点着，国王惩罚了她，让她去做乞丐讨饭。《比丘尼》、《丈夫的重获》（杜尔西达斯救了一个想自焚殉夫的女子）等也都充满了人道主义的色彩。同情别人好像成了泰戈尔的天性。黛维夫人说，只要泰戈尔听说别人有病，即使是不认识的人，他也坐立不安，拚命查医书，找药方，直到病人好了为止。[5]他这种人道主义可以说是根深蒂固的。《最后的一课》虽然主题不是宣扬爱国主义，但其中有这样的诗句：

> 但是，祖国啊，它现在风雨飘摇，
> 软弱无力，它任人宰割，破碎支离。

同宣扬爱国主义有联系的是宣扬印回团结，只有印回真正团结起来，才能反英抗英。《戈宾德·辛格》中有这样的诗句：

> 尊贵的、卑贱的、婆罗门和锡克团结成一个。

泰戈尔同情锄着枯地的农民和凿着石头的筑路工人。他对穷苦人民表现出一些同情心。在《无上的布施》中他宣称穷人高于国王，宣扬穷人比富人要好。这种同情穷苦劳动人民的思想，在其他国家文学史上比较接近人民的诗人著作中也可以找到。比如中国的古诗“朱门酒肉臭，路有冻死骨”、“锄禾日当午”等等都是。泰戈尔同中国这样的诗人一样，当然只是从远处观察，而不是亲身感受，只是同情也并不能真正解决问题。但是难道能说有点同情心比没有同情心更有毒害吗？有人在这方面提出一些过于苛刻的形而上学的要求，我是万万不能同意的。

第二阶段的诗歌创作，是同他的退避生活相适应的。像第一阶段中的那些政治性强的诗歌不见了。他在这期间写了一些带有神秘色彩的诗歌。有时候内容模糊，令人难以猜度。从这里面可以清楚地看到当时西方一些文学流派的影响，比如象征主义、唯美主义、纯诗、为艺术而艺术等等。在这些诗歌中最著名的当然是1912年出版的使他誉满欧洲从而获得诺贝尔文学奖金的《吉檀迦利》。在这一部号称难懂的诗集里，他着重宣扬了爱，一种抽象的、没有阶级性的爱。他也颂扬了儿童的天真无邪。1913年出版的《新月集》着重歌颂了儿童。有这个主题思想的诗歌占这部集子的绝大部分。泰戈尔毕生热爱儿童，替儿童们说话。他曾慨叹过：“他们（儿童们）什么都说不出，他们没有反抗的声音。”[6]其中包含多少对儿童们的同情啊！1916年出版的《飞鸟集》，风格依旧，但是主题思想好像有了点改变。里面一些诗简直像是格言，比如第五十七首：“当我们是大为谦卑的时候，便是我们最近于伟大的时候。”

他退出政治运动，受到人们的误解与批评。他精神苦闷，对现实感到失望，甚至想在宗教中去寻求安慰。他考虑到人类的前途，想让世界成为一家。这些又都是难以实现的。在这十几年中，他的诗歌几乎都是歌颂爱情，歌颂儿童的。这些诗歌好像都是脱离了现实世界，不食人间烟火。很多诗只给人一种朦朦胧胧的美，至于究竟是什么意思，恐怕连诗人自己也有点说不清楚。我们把这第二阶段的诗歌归纳起来看一看，如果想找出一个特点的话，我们可以借用一句现成的话：菩萨慈眉。

到了第三阶段，随着泰戈尔重新生气勃勃地参加政治活动，诗歌的创作，不管在内容上和形式上都有了一些改变。这个时期的诗歌，政治内容多了起来，他热情歌颂“刚强的女性”。他不同意爱所有的人，[7]他热情歌颂受压迫的少数民族。[8]再一次表现了对劳动人民的同情。他歌唱了多少年来受压迫受剥削的《非洲》：

啊，你是隐藏在一块黑纱下面
使你的人类的庄严模糊成
耻辱的黧黑的幻象。

他对非洲怀着深切的同情心，他用忿怒的声音去痛斥那些侵入非洲的殖民主义者。1937年泰戈尔看到法西斯匪徒的罪恶活动，诗人发出了烈火般的咒骂。日本军国主义分子侵略中国，残杀无辜的人民，诗人忍不住怒火中烧，用辛辣的诗句来讽刺这一帮匪徒整队到佛陀座前去祈祷胜利。[9]对于帝国主义分赃的慕尼黑条约，诗人也加以申斥。[10]1939年，将近八十高龄的诗人欢呼《新时代觉醒的黎明》。1941年逝世前，诗人做了自我批评，批评自己没有走进田间的农民、纺织工人、撒网的渔夫等等劳动者的院子：如果一位诗人不能进入他们的生活，他的诗歌的篮子里装的全是无用的假货。多么诚恳的自我反省啊！生活了八十年写作了六十多年的诗人，临终的诗给自己的一生竖了一块光辉的碑。诗人晚年的诗对人类前途充满了信心，对东方充满了信心，对生活充满了热爱，对邪恶发出了诅咒。诗人整个第三阶段的诗歌，内容充满斗志，调子激昂慷慨，同以前的诗人判若两人。如果也用一句现成的话来标明它的特点的话，那就是：金刚怒目。

我上面已经讲到，泰戈尔的一些诗，特别是在第二阶段的诗，是非常难懂的。诗都写得朦朦胧胧、模模糊糊，可以有许多不同的解释。我们应该怎样看这个问题呢？诗比散文要难懂得多，这是古今中外的通例。中国古人说“诗无达诂”，指的就是这个意思。诗主要靠形象思维，逻辑性在这里不像在科学论文中那样重要。中国古代有一些诗只有名词，没有动词。名词之间的关系只有靠读者的想象去填充。因此就产生了难读的问题。此外，诗人对诗的看法，也是很不相同的。泰戈尔认为：“真理是，诗的作用就是让人高兴。”他又说：“了解诗的主要途径是去欣赏它。”[11]他的意思似乎是诗歌不一定有什么教育意义，写得朦朦胧胧，模模糊糊，只要能给人以美感享受，也是可以的，这样做诗的目的也算达到了。实际上，不管诗人承认不承认，诗总是要有所宣传的，表达诗人的思想和观点的，不承认这一点也是不可能的。泰戈尔当然也不例外。他要宣传的东西，我上面已经作了些分析。足证诗不只是完全供人欣赏的，他也同别的诗人一样，执著于要宣传一些什么，反对一些什么。第一阶段的诗可以看到这个情况，第三阶段的诗更特别突出。那些像火焰一般炽热、像利刃一般锋利的诗句难道仅仅是供欣赏的吗？难道仅仅是取悦于人的吗？

我上面也已经谈到，泰戈尔的文学创作，其中也包括诗歌，受到西方唯美主义、象征主义、纯诗等等流派的影响。我在这里再谈一谈印度古代梵文诗歌和印度民歌对他的影响。泰戈尔精通梵文文学，谈话时常引用一些梵文的诗句。他对于印度两大史诗《摩诃婆罗多》与《罗摩衍那》，对于迦梨陀娑的作品都非常熟悉。因此，他受一些梵文文学的影响，无论在形式上，还是在内容上，都是很自然的。但是泰戈尔决不是迷信古代。他对梵文文学的缺点明确地指了出来。他曾经说过：“整个梵文文学是装模作样的、文体复杂的、惨淡经营的诗——《沙恭达罗》是例外，在梵文文学中寻找真正好的作品是很难的。”[12]我认为，泰戈尔提出这样的看法不是没有见地的。但是这种说法比较笼统、不具体，没有说明哪一个时代的梵文文学是这样，也没有说明哪一个类型的梵文文学是这样。容易产生误会。至于民歌对泰戈尔的影响，那是很显著的。他作诗就喜欢用人民大众的语言。

总起来，我认为，我们可以这样说：无论在内容上，还是在形式上，泰戈尔都有所继承，又有所创新。东西两方面的影响，他都受到了，但是归根结蒂，他还是独立的。思想和形式的基调都是印度的。在形式方面，他有意运用民族形式和民族风格，所以他的诗很为老百姓所喜爱。他自己又是音乐家，他的许多诗都铿锵可诵，富于音乐感。他的诗之所以流行于印度，特别是孟加拉，其原因就在这里。

最后我还想谈一谈泰戈尔的诗歌对中国的影响。我们都知道，泰戈尔一生同情中国，热爱中国。他曾两次访问过中国。第一次访问时，虽然有一批中国“玄学鬼”和其他的人想利用他为自己的主张张目，但是他还是起了一些积极的作用。他访问以后，他的作品大量译成了汉文。当时译的绝大多数都是诗歌，有少数的剧本。因此泰戈尔对中国的影响首先是诗歌。从二十年代中期起，中国文坛上出现了不少体裁像《园丁集》、《新月集》、《飞鸟集》一类的小诗，可见泰戈尔诗歌对中国萌芽时期的新文学创作是有影响的。此外，他在诗中表达的一些思想感情也影响了中国。最突出的，我认为就是对儿童的关心和爱护。在中国封建时代，孩子是没有地位的，除了《幼学琼林》、《神童诗》一类的书以外，几乎没有给儿童读的书。五四运动前后，进步的文学家，比如鲁迅等，喊出了“救救孩子”的呼声。在中国历史上，这是一件了不起的事情。泰戈尔的诗介绍到中国以后，他那热爱儿童的感情对中国起了锦上添花的作用。有一些中国作家开始关心儿童文艺，写了一些给儿童看的文学作品。《寄小读者》一类的书也陆续出现了。这可以说是中国新时代儿童文艺的开始。在中国文学史上也可以说是开创了一个新时代。到了今天，在中国共产党的领导下，儿童文艺蓬蓬勃勃地发展起来，追本溯源，泰戈尔在里面也有一份贡献。

泰戈尔虽然久已作古，但是他的影响在印度人民中还是存在的，他促进中印两国人民友谊的功绩是永不磨灭的。为了加强同外国人民，其中包括印度人民的友谊，为了提高我们全民族的文化科学水平，为了批判继承世界各国的文学遗产，在今天，当我们全国人民斗志昂扬地向四个现代化进军的新长征开始的时候，读一读泰戈尔的诗歌，也还是很有意义的。因此我就为泰戈尔诗歌汉译本作了如上的介绍的评价。

1979 年 1 月 5 日

注释：

1 《炉火旁的泰戈尔》，第 123 页。

2 同上，第 23 页。

3 《罗宾德拉纳特·泰戈尔，诗歌后面的人》，第 14 页。

4 《炉火旁的泰戈尔》，第 72 页。

5 同上，第 151 页。

6 同上，第 68 页。

7 《问》。

8 《山达尔女人》。

9 《敬礼佛陀的人们》。

10 《忏悔》。

11 《炉火旁的泰戈尔》，第 99 页。

12 同上，第 98 页。

《家庭中的泰戈尔》译者序言

先要对书名作一点解释。《家庭中的泰戈尔》，根据英文原名，直译应作《炉火旁的泰戈尔》。二者实际上是一个意思。我们平常认识泰戈尔，一般都是通过他的著作。这些著作真可以说是汗牛充栋。但是，不管他写每一部作品时所抱的态度怎样，他总是难免有意为文。书中的泰戈尔不完全是真实的，甚至有点做作。即使有人有短暂的机会能亲眼看到泰戈尔，看到的也只能是峨冠博带、威仪俨然的、不食人间烟火的“圣人”或者“仙人”（ṛṣi）。这是不是泰戈尔？当然是的；但这只是他的一面。他还有另外一面，这就是家庭中的泰戈尔。他处在家人中间，随随便便，不摆架子，一颦一笑，一喜一怒，自然率真，本色天成。这才是真实的泰戈尔。我们感谢黛维夫人在她这一本书里给我们描绘了一个真实的泰戈尔。黛维夫人是一个有心人。

在所有的古今外国作家中，印度伟大诗人泰戈尔恐怕是最为中国人民所熟悉的一个作家。从五四运动后期起，我们就开始翻译他的作品。诗歌、戏剧、长篇小说、短篇小说、演讲、回忆录等等，都大量地翻译了过来。一直到解放后，这股劲头并没有减弱，出版了《泰戈尔作品集》十卷，就是具体的证明。泰戈尔一生热爱中国，关心中国人民的命运。他的作品对中国新文学的发展起了比较明显的作用，这是尽人皆知的事实。一直到最近，他的作品还在影响着我们的青年，推动他们投身于印度古代文化的研究。对于这样一个泰戈尔，我们中国人民应该有一个深刻的实事求是的了解。黛维夫人的这一本书能帮助我们达到这个目的。我们应该诚挚地感谢她，她是一个有心人。

据我所知道的，古今中外所有的比较重要的作家，能像泰戈尔这样有这一种福气的人，真如凤毛麟角。除了泰戈尔以外，我知道的，只有一个德国的大诗人歌德——爱克曼留下了一部《歌德谈话录》。爱好歌德作品的人无不喜欢这一部书，非常感激这一部书。它把歌德的另一方面，通过作品看不到的一个方面，介绍给我们。歌德的许多充满了机智的想法都通过这一部书透露给我们。我们也都说，爱克曼是一个有心人。

但是，我认为，爱克曼却无法同黛维夫人相比。他不能算是一个文学家。他的记录，不管是多么详尽、亲切、细致、生动，却不能说是文学作品。而黛维夫人正相反。她家学渊源，父亲是举世闻名的印度哲学史家达斯古普塔教授。她从小受到父亲的熏陶，精通古典梵文文学和孟加拉文学。从很小就开始写诗，出过几本诗集。在印度，特别是在孟加拉，广有名声。她虽然不是泰戈尔的亲属，但是他们两家过从极密，亲如一家。她从孩提一直到婚后长期亲接泰翁謦欬，泰翁把她当自己的孩子看待。在诗人逝世前的三年中，从 1938 年起，他到喜马拉雅山脚下蒙铺她的家中度假共有四次。1940 年是第四次，也就是最后的一次。再过一年，诗人离开了人世。他的声音笑容人们再也听不到看不见了。可是这些东西却被黛维夫人完完整整地、栩栩如生地记录在这一本书中。在黛维夫人笔下，满头白发、银须飘拂的诗人，原来是一个十分富于幽默感、经常说说笑话、开个玩笑、十分有人情味的老人。他关心周围所有的人，关心自己的祖国的前途，关心中国的抗战；他热爱自己的妻子和女儿，为她们甘心做最卑微不足道的事情。所有这一切都表明，他决不是一个遁世的仙人，而是一个富于感情的有血有肉的人。萦绕他头上的那一圈圣光消逝了，并无损于他的伟大。他同我们中国人民之间的距离反而更近了，我们的关系更密切了。这一切我们都要感谢黛维夫人。

1978 年，我第三次访问印度，在加尔各答第一次见到了黛维夫人。我们自然而然地谈到了泰戈尔。第二天，我离开了加尔各答，到圣地尼克坦去访问泰戈尔创办的国际大学。这是我的第二次访问，二十多年前我曾经到这里来过。我清晰地回忆起当年我住在泰戈尔生前居住过的北楼的情景。在古旧高大的屋子里睡过一夜觉以后，我黎明即起，迎着初升的太阳走到楼外。在一个小小的池塘中，一朵红色的睡莲赫然冲出了水面，衬托着东天的霞光，幻出了神异的光辉。我的心一震，我眼前好像出现了什么奇迹，我潜心凝虑，在那里站了半天。可是现在一切都变了。我在招待所里睡了一夜觉以后，又是黎明即起，去寻找那一个小池塘。结果是杳无踪影。我在惘然之余，深深地感觉到，世界到处都在变化，这里当然也不会例外，我又有什么办法呢?

但是，也有不变的东西，这就是印度人民对中国人民真挚的友情。这友情在黛维夫人身上也具体地体现了出来。在印度是这样，到了中国仍然是这样。我同她在印度会过面以后，前年她到中国来访问。她邀我到她下榻的北京饭店长谈了半天。临别时，她送给我了一本书，这本书原来用孟加拉文写成，后来又由她自己译成了英文，这就是《家庭中的泰戈尔》。她问我，愿意不愿意译成汉文。我从小就读泰戈尔的作品，应该说也受了他的影响。（解放后又写过几篇论泰戈尔与中国的关系和他的短篇小说的文章。）对泰戈尔的兴趣和尊敬始终未衰。可是黛维夫人这一本书却是从来没有听说过。我相信，出自黛维夫人笔下的这一本书一定会是好的。我立刻满口答应把它译成汉文。回来后立刻在众多会议的夹缝里着手翻译起来。原书文字很美，仿佛信手拈来，不费吹灰之力；但是本色天成，宛如行云流水，一点也不露惨淡经营的痕迹。古人说：状难写之景如在眼前，黛维夫人算是做到了。翻译这样的书，不是辛苦，而是享受。我很快就译完了第一章。

有一次，偶然遇到了顾子欣同志，他也收到了黛维夫人送给他的这同一本书，而且他也有意翻译。子欣是诗人，他在各方面的修养都很深厚，我所深知；如果他翻译的话，译文一定会是第一流的。我立刻就告诉他，我已经译了一章；如果他愿意的话，我可以停下不译，其余三章由他翻译，出版时就算是我们两人合译。我认为，这是一个很美妙的想法，他也立即同意。

这是三年前的事情了。大概子欣实在太忙了，他没有能把其余的三章翻译出来。今年夏天，黛维夫人又来华访问。我在印度朋友沈纳兰先生家里见到了她。一见面，她就问，她那一本书我们翻译得怎样了。我把情况如实地告诉了她。老太太的面色立刻严肃起来，气呼呼地说道："难道非等到我死了以后你们翻译的书才出版吗？"老太太之所以渴望看到自己这一本书的汉泽本，我猜想，倒不一定是完全为了自己；首先是为了泰戈尔，其次是为了中印友谊。她大概觉得，自己的作品，特别是关于泰戈尔的作品，被译成中文，对她自己，对中印友谊，是一件十分有意义的事，是一件十分值得骄傲的事。我们当时虽然没能谈得很深；但是，她的心情，我认为，我是能够了解的。

可惜的是，子欣同志依然很忙，似乎比以前更忙了；指望他能在短期内将全书译完，似乎是不可能的了。我于是毅然下定决心，并且征得了子欣的同意，在八个月以内独自把剩下的三章译完，以满足黛维夫人的愿望。是不是我自己就不忙，有这个闲情逸致来翻译呢？也不是的。我自己也很忙，而且在译完《罗摩衍那》，看到厚厚的八大卷全部出齐以后，我在松了一口气之余，暗暗立下决心：以后不再搞翻译了。自己已年逾古稀，历年来积存下来的稿子和资料比盈尺还要多，脑子里的研究题目也有一大堆。现在当务之急是抓紧时间，把这些稿子加以整理，把资料加以排比，把想研究的题目尽可能地弄个水落石出。翻译之事实在难以再考虑了。

然而现在却出现了这样一个新的情况。马行在夹道内难以回马，我只有放弃原来立下的决心，再从事一下翻译工作了。我于是立即动手，把旧的译稿翻了出来，挤出一切可以挤的时间，先把第一章的译稿重新审查了一遍，然后着手翻译其余的几章。此时，适值我有杭州、烟台之行。在杭州时，招待所的楼道里每天放彩色电视都放到很晚，声量之大，全楼震动。我当然无法安眠；但是第二天我照样黎明即起，潜思凝虑，翻译《家庭中的泰戈尔》。到了烟台，住在一所豪华的宾馆里，条件比杭州有天渊之别。推窗就能够看到大海。我每天起床后，外面仍然是一片黑暗。海上停泊的万吨巨轮上却是灯火辉煌，灿如列星。此外则海天茫茫，引我遐思。此时此刻，我简直是如鱼得水，心情怡悦，翻译工作进行得异常顺利。等我回到北京时，初译稿已经完成了。同翻译《罗摩衍那》一样，这一次翻译也带给了我极大的愉快。但是这两种愉快又多少有所不同。对于《罗摩衍那》，我只是喜爱它的文辞和内容。对于《家庭中的泰戈尔》，则还有一点个人的成分在内。我十三岁时曾在济南看到过泰戈尔。到了高中阶段，又开始读他的作品，也曾模仿他的体裁写过一些小诗。到了中年，对他进行过一些研究，写过论他的诗歌和短篇小说的文章，写过《泰戈尔与中国》的长文。我同泰戈尔的关系，可以说是六十年来没有间断，而今到了垂暮之年，又有幸翻译有关他的书。我此时的心情是，怀旧与念新并举，回顾与瞻望齐行，难道是一句套话“感慨万端”所能完全表达得出来的吗？我想，如果黛维夫人知道了这一件事，她也会会心一笑吧！

黛维夫人虽然已经有点老态龙钟，自己认为已经很老了。但是，实际上她还小我三岁。两国的具体情况不同，对年龄的看法也不一样。我远远还没有感到自己在学术上已经到了“退休”的年龄。不过，话又说回来了，我已经算是老人，这一点是无可怀疑的。我现在就以一个中国老人的身份，向云天万里之外的一个印度老人致敬，为她祝福，希望她长命百岁，再多为中印友好做些工作。中印友谊的道路，悠久而漫长。我们还有很多工作要做。

路漫漫其修远兮，

吾将上下而求索。

1984 年 12 月 25 日写毕

附记：

译文很大一部分是在外地开会时写成的，因而颇为零乱。李铮同志费了很大的力量抄写全书，核对文字。刘建同志协助我翻译了一些孟加拉文的书名和其他名字。谨记于此，以志心感。

1985 年 3 月 26 日